हिन्द पॉकेट बुक्स

साबरमती का संत

यशपाल जैन का जन्म 1 सितम्बर 1912 को विजयगढ़ जिला अलीगढ़ में हुआ था। सस्ता साहित्य मंडल के प्रकाशन के पीछे मुख्यत: आप ही का परिश्रम था। आपने बच्चों की किताबों सहित कई अन्य विधाओं के ग्रंथ प्रकाशित किए। *अजंता एलोरा*, *साबरमती का संत*, *अहिंसा*, *भारत के अतुल्य हथियार* और *तीर्थयात्रा* उनकी प्रमुख रचनाएं हैं।

साबरमती का संत

महात्मा गांधी के जीवन पर
रोचक संस्मरणात्मक पुस्तक

यशपाल जैन

हिन्द पॉकेट बुक्स
पेंगुइन रैंडम हाउस इम्प्रिंट

हिन्द पॉकेट बुक्स

यूएसए | कनाडा | यूके | आयरलैंड | ऑस्ट्रेलिया | सिंगापुर
न्यू ज़ीलैंड | भारत | दक्षिण अफ्रीका | चीन

हिन्द पॉकेट बुक्स, पेंगुइन रैंडम हाउस ग्रुप ऑफ़ कम्पनीज़ का हिस्सा है,
जिसका पता global.penguinrandomhouse.com पर मिलेगा

पेंगुइन रैंडम हाउस इंडिया प्रा. लि.,
चौथी मंजिल, कैपिटल टावर -1, एम जी रोड,
गुड़गांव 122 002, हरियाणा, भारत

पेंगुइन
रैंडम हाउस
इंडिया

प्रथम हिन्दी संस्करण हिन्द पॉकेट बुक्स द्वारा 1970 में प्रकाशित
यह हिन्दी संस्करण हिन्द पॉकेट बुक्स में पेंगुइन रैंडम हाउस द्वारा 2022 में प्रकाशित

10 9 8 7 6 5 4 3 2

ISBN 9789353492342

मुद्रकः रेप्रो इंडिया लिमिटेड

www.penguin.co.in

FSC www.fsc.org MIX Paper from responsible sources FSC® C047271

This is a legitimate digitally printed version of the book and therefore might not have certain extra finishing on the cover.

क्रम

खण्ड एक

जीवन-झांकी

खण्ड दो

विचार

साबरमती का संत

खण्ड एक

गांधीजी के स्वप्न

पैगम्बर साहब के निधन के कुछ ही वर्ष बाद की बात है। अरबों और रोमों के बीच बड़े ज़ोर की लड़ाई हुई। उसमें दोनों पक्षों के बहुत-से योद्धा मारे गए, बहुत-से घायल हुए। शाम होने पर लड़ाई बंद हो जाया करती थी। तब दोनों ओर के लोग अपने-अपने सगे-संबंधियों का समाचार लेने के लिए इधर से उधर जाते थे।

एक दिन जब इस प्रकार लड़ाई बंद हुई तो अरब सेना का एक युवक दूसरी ओर से लड़ते अपने चाचा के लड़के को ढूंढ़ने निकला। उसने सोचा कि उसकी लाश मिल जाए तो उसे दफना दे और जीवित मिल जाए तो उसकी सेवा करे। उसके मन में यह भी विचार आया कि सम्भव है, वह घायल हो गया हो और पानी के लिए तड़प रहा हो। अतः उसने एक लोटा पानी ले लिया। अंधेरे में खोजने में कठिनाई न हो, इसलिए एक लालटेन ले ली।

वह लड़ाई के मैदान में पहुंचा। तड़पते घायल सिपाहियों की कराह से मैदान सिसक रहा था। बहुत-से सिपाही सदा के लिए आंखें मूंद चुके थे। उन सबके बीच अपने भाई को खोजता हुआ वह अरब नौजवान आगे बढ़ा। संयोग से उसे अपना भाई मिल गया। वह सचमुच पानी की रट लगा रहा था। उसके शरीर में घाव हो गए थे, जिनसे खून बह रहा था। उसके बचने की क्या आशा हो सकती थी ! भारी दिल से अरब ने लालटेन नीचे रख दी और भाई को पानी पिलाने के लिए झुका कि तभी किसी दूसरे घायल की आवाज़ आई—"पानी !"

भाई ने खुला मुंह बंद कर लिया और बोला, "पहले उस घायल को पानी पिला आओ, फिर मुझे पिलाना।"

जिस ओर से आवाज़ आ रही थी, अरब उसी ओर तेज़ी से बढ़ा। पास जाकर देखता क्या है, वह एक बड़ा सरदार है। उसके बदन से भी खून बह

रहा था। अरब उसे पानी पिलाने बढ़ा और सरदार पीने को ही था कि इतने में तीसरी ओर से पुकार आई—"पानी !"

सरदार ठहरा ! उसने बड़ी कठिनाई से मुंह खोला और बोला, "प्यारे भाई, पहले वहां, फिर मुझे।"

अरब नौजवान सपाटे से उस ओर दौड़कर गया, जिधर से आर्तनाद आ रहा था। वहां जाकर उसने देखा कि उस घायल सिपाही ने अंतिम सांस ले ली। बेचारे को पानी न मिला। अरब हैरान होकर सरदार के पास आया तो वह भी दुनिया से कूच कर गया था। दुःख-भरे हृदय से वह युवक अपने भाई के पास पहुंचा तो उसके भी प्राण-पखेरू उड़ चुके थे।

इस कहानी का उल्लेख करते हुए गांधीजी ने लिखा है, "यों तीन घायलों में से किसी ने भी पानी न पाया, पर पहले दो अपने नाम अमर करके चले गए।"

आगे वह फिर कहते हैं, "इस दृष्टान्त को देने का हेतु यह है कि उक्त वीर पुरुषों जैसा त्याग हममें भी आए और जब परीक्षा का समय उपस्थित हो तो हम दूसरे को पानी पिलाकर पिएं, दूसरे को जिलाकर जिएं और दूसरे को जिलाने में स्वयं मरना पड़े तो हंसते चेहरे से कुच कर जाएं...

"पानी की परीक्षा से कठिनतर परीक्षा हवा की है। हवा के बिना तो आदमी एक क्षण भी जीवित नहीं रह सकता। इसीसे सम्पूर्ण जगत् हवा से घिरा हुआ जान पड़ता है। फिर भी कभी-कभी ऐसा भी समय आता है, जब अलमारी जैसी कोठरी के अन्दर बहुत-से आदमी ठूंस दिए गए हों और एक ही सूराख से थोड़ी-सी हवा आ रही हो। जो उस हवा को पा सके, वही जिए, शेष दम घुटकर मर जाएं। हम भगवान से प्रार्थना करें कि ऐसा समय आए तो हम हवा को जाने दें।"

इस प्रकार की भावना से गांधीजी का स्वयं का जीवन तो ओत-प्रोत था ही, अपने देश की बुनियाद भी वह ऐसे ही त्याग पर रखने के अभिलाषी थे। उनकी एक ही आकांक्षा थी—सारी दुनिया एक बड़े कुटुम्ब की भांति हो, सब एक-दूसरे के सुख-दुःख में काम आवें और समष्टि के हित में अपना हित मानकर अपने कर्तव्य का पालन करें। जीवन का कोई भी ऐसा क्षेत्र नहीं था, जिसे उन्होंने अछूता छोड़ा हो और जिसमें उन्होंने मानवता का, अर्थात् नीति का समावेश कराने का प्रयत्न न किया हो।

गांधीजी भारत में जन्मे थे और दक्षिण अफ्रीका में बिताए बाइस

वर्षों को छोड़ कर उनके जीवन के शेष वर्ष इसी देश में व्यतीत हुए। यहीं पर उन्होंने अपनी बहुमुखी प्रवृत्तियां चलाईं। वस्तुतः वह भारत के अतीत के गौरव, त्याग और बलिदानों से भरे इतिहास, संस्कृति, दर्शन आदि से बहुत ही प्रभावित थे। उन्होंने अपने पत्र 'यंग इंडिया' में लिखा था, "मैं भारत से उसी प्रकार बंधा हुआ हूं, जिस प्रकार कोई बालक अपनी मां की छाती से चिपटा रहता है; क्योंकि मैं अनुभव करता हूं कि वह मुझे मेरा आवश्यक आध्यात्मिक पोषण देता है। उसके वातावरण से मुझे अपनी उच्चतम आकांक्षाओं की पुकार का उत्तर मिलता है। यदि किसी प्रकार मेरा यह विश्वास हिल जाए तो मेरी दशा उस अनाथ के जैसी होगी, जिसे अपना बालक पाने की आशा ही न रही हो।"[1]

वह मानते थे कि "भारत के पास सारी दुनिया को देने के लिए एक संदेश है...उसमें एक ऐसी योग्यता है कि धर्म के क्षेत्र में वह संसार में सबसे बड़ा हो सकता है। भारत ने आत्मशुद्धि के लिए स्वेच्छापूर्वक जैसा प्रयत्न किया है, उसका संसार में दूसरा उदाहरण नहीं मिलता। भारत को फौलादी हथियारों की उतनी आवश्यकता नहीं है, वह दैवी हथियारों से लड़ा है। दूसरे देश पशुबल के पुजारी रहे हैं...भारत अपने आत्मबल से सबको जीत सकता है। इतिहास इस सचाई के चाहे जितने प्रमाण दे सकता है कि पशुबल आत्मबल की तुलना में कुछ भी नहीं है।"[2]

वह चाहते थे कि भारत को अपना पुरातन गौरव पुनः प्राप्त हो। लम्बी दासता ने भारतवासियों की चेतना को मंद कर दिया था। बिना उस दासता से मुक्त हुए भारत ने अपना भला कर सकता था, न दुनिया का। उसी को लक्ष्य में रखकर गांधीजी ने लिखा था, "यूरोप के पांवों में पड़ा हुआ अवनत भारत मानव-जाति को कोई आशा नहीं दे सकता, किन्तु जाग्रत् और स्वतंत्र भारत दर्द से कराहती हुई दुनिया को शांति और सद्भाव का संदेश अवश्य देगा।" उन्होंने स्पष्ट कहा, "मैं भारत का उत्थान इसलिए चाहता हूं कि सारी दुनिया उससे लाभ उठा सके।"

गांधीजी के ये उद्गार जहां अपने देश की भूमि के प्रति उनकी अट श्रद्धा को व्यक्त करते हैं, वहां वे उनके उन स्वप्नों की ओर भी इंगित करते हैं,

1. यंग इडिया, 6-4-21
2. स्पीचेज़ एण्ड राइटिंग्स ऑव महात्मा गांधी

जिन्हें वह अपने जीवन-काल में चरितार्थ होते देखना चाहते थे। यद्यपि भारत को विदेशी सत्ता के चंगुल से मुक्त करने के लिए उन्होंने सतत प्रयत्न किया और कठोर यातनाएं सहीं, तथापि स्वराज्य की प्राप्ति उनका अंतिम लक्ष्य नहीं था। शासन के पदों पर कौन बैठता है, इसका उनके लिए तनिक भी महत्व नहीं था। आज़ादी मिलने पर उन्होंने कहा भी कि स्वराज्य हमारी लम्बी यात्रा का एक पड़ाव मात्र है, आखिरी मंज़िल नहीं। जब तक एक भी आंख में आंसू है, तब तक हमारे संघर्ष का अंत नहीं हो सकता।

वह सत्य और अहिंसा के पुजारी थे। उन्होंने सत्य को परमेश्वर माना और आजीवन उसकी उपासना में लगे रहे। "मेरे लिए सत्य से परे कोई धर्म नहीं है और अहिंसा से बढ़कर कोई परम कर्तव्य नहीं है। इस कर्तव्य को करते-करते ही आदमी सत्य की पूजा कर सकता है। सत्य की पूजा का दूसरा कोई साधन नहीं है।" दूसरे शब्दों में हम कह सकते हैं कि सत्य उनके लिए साध्य था और अहिंसा उसकी उपलब्धि का साधन। इन दोनों पर उनका विश्वास चट्टान की तरह दृढ़ और अडिग था। "हमारे मार्ग में जो भी संकट आएं, बाह्य दृष्टि से देखने पर हमारी चाहे जितनी हार होती हुई दिखाई दे, तो भी हमें विश्वास न छोड़कर एक ही मंत्र जपना चाहिए—सत्य है, वही है, वही एक परमेश्वर है, उसके साक्षात्कार का एक साधन है—अहिंसा, उसे कभी न छोड़ें।"

वह जहां कहीं सत्य और अहिंसा का उल्लंघन देखते थे, उन्हें मर्मान्तक पीड़ा होती थी। अपने आश्रम में तथा बाहर भी वह सत्य, अहिंसा, अपरिग्रह आदि व्रतों के पालन का विशेष ध्यान रखते थे। कई बार ऐसे अवसर आए जबकि उनके आश्रमवासियों ने असत्य का आचरण किया। गांधीजी ने उसके लिए अपने को दोषी माना। उन्होंने कहा कि आश्रम में जो कुछ होता है, आश्रम के मुखिया के नाते उसके लिए वह स्वयं ज़िम्मेदार हैं। दूसरे, उनके अपने जीवन में अपूर्णता है तभी ऐसी अनीति संभव हो सकती है। उन्होंने ऐसा कहा या माना ही नहीं, उसके लिए कई बार अपने को दंडित भी किया।

समाज की मूलभूत इकाई मानव है। गांधीजी मानते थे कि यदि मनुष्य सुधर जाए तो समाज अपने-आप सुधर जाएगा। इसलिए उन्होंने मानव-जीवन की शुचिता पर सबसे अधिक बल दिया। अपने आश्रम के लिए सत्य, अहिंसा, ब्रह्मचर्य, अस्वाद, अस्तेय, अपरिग्रह, अभय, अस्पृश्यता-निवारण, शरीर-श्रम, सर्वधर्म-समभाव तथा स्वदेशी, ये ग्यारह व्रत निश्चित किए और प्रत्येक

आश्रमवासी के लिए उनका पालन अनिवार्य बनाया।

कह सकते हैं कि मानव को केन्द्र में रखकर उन्होंने अपनी सारी नीतियां निर्धारित और संचालित कीं। यही कारण है कि उनकी समस्त नीतियों और प्रवृत्तियों में मानव-नीति की प्रमुखता रही। वह दलगत राजनीति से सदा दूर रहे, उन्होंने ऊंच-नीच की भावना को मिटाने के लिए निरंतर प्रयत्न किया और छुआछूत की दूषित मनोवृत्ति पर तीव्रतम प्रहार किया। उन्होंने खरे इंसान को सदा ऊंचे स्थान पर बिठाया और मनुष्य-मनुष्य के बीच भेद पैदा करनेवाले दायरों को तोड़ा। उन्होंने अपने को दरिद्रनारायण का प्रतिनिधि माना और अछूतों को ऊपर उठाने के लिए उन्हें 'हरिजन' की संज्ञा से विभूषित किया। अपने पत्रों का नामकरण उन्होंने हरिजनों के नाम पर किया।

भारत गांवों में बसता है। बिना गांवों की उन्नति के देश का उत्थान हो नहीं सकता। गांधीजी ने नव-जागरण लाने के लिए रचनात्मक कार्य-क्रम का जाल सारे देश में फैला दिया। उन्होंने स्वयं एक ग्रामीण का जीवन अपनाया। आर्थिक विषमता को मिटाने के लिए विकेन्द्रीकरण की नीति को पोषण दिया। शिक्षा को देश की दृष्टि से अधिकाधिक उपयोगी बनाने के लिए 'नई तालीम' की कल्पना की और उसे क्रियान्वित कराया। जिन सामाजिक कुरीतियों तथा अंधविश्वासों ने मानव के विवेक पर पर्दा डाल रखा था, उनपर ज़ोर की चोट की।

नीति और धर्म के बीच उनके लिए भेद न था। "नीति-रूपी बीज को जब तक धर्म-रूपी जल का सिंचन नहीं मिलता तब तक उसमें से अंकुर नहीं फूटता। पानी के बिना वह बीज सूखा ही रहता है और लम्बे अरसे तक पानी न पावे तो नष्ट भी हो जाता है।"

उनका धर्म भौगोलिक सीमाओं में विभाजित नहीं था। भारत को अपना कर्मक्षेत्र बनाकर उन्होंने उन आदर्शों को सामने रखा और उन प्रवृत्तियों को चलाया, जो सारी मानव-जाति के लिए कल्याणकारी थीं। यूरोप की इस मान्यता का उन्होंने खण्डन किया कि जो बहुसंख्यक के लिए लाभदायक है, वह हमें करना चाहिए। उन्होंने 'सर्वोदय' अर्थात् सबके उदय के सिद्धान्त का अनुसरण किया।

वह भारत को सब प्रकार से स्वतंत्र और बलवान बना हुआ देखना चाहते थे। इसलिए नहीं कि दूसरे देश उसका लोहा मानें, बल्कि इसलिए कि वह दुनिया के भले के लिए स्वेच्छापूर्वक अपनी आहुति दे सके।

उनकी आंखों के सामने भारत की उन महान सांस्कृतिक परम्पराओं के

स्वप्न थे, जो यह आभास कराती थीं कि इस भूमि पर जन्म पाना दुर्लभ है। वह यहां रामराज्य स्थापित करना चाहते थे। 10 सितम्बर, 1931 के 'यंग इंडिया' में उन्होंने अपने उन स्वप्नों का उल्लेख इन शब्दों में किया था, जिन्हें साकार करने के लिए वह सवा सौ वर्ष जीवित रहना चाहते थे :

"मैं ऐसे संविधान की रचना करवाने का प्रयत्न करूंगा, जो भारत को हर तरह की गुलामी और परावलम्बन से मुक्त कर दे और उसे आवश्यकता हो तो पाप करने तक का अधिकार दे। मैं ऐसे भारत के लिए कोशिश करूंगा, जिसमें गरीब से गरीब लोग भी यह अनुभव करेंगे कि यह देश उनका है—जिसके निर्माण में उनकी आवाज़ का महत्त्व है। मैं ऐसे भारत के लिए कोशिश करूंगा, जिसमें ऊंचे और नीचे वर्गों का भेद नहीं होगा और जिसमें विविध सम्प्रदायों का पूरा मेल-जोल होगा। ऐसे भारत में अस्पृश्यता या शराब या दूसरी नशीली चीज़ों के अभिशाप के लिए कोई स्थान नहीं हो सकता। उसमें स्त्रियों को वही अधिकार होंगे, जो पुरुषों को होंगे। चूंकि शेष सारी दुनिया के साथ हमारा सम्बन्ध शांति का होगा, यानी न तो हम किसी का शोषण करेंगे और न ही किसी के द्वारा अपना शोषण होने देंगे, इसलिए हमारी सेना छोटी से छोटी होगी। ऐसे सब हितों का, जिसका करोड़ों मूक लोगों के हितों से कोई विरोध नहीं है, पूरा सम्मान किया जाएगा, फिर वे हित देशी हों या विदेशी। यह है मेरे सपनों का भारत।"

जीवन-प्रभात

जिन्होंने अपने देश के जीवन को शुद्ध और प्रबुद्ध बनाने के लिए इस प्रकार के स्वप्न देखे और उन्हें चरितार्थ करने के लिए दिन-रात प्रयत्न किए, उन मोहनदास करमचन्द गांधी का जन्म 2 अक्तूबर, 1869 को पोरबंदर में हुआ था। वह वर्ष भारत की ही नहीं, समूचे विश्व की दृष्टि से ऐतिहासिक था। सुप्रसिद्ध अमरीकी पत्रकार लुई फिशर ने अपनी पुस्तक 'गांधी की कहानी' में लिखा है कि इसी साल स्वेज नहर खुली, एडीसन ने अपना पहला आविष्कार पेटेंट कराया, फ्रांस ने नेपोलियन बोनापार्ट की जन्म-शताब्दी मनाई और चार्ल्स डब्ल्यू इलियट हार्वर्ड विश्वविद्यालय का अध्यक्ष बना। कार्ल मार्क्स की 'केपीटल' अभी प्रकाशित हुई थी, विस्मार्क फ्रांस-जर्मन युद्ध करने ही वाला था और विक्टोरिया इंग्लैंड तथा भारत पर राज्य कर रही थी।"

मोहनदास के पिता का नाम करमचन्द गांधी था और माता का नाम पुतलीबाई। पिता कुटुम्ब-प्रेमी, सत्यप्रिय तथा शूर और उदार थे। वह पोरबंदर में दीवान रहे। पोरबंदर की दीवानगिरी छोड़ने के बाद कुछ समय राजकोट की 'राजस्थानिक कोर्ट' के सदस्य रहे, अनन्तर वहीं और फिर बांकानेर में दीवान रहे। जिस समय उनकी मृत्यु हुई, वह राजकोट दरबार से पेंशन पा रहे थे।

करमचन्द गांधी की पढ़ाई अपर प्राइमरी के बराबर हुई थी, लेकिन उनका व्यावहारिक ज्ञान इतना बढ़ा-चढ़ा था कि सूक्ष्म से सूक्ष्म प्रश्नों का भी हल करने में उन्हें कठिनाई नहीं होती थी। धार्मिक शिक्षा भी उनकी नहीं के बराबर थी, लेकिन मन्दिरों में जाने और धार्मिक ग्रंथ पढ़ने से उन्हें धर्म का अच्छा ज्ञान हो गया था।

माताजी अत्यन्त धर्मपरायण थीं। पूजा-पाठ किए बिना खाना नहीं खाती थीं और मन्दिर नियमित रूप से जाती थीं। वह व्यवहार-कुशल भी थीं।

मोहनदास को पिता से सत्यपरायणता के और मां से धार्मिकता के संस्कार प्राप्त हुए। उनका बचपन पोरबंदर में बीता और वहीं की किसी पाठशाला में उन्होंने विद्यारम्भ किया। सात वर्ष की उम्र में वह राजकोट आए और वहां की देहाती पाठशाला में भरती हुए। पढ़ने में वह बहुत होशियार न थे। पाठशाला से ऊपर के स्कूल में और फिर हाईस्कूल में गए। सामान्यतया उन्हें पाठ्यपुस्तकों के अतिरिक्त और कुछ भी पढ़ने का शौक नहीं था।

एक बार उनके पिताजी 'श्रवण-पितृ-भक्ति' नामक नाटक खरीद लाए। उसे उन्होंने पढ़ डाला। संयोग से उन्हीं दिनों शीशे में तस्वीर दिखानेवाला आया। उसमें उन्होंने देखा कि श्रवण अपने माता-पिता को कांवर में बिठाकर तीर्थ कराने ले जा रहे हैं। गांधीजी लिखते हैं, "ये दोनों चीज़ें मेरे अंतस्तल पर अंकित हो गईं। मेरे मन में यह बात उठा करती कि मैं भी श्रवण की तरह बनूं। श्रवण जब मरने लगा तो उस समय का उसके माता-पिता का विलाप अब भी याद है।"

उन्हीं दिनों एक नाटक कम्पनी आई और गांधीजी हरिश्चंद्र का खेल देखने गए। उसका भी गांधीजी पर गहरा असर पड़ा। उस संबंध में गांधीजी ने लिखा है, "अपने मन में मैंने इस नाटक को सैकड़ों बार खेला होगा। हरिश्चन्द्र के सपने आते। यही धुन समाई कि हरिश्चंद्र की तरह सब सत्यवादी क्यों न हों ! यही धारणा जमी कि हरिश्चंद्र के जैसी विपत्तियां भोगना, पर सत्य को न छोड़ना ही

सच्चा सत्य है। मैंने तो यही मान लिया था कि नाटक में जैसी विपत्तियां हरिश्चंद्र पर पड़ी थीं, वैसी ही वास्तव में उसपर पड़ी होंगी। हरिश्चंद्र के दुःखों को देखकर, उन्हें याद कर, मैं खूब रोया हूं। आज मेरी बुद्धि कहती है कि संभव है, हरिश्चंद्र कोई ऐतिहासिक व्यक्ति हों, पर मेरे हृदय में तो हरिश्चन्द्र और श्रवण आज भी जीवित हैं। आज भी यदि मैं उन नाटकों को पढ़ पाऊं तो आंसू आए बिना न रहें।"

तेरह वर्ष की आयु में जब कस्तूरबाई से उनका विवाह हुआ, वह हाईस्कूल में पढ़ते थे। कस्तुरबाई पोरबंदर के गोकुलदास मकनजी नामक व्यापारी की पुत्री थीं। इतनी छोटी उम्र में विवाह हो जाने की बात जब बाद में गांधीजी को याद आती थी तो उन्हें अपने पर तरस आने लगता था। बाल-विवाह के समर्थन में कोई भी नैतिक तर्क उनकी समझ में नहीं आया। उस समय तो गांधीजी के शब्दों में "दो अबोध बालक बिना जाने, बिना समझे, संसार-सागर में कूद पड़े।"

हाईस्कूल में गांधीजी की बुद्धि खुली, पर पढ़ाई से अधिक उन्हें अपने आचरण का ध्यान रहता। वह पूरी सावधानी रखते कि शिक्षक से उन्हें सदाचार की किसी चूक के लिए उलाहना न मिले। एक बार वह किसी बात पर पिटे। उन्हें पिटने का तो दुःख न हुआ, पर इस बात का महादुःख हुआ कि वह दंड के पात्र समझे गए। वह फूट-फूटकर रोए।

उस हाईस्कूल में व्यायाम अनिवार्य था। एक बार चार बजे गांधीजी को व्यायाम के लिए जाना था। उस समय आकाश में बादल छा रहे थे और गांधीजी के पास घड़ी नहीं थी। समय का पता न चला। वह देर से स्कूल पहुंचे। दूसरे दिन हैडमास्टर ने अनुपस्थिति का कारण पूछा तो उन्होंने ठीक-ठीक बता दिया। लेकिन हैडमास्टर ने उसपर विश्वास न किया और उनपर दो या तीन आने जुर्माना कर दिया। गांधीजी लिखते हैं, "मुझे इस बात से अत्यन्त दुःख हुआ कि मैं झूठा समझा गया। मैं यह कैसे साबित करता कि मैंने झूठ नहीं बोला ? पर कोई उपाय न रहा था। मन मसोसकर रह जाना पड़ा। मैं रोया और समझा कि सच बोलनेवाले और सच करनेवाले को गाफिल भी नहीं रहना चाहिए। अपनी पढ़ाई के दरमियान मुझसे ऐसी गलती पहली और आखिरी थी।"

विद्यार्थी-जीवन में बुरी सोहबत में पड़कर गांधीजी ने जब पहली बार मांसाहार किया तो उन्हें वह रात बितानी मुश्किल हो गई। उन्हें ऐसा लगता कि बकरा उनके शरीर के अन्दर जीवित है और वह 'बैं-बैं' चिल्लाता है। वह चौंके, पछताए, लेकिन उनके मन में यह भ्रम बैठा दिया गया था कि

मांसाहार से आदमी मज़बूत बनता है। इसलिए उन्होंने पांच-छ: बार मांस खाया, लेकिन माता-पिता को धोखा देने और उनके सामने झूठ बोलने से उन्हें बड़ी ग्लानि हुई और उन्होंने मांस खाना छोड़ दिया। फिर भी मित्र का साथ न छूटा। वह एक बार गांधीजी को चकले में ले गया। लेकिन अपने संकोची स्वभाव के कारण वहां एक शब्द भी उनके मुंह से न निकला और वह उठकर चले आए।

अपने एक रिश्तेदार के साथ गांधीजी को सिगरेट पीने का चस्का लग गया। लेकिन सिगरेट खरीदने के लिए पैसे कहां से लाएं, इसलिए चाचाजी के फेंके हुए टुकड़ों को चुरा-चुराकर पीने लगे। पर वे टुकड़े हमेशा नहीं मिलते थे, सो नौकर के पैसों में से एक-एक, दो-दो पैसे चुराकर बीड़ी खरीदने लगे। उधर गांधीजी के मांसाहारी भाई ने पच्चीस रुपये के लगभग कर्ज़ा कर रखा था। वह कर्ज़ा उतारने के लिए गांधीजी के भाई के हाथ के सोने के कड़े में से एक तोला सोना काट लिया गया और कर्ज़ चुक गया, लेकिन गांधीजी को पिता के सामने चोरी कबूल करने की हिम्मत न हुई। उन्होंने पिता को पत्र लिखा और उनके हाथ में दे दिया।

पिता ने चिट्ठी पढ़ी और उनकी आंखों से मोती टपकने लगे। गांधीजी भी रोए। वह लिखते हैं, "यह मेरे लिए अहिंसा का पदार्थ-पाठ था।"

आगे उन्होंने फिर लिखा, "जो मनुष्य अधिकारी व्यक्ति के सामने स्वेच्छापूर्वक अपने दोष शुद्ध हृदय से कह देता है और फिर कभी न करने की प्रतिज्ञा करता है वह मानो शुद्धतम प्रायश्चित्त करता है। मैं जानता हूं, मेरी इस दोष-स्वीकृति से पिताजी मेरे सम्बन्ध में निःशंक हो गए और उनका महाप्रेम मेरे प्रति और बढ़ गया।"

सन् 1885 में पिता का देहान्त हो गया। गांधीजी ने 16 वर्ष की अवस्था तक विद्याध्ययन किया, लेकिन स्कूल में कहीं भी उन्हें धर्मशिक्षा न मिली। अपने घर की पुरानी नौकरानी रंभा से उन्होंने राम-नाम की महिमा जानी। गांधीजी को भूत-प्रेत से बड़ा डर लगता था। रंभा ने बताया कि उसकी दवा राम नाम है। फिर क्या था, भूत-प्रेतादि से बचने के लिए उन्होंने राम नाम का जप शुरू किया। बचपन का वह बीजारोपण व्यर्थ नहीं गया। जीवन-भर उनके लिए अमोघ शक्ति बना रहा।

रामायण के पारायण का भी उनपर बड़ा प्रभाव पड़ा। उनकी दृष्टि

में तुलसीदासजी की रामायण (रामचरितमानस) भक्तिमार्ग का सर्वोतम ग्रंथ है।

करमचन्द गांधी के पास जैन, मुसलमान, पारसी सब आते थे और अपने-अपने धर्म की बातें सुनाते थे। उस वायुमण्डल का परिणाम यह हुआ कि गांधीजी के मन पर सब धर्मों के प्रति समभाव उत्पन्न हो गया, जो उनके जीवन के अंत तक बना रहा।

मैट्रिक की परीक्षा पास करके भावनगर के शामलदास कालेज में भरती हो गए। इसी बीच विलायत जाने का योग जुटा। मां को तीन वचन (मदिरा, स्त्री तथा मांस नहीं छुएंगे) देकर सन् 1888 के 4 सितम्बर को बम्बई से विलायत के लिए रवाना हो गए। उस समय उनको अवस्था कोई अठारह वर्ष की थी। कुछ ही महीनों पहले कस्तूरबाई के एक पुत्र हुआ था। उसका नाम हरिलाल रखा गया।

विलायत में उन्होंने अनेक प्रयोग किए—भोजन तथा पोशाक आदि के, पर अन्त में इस निर्णय पर पहुंचे कि सादा जीवन ही सर्वोत्तम है।

विलायत में वह 6 नवम्बर, 1888 को इनर टेम्पिल में भरती हुए और 1890 में उन्होंने लंदन विश्वविद्यालय से मैट्रिक की परीक्षा पास की। फ्रेंच तथा लेटिन भाषाएं सीखीं और भौतिक विज्ञान तथा कानून का अध्ययन किया। 10 जून, 1891 को वह बैरिस्टर हुए और अगले दिन ही हाईकोर्ट में ढाई शिलिंग देकर अपना नाम रजिस्टर कराकर 12 जून को भारत के लिए रवाना हो गए। विलायत में वह दो वर्ष आठ महीने रहे। इस बीच और जो हुआ सो हुआ, गीता में उनकी आस्था पैदा हो गई। बाद में उन्होंने लिखा, "जब शंकाएं मुझे घेर लेती हैं, जब निराशाएं मेरे सामने आकर खड़ी हो जाती हैं और मुझे आशा की एक भी किरण नहीं दिखाई देती, तब मैं भगवद्गीता का आश्रय लेता हूं और चित्त को शांति देनेवाला श्लोक पा जाता हूं। मैं अत्यधिक विषाद के बीच भी तुरंत मुस्कराने लगता हूं। मेरा जीवन दुखद घटनाओं से परिपूर्ण रहा है और यदि उनका मुझपर कोई प्रकट अथवा अप्रकट प्रभाव शेष नहीं रहा तो इसके लिए भगवद्गीता के उपदेशों का ऋणी हूं।"

बाइबिल के 'नये करार' का भी उनपर बड़ा असर हुआ। उसका 'गिरि-प्रवचन' तो उनके हृदय में सीधा बैठ गया।

बम्बई लौटने पर गांधीजी को अपनी माता पुतलीबाई के देहान्त का

समाचार मिला। उन्हें बड़ा आघात पहुंचा, पर वह अपनी वेदना को चुपचाप पी गए।

संघर्ष में

विधि का विधान बड़ा विचित्र है। आदमी सोचता कुछ है, हो कुछ और ही जाता है। गांधीजी ने वकालत की पढ़ाई की, अपने देश में आकर पहले बम्बई में, फिर राजकोट में प्रेक्टिस की, पर उसमें सफलता न मिली। नौकरी खोजी, पर उसमें भी निराशा ही हाथ लगी। उनका जी ऊब गया।

इसी बीच उन्हें पोरबंदर की एक फर्म की ओर से वकील बनकर एक साल के लिए अफ्रीका जाने का संदेश मिला। सन् 1893 के अप्रेल मास में वह भारत से रवाना होकर मई में डरबन के बंदर पर पहुंचे। जाने से कुछ महीने पहले उन्हें दूसरे पुत्र की प्राप्ति हुई, जिसका नाम मणिलाल रखा गया।

मुकदमे के सिलसिले में उन्हें प्रिटोरिया जाना था। डरबन से वह रेल के पहले दर्जे में सवार हुए। ट्रांसवाल की राजधानी मैरित्सबर्ग से एक गोरा उस डिब्बे में चढ़ा। एक काले आदमी को डिब्बे में बैठा देखकर उसने रेलवे के दो कर्मचारियों को बुलाया। उन्होंने उनसे तीसरे दर्जे के डिब्बे में जाकर बैठने को कहा, पर गांधीजी के इन्कार करने पर वे पुलिस को लिवा लाए और उन्हें सामान सहित गाड़ी से उतार दिया गया।

कड़ाके की सर्दी पड़ रही थी। उस रात पहली बार सामाजिक प्रतिरोध की भावना उनमें उत्पन्न हुई। बाद में तो उन्हें और भी कटु अनुभव हुए। चार्ल्सटाउन से घोड़ागाड़ी में जाते समय उन्हें गोरे अफसर के हाथों मार भी खानी पड़ी।

प्रिटोरिया पहुंचकर एक सप्ताह के भीतर उन्होंने भारतीयों की एक सभा बुलाई। उन्होंने वहां के भारतीय समाज को शुद्ध और प्रभावशाली बनाने के लिए चार बातों पर ज़ोर दिया : 1. व्यापार में भी सचाई का व्यवहार करो, 2. अधिक सफाई से रहो, 3. जात-पांत और धर्म के भेद को भूल जाओ, और 4. अंग्रेज़ी सीखो। कुछ ही दिनों में वह प्रिटोरिया के सारे भारतीय समाज से परिचित हो गए।

मुकदमा पंच-फैसले से समाप्त हो जाने पर गांधीजी डरबन लौट आए और स्वदेश वापसी की तैयारी करने लगे। साथियों ने उन्हें विदाई की पार्टी

दी। उसी समारोह में किसी ने उन्हें 'नेटाल मर्करी' पत्र दिया, जिसमें सूचना थी कि नेटाल सरकार विधान-मण्डल में सदस्य चुनने के अधिकार से भारतीयों को वंचित करने के लिए एक बिल पेश करना चाहती है। गांधीजी ने इसका विरोध करने की सलाह दी। मित्रों के आग्रह पर वह एक महीने और ठहर गए। फिर क्या था, भारतीयों के अधिकारों के लिए उन्हें बीस वर्ष तक कितना संघर्ष करना पड़ा, इसकी विस्तृत कहानी उन्होंने अपने 'दक्षिण अफ्रीका के सत्याग्रह के इतिहास' में दी है। उस बार तो वह तीन साल वहां रहे।

सन् 1896 में भारत लौटकर दक्षिण अफ्रीका में भारतीयों के पक्ष को लेकर उन्होंने देश में भारी हलचल पैदा कर दी। राजकोट में बैठकर उन्होंने उन प्रवासी भारतीयों की शिकायतों के सम्बन्ध में एक पुस्तक लिखी और उसकी दस हज़ार प्रतियां छपवाकर बंटवाईं। बम्बई में एक सार्वजनिक सभा में उस विषय पर भाषण दिया। पूना और मद्रास में भी सभाएं हुईं।

वह इस दरमियान जिन दो महापुरुषों से मिले, वे थे—गोपालकृष्ण गोखले और लोकमान्य तिलक। लोकमान्य उन्हें समुद्र की भांति लगे, गोखले गंगा की तरह। गांधीजी ने बड़े सुन्दर ढंग से उन दोनों का विश्लेषण किया है : "समुद्र में डूबने का भय रहता है, पर गंगा की गोदी में खेल सकते हैं, उसमें डोंगी पर चढ़कर तैर सकते हैं।" गोखले को उन्होंने अपना राजनीतिक गुरु माना।

अन्य नगरों की भांति वह कलकत्ता में भी सार्वजनिक सभा करना चाहते थे। तभी उन्हें नेटाल (डरबन) जाने का तार मिला और वह अपनी पत्नी, बच्चों तथा अपनी विधवा बहन के पुत्र को साथ लेकर पानी के जहाज़ द्वारा दक्षिण अफ्रीका के लिए रवाना हो गए।

अपने पिछले प्रवास में वह देख चुके थे कि उनपर जो कुछ बीती थी, वह भीतर के महारोग का एक बाह्य लक्षण था। वह महारोग था रंग-द्वेष। गांधीजी ने सोचा था—'यदि इस गहरी बीमारी को उखाड़ फेंकने की सामर्थ्य हो तो उसका उपयोग करना चाहिए। उसके लिए जो कुछ कष्ट और दुःख सहन करना पड़े, सहना चाहिए।'

डरबन पहुंचने पर उन्हें बड़ी कठिनाई से जहाज़ से उतरने की अनुमति मिली। गोरे उनसे बहुत बिगड़े हुए थे। उनपर दो आरोप थे। एक तो यह कि उन्होंने भारत में नेटाल के गोरों की बड़ी निंदा की है। दूसरे, वह नेटाल को हिन्दुस्तानियों से भर देना चाहते हैं। बंदरगाह से रुस्तमजी सेठ का घर, जहां

गांधीजी को ठहरना था, दो मील के लगभग था। घर के लोगों को तो ज़हाज़ से उतारकर पहले भेज दिया गया था, पर गांधीजी को संभालकर ले जाना था। गोरों को पता चल गया और रास्ते में उनपर खूब पत्थर और डंडे बरसाए गए, लातें मारी गईं। गांधीजी को गश आ गया। फिर भी उनकी पिटाई होती रही। बाद में पुलिस ने आकर उन्हें रुस्तमजी के घर पहुंचाया। गोरों के झुण्डों ने रुस्तमजी का घर घेर लिया। वह गांधीजी को पकड़कर जला देना चाहते थे।

भीड़ को उत्तेजित देखकर पुलिस सुपरिंटेंडेंट गांधीजी को थाने में ले गया और उन्हें तीन दिन वहां रखा। गांधीजी के साथ जो कुछ हुआ, उससे वह गोरे लोगों को जीवन-भर घृणा की दृष्टि से देखते तो कोई बेजा बात न होती, लेकिन उनके मन में किसी के प्रति दुर्भाव न था। उन्होंने डरबन के गोरों को ही नहीं, उन गोरी चमड़ी के लोगों को भी क्षमा कर दिया, जिन्होंने उन्हें मारा और घायल किया था।

दक्षिण अफ्रीका में सन् 1899 से 1902 तक हुए बोअर-युद्ध[1] में यद्यपि गांधीजी की सहानुभूति बोअर लोगों के साथ थी, फिर भी उन्होंने अंग्रेज़ों का साथ दिया। उन्होंने घायलों की सेवा के लिए एक टुकड़ी तैयारी की, जिसमें तीन सौ स्वतन्त्र भारतीय और आठ सौ गिरमिटिये[2] मज़दूर थे। गांधीजी तथा उनकी टुकड़ी ने उस समय जो सेवा-कार्य किया, उसकी जनता और सेना ने भूरि-भूरि प्रशंसा की।

1901 में वह सेवा-दल तोड़ दिया गया और गांधीजी ने भारत लौटने का विचार किया। विदा होने से पहले वहां के भारतीय समाज ने कृतज्ञता-प्रकाश के रूप में उन्हें सोने-चांदी की चीज़ें तथा हीरे के जड़ाऊ आभूषण भेंट किए। सन् 1896 में भारत जाते समय भी उन्हें बहुत-से उपहार मिले थे। गांधीजी ने उनका ट्रस्ट बना दिया और उन उपहारों से जो कोष बना, उससे दक्षिण अफ्रीका के भारतीयों का बहुत वर्ष तक काम चला।

भारत लौटकर गांधीजी ने बम्बई में रहने का निश्चय करके मकान ले लिया, लेकिन सन् 1902 में फिर अफ्रीका से बुलावा आ गया। गांधीजी वहां चले गए।

बोअर-युद्ध के बाद ट्रांसवाल उजड़ गया था। वहां आनेवालों को एक परवाना लेना पड़ता था, जिसके लिए एक नया महकमा खुला था। गांधीजी

---

1. हॉलैण्ड से आकर बसनेवालों तथा अंग्रेज़ों के बीच यद्ध
2. भारत से करार में बंधकर जानेवाले भारतीय

डरबन से परवाना लेकर वहां पहुंचे। वह भारतीय शिष्टमण्डल के साथ मि० चेम्बरलेन से मिलना चाहते थे, लेकिन उनका नाम यह कहकर शिष्टमण्डल में सम्मिलित नहीं किया गया कि वह डरबन में पहले ही उनसे मिल चुके हैं।

ट्रांसवाल के लोगों के अधिकारों की रक्षा करने के विचार से गांधीजी का लम्बे अरसे तक वहां ठहरना आवश्यक हो गया। अतः उन्होंने वकालत की सनद लेकर जोहान्सबर्ग में अपना दफ्तर खोल दिया।

सन् 1904 में उन्होंने 'इण्डियन ओपीनियन' साप्ताहिक पत्र का प्रकाशन आरम्भ किया। उसमें वह प्रति सप्ताह अपनी आत्मा उंडेलते और उस चीज़ को समझाने का प्रयत्न करते जिसे वह 'सत्याग्रह' के नाम से जानते थे। गांधीजी लिखते हैं, "जेल के दिनों को छोड़कर दस वर्ष तक अर्थात् 1914 तक 'इण्डियन ओपीनियन' का शायद ही कोई अंक ऐसा हो, जिसमें मैंने एक भी शब्द बिना विचारे या तौले लिखा हो, या जान-बूझकर अत्युक्ति की हो। यह अखबार मेरे लिए संयम की शिक्षा का काम देता था और मित्रों के लिए मेरे विचार जानने का साधन हो गया था।"

जोहान्सबर्ग में भारतीय 'कुली' के नाम से प्रसिद्ध थे। वहां उनके लिए एक 'कुली लोकेशन' था, जिसमें ज़मीन का 99 साल का पट्टा कर दिया गया था। इस बस्ती में भारतीय बड़ी कठिनाई में रहते थे। स्थान कम था, आबादी अधिक। फिर आवश्यक सुविधाएं भी वहां नहीं थीं। आरोग्य की दृष्टि से स्थिति बड़ी खराब थी। उसे सुधारने का प्रयत्न करना तो दूर, स्वच्छता-रक्षक विभाग ने उसे मिटा देने का निश्चय किया और धारासभा से उस ज़मीन पर कब्ज़ा करने की सत्ता प्राप्त कर ली। वहां के निवासी अपनी-अपनी ज़मीन के मालिक थे। इसलिए उन्हें हरजाना देना ज़रूरी था। हरजाने की रकम तय करने के लिए एक पंचायत बैठाई गई। म्यूनिसपैलिटी जो रकम देना चाहती, वह मकान-मालिक को मंज़ूर न होती तो उसका फैसला पंचायत करती और उसे मालिक को मंज़ूर करना पड़ता। गांधीजी ने बहुत-से मकान-मालिकों के मुकदमे लड़े और एक को छोड़कर सबकी जीत हुई।

उस बस्ती को म्यूनिसपैलिटी ने ले तो लिया, लेकिन भारतीयों को तुरन्त नहीं हटाया जा सका। कुछ ही दिनों में वहां महामारी फैल गई। गांधीजी ने रोगियों की खूब सेवा की। आखिर बस्ती को खाली कराकर आग लगा दी गई।

सत्याग्रह का अभिनव प्रयोग

'इंडियन ओपीनियन' का हिसाब व्यवस्थित कराने के लिए गांधीजी जोहान्सबर्ग से नेटाल जा रहे थे। उनके साथी पोलक ने रास्ते में पढ़ने के लिए उन्हें एक पुस्तक दी–रस्किन की 'अन्टु दिस लास्ट !' इस पुस्तक ने उनके जीवन में तत्काल महत्त्वपूर्ण रचनात्मक परिवर्तन करा दिया। उनके अन्दर जो चीज़ गहराई से भरी हुई थी, उसका प्रतिबिम्ब उन्होंने इस पुस्तक में देखा। गांधीजी ने अपनी आत्मकथा में लिखा है, "उसने भेरे हृदय पर अपना साम्राज्य जमा लिया और उसमें प्रकट किए हुए विचारों पर मुझसे अमल कराया।"

आगे उन्होंने लिखा, "हममें जो भली भावनाएं सुप्त हों, उन्हें जगाने की शक्ति जिसमें हो, वह कवि है।"

गांधीजी ने इस पुस्तक का भावानुवाद 'सर्वोदय' के नाम से प्रस्तुत किया। सर्वोदय के सिद्धांत जो उन्होंने समझे, वे ये थे :

1. सबके भले में अपना भला समाया हुआ है।

2. वकील और हज्जाम दोनों के काम की कीमत एक-सी होनी चाहिए, क्योंकि आजीविका का हक सबको बराबर है।

3. सादा, मेहनत-मशक्कत का, किसान का, जीवन ही सच्चा जीवन है।

गांधीजी लिखते हैं, "पहली चीज़ मैं जानता था, दूसरी की मैं झलक पा रहा था, तीसरी को मैंने सोचा ही नहीं था। पहली में पिछली दोनों बातें समाई हुई हैं, यह मुझे 'सर्वोदय' ने दीपक की भांति स्पष्ट दिखा दिया। सवेरा हुआ और मैं उसपर अमल करने के प्रयत्न में लग गया।

डरबन के निकट उन्होंने सन् 1904 में फिनिक्स आश्रम की स्थापना उन आदर्शों को सामने रखकर की, जो रस्किन की पुस्तक ने सुझाए थे। वेस्ट, पोलक, मगनलाल गांधी आदि ने उनके इस प्रयोग में साथ दिया।

डरबन में बसाए इस घर में तो फेरफार हुए ही, जोहान्सबर्ग के रहन-सहन में भी परिवर्तन हुआ। हर काम हाथ से करने की वृत्ति बढ़ी। घर के और लोग भी उसमें शामिल हुए।

इसी बीच नेटाल में जूलू-विद्रोह हो गया। जूलू लोगों पर एक नया कर लगाया गया था। जूलू सरदार ने वह कर न देने की अपने लोगों को सलाह दी। कर वसूल करने एक सारजेंट गया तो उसे उन्होंने कत्ल कर दिया।

इसीपर बलवा हो गया। गांधीजी एक टुकड़ी लेकर गए और उन्होंने घायलों की सेवा-शुश्रूषा की। गांधीजी ने लिखा है, दो-तीन मौके तो ऐसे आए कि दिन-दिन-भर में चालीस मील की मंज़िल तय करनी पड़ी। यहां भी हमें तो बस प्रभु का ही काम मिला था—जो जूलू मित्र भूल से घायल हो गए थे, उन्हें डोलियों में उठाकर छावनी में पहुंचाना और वहां उनकी सेवा-शुश्रूषा करना।"

सेवा की लगन ने गांधीजी को अधिक से अधिक शुद्ध होने के लिए प्रेरित किया। सन् 1906 में उन्होंने ब्रह्मचर्य का व्रत ले लिया, जिसका अंतिम क्षण तक पालन किया। उपवास और अल्पाहार को विशेष महत्त्व मिला।

22 अगस्त, 1906 को 'ट्रांसवाल गवर्नमेंट गजट' में एक अध्यादेश का मसविदा छपा, जो विधानसभा में पेश होनेवाला था। इस प्रस्तावित अध्यादेश के अनुसार सारे भारतीय पुरुषों, स्त्रियों तथा आठ साल से ऊपर के बच्चों के लिए आवश्यक था कि वे अधिकारियों के रजिस्टर में अपने नाम दर्ज कराएं, उंगलियों की निशानियां दें और एक प्रमाण-पत्र लें, जिसे हर घड़ी अपने साथ रखें।

गांधीजी ने अनुभव किया कि यदि यह अध्यादेश स्वीकृत हो गया तो दक्षिण अफ्रीका में भारतीयों का सर्वनाश हो जाएगा। इसलिए उन्होंने 11 सितम्बर, 1906 को जोहान्सबर्ग के इम्पीरियल थियेटर में एक सभा बुलाई। थियेटर हाल खचाखच भरा था। गांधीजी ने अपने व्याख्यान में कहा, "सरकार ने भलमनसाहत की सारी बुद्धि को तिलांजलि दे दी है। लेकिन मैं साहस और निश्चय के साथ घोषित करता हूं कि जब तक अपनी प्रतिज्ञा पर सचाई के साथ डटे रहनेवाले मुट्ठीभर भी लोग रहेंगे, तब तक संघर्ष का एक ही अंत होगा-विजय।"

इस भाषण के बाद सारे उपस्थित लोगों ने शपथ ली कि यदि प्रस्तावित भारतीय-विरोधी अध्यादेश कानून बन गया तो वे उसे नहीं मानेंगे।

संयोग से अगले दिन इम्पीरियल थियेटर आग में जल गया। लोगों को उससे हर्ष हुआ। उन्होंने समझा कि अध्यादेश का भी यही हाल होगा।

प्रतिज्ञा के बाद गांधीजी ने सरकारी अनौचित्य के प्रति नये ढंग के सामूहिक, पर व्यक्तिगत, विरोध के लिए एक सुन्दर नाम सुझाने के हेतु पुरस्कार की घोषणा की। मगनलाल गांधी ने 'सदाग्रह' (सद् + आग्रह)

सुझाया। गांधीजी ने उसमें थोड़ा संशोधन किया और उसे 'सत्याग्रह' (सत्य+आग्रह) का नाम दे दिया। तब से वह नाम चल पड़ा। बाद में जब भारत में स्वराज्य की लड़ाई लड़ी गई तब तो सत्याग्रह ने उसमें एक महत्त्वपूर्ण भूमिका अदा की।

सत्याग्रह के द्वारा सरकार का प्रतिरोध करने से पहले गांधीजी लन्दन गए। वहां वह उपनिवेशों के राज्य-सचिव लार्ड एल्गिन से मिले और भारत के राज्य-सचिव मि० जान मौर्ले से भेंट की। पार्लमेंट के सदस्यों की एक सभा में भी भाषण दिया।

वहां से जब वह दक्षिण अफ्रीका लौट रहे थे तो रास्ते में उन्हें तार मिला कि लार्ड एल्गिन ट्रांसवाल के उस एशिया विरोधी अध्यादेश को स्वीकृति नहीं देंगे। लेकिन यह उनकी चाल थी। ट्रांसवाल सरकार ने उस कानून को पास कर दिया और 31 जुलाई, 1906 से उसपर अमल होने वाला था। भारतीय सत्याग्रह के लिए तैयार हो गए।

कुछ भारतीयों ने कानून के अनुसार प्रमाण-पत्न ले लिए, पर अधिकांश ने ऐसा नहीं किया। जिन्होंने नहीं लिए उन्हें नोटिस दिए गए कि वे या तो रजिस्टर में अपने नाम दर्ज करा दें, अन्यथा ट्रांसवाल छोड़कर चले जाएं। लोगों ने ऐसा नहीं किया। उन्हें 11 जनवरी, 1908 को मजिस्ट्रेट के सामने पेश किया गया। इनमें गांधीजी भी थे। उन्हें दो महीने की सादी कैद की सज़ा मिली।

यह उनकी पहली जेल-याला थी।

वह कानून 'काला कानून' के नाम से पुकारा गया और उसका ज़ोरों से विरोध हुआ। जनरल स्मट्स ने एक महानुभाव को समझौते का प्रस्ताव लेकर जेल में गांधीजी से मिलने भेजा। प्रस्ताव था कि यदि भारतीय अपनी मर्ज़ी से रजिस्टर में नाम दर्ज करा लेंगे तो कानून को वापस ले लिया जाएगा।

30 जनवरी को स्मट्स ने गांधीजी को मिलने के लिए बुलाया और वही बात कही। गांधीजी उसपर राज़ी हो गए पर जोहान्सबर्ग आने पर उन्हें भारी विरोध का सामना करना पड़ा। लोगों को भय था कि कहीं स्मट्स विश्वासघात न करे, पर गांधीजी ने उनके इस भय को यह कहकर शांत कर दिया कि सत्याग्रही निर्भय होता है।

इसपर मीर आलम नामक एक पठान को गुस्सा आ गया। उसने कहा, "हमने सुना है, तुमने कौम के साथ दगा की है और उसे पन्द्रह हजार पौण्ड

में जनरल स्मट्स के हाथ बेच दिया है। मैं अल्लाह की कसम खाकर कहता हूं कि जो कोई रजिस्ट्री कराने जाएगा, उसे जान से मार डालूंगा।'

गांधीजी इस धमकी से कहां डरने वाले थे। उन्हें तो जो रास्ता ठीक लगता था, निर्भय होकर उसपर दृढ़तापूर्वक चलते थे। 10 फरवरी को वह अपना नाम रजिस्टर में दर्ज कराने चले तो पठानों की एक टोली ने उन्हें घेर लिया। मीर आलम ने पूछा, "कहां जा रहे हो ?"

गांधीजी ने जवाब दिया, "मेरा इरादा रजिस्ट्री का प्रणाम-पत्र लेने का है।"

उनका इतना कहना था कि उनके सिर पर तड़ाक से एक डंडा लगा। गांधीजी उसकी चोट से बेहोश हो गए।

उसके बाद उनपर और भी चोटें पड़ीं। पठानों ने उनके ठोकरें लगाईं।

बेहोशी की हालत में लोग उन्हें उठाकर एक दफ्तर में ले गए। होश आते ही उन्होंने मीर आलम के बारे में पूछा। पता चला कि वह और कुछ दूसरे पठान गिरफ्तार कर लिए गए हैं। गांधीजी ने कहा, "उन्हें छोड़ देना चाहिए। मुझे उनपर मुकदमा नहीं चलाना।"

ठीक हो जाने पर गांधीजी ने लोगों से आग्रह किया कि वे समझौते पर ईमानदारी से अमल करें। पर लोगों का भय ठीक निकला। जनरल स्मट्स ने अपना वादा पूरा नहीं किया। फिर भी गांधीजी ने धीरज नहीं खोया। 16 अगस्त, 1908 को जोहान्सबर्ग की हमीदिया मस्जिद में एक सभा बुलाई गई। वहां थोड़ी ऊंचाई पर एक कढ़ाई रखी गई। दो हज़ार से अधिक प्रमाण-पत्र उस कढ़ाई में डालकर उनपर मिट्टी का तेल छिड़का गया और आग लगा दी गई। भीड़ हर्ष से नाच उठी।

सरकार का दमन-चक्र चला। गांधीजी गिरफ्तार कर लिए गए। और भी बहुत-से लोग पकड़े गए। वोक्सरस्ट की जेल में लगभग 105 भारतीय बंदी इकट्ठे हो गए। उन्होंने अपनी रसोई का काम अपने हाथ में ले लिया। गांधीजी रसोई पकाते। सरकार ने यह देखा तो गांधीजी को दूसरे कैदियों से अलग कर देने के विचार से उन्हें प्रिटोरिया की जेल में भेज दिया और वहां उन्हें तनहाईवाली कोठरी में रखा, जिसमें केवल खतरनाक कैदी रखे जाते थे।

भारतीयों ने हार नहीं मानी। सरकार सोच में पड़ी। आखिर जेल में कितने आदमियों को ठूंसे ! उसने तीन प्रकार की सजाएं रखीं—जुर्माना, कैद

और देश-निकाला यानी ट्रांसवाल की सीमा से बाहर छोड़ देना। इतने पर भी भारतीयों का उत्साह भंग नहीं हुआ, उल्टे बढ़ा, तो उसने एक नई चाल खेली। भारतीयों के एक बहुत बड़े जत्थे को हिन्दुस्तान भेजा। उन भारतीयों को बड़ी मुसीबतें उठानी पड़ीं। उनमें से बहुत-से तो गिरमिट-मुक्त थे। हिन्दुस्तान में उनका कौन बैठा था ? कुछ का जन्म तो दक्षिण अफ्रीका में ही हुआ था। इसलिए गांधीजी ने उन्हें भरोसा दिलाया कि उनके लिए हिन्दुस्तान में सारा प्रबन्ध कर दिया जाएगा।

ट्रांसवाल सरकार का यह काम जितना क्रूरतापूर्ण था, उतना ही गैरकानूनी भी था। उसके खिलाफ हिन्दुस्तान में खूब आंदोलन हुआ। इतना शोर मचा कि आगे ट्रांसवाल की सरकार को भारतीयों को निर्वासित करना कठिन हो गया। हिन्दुस्तानियों को जो कानूनी कार्रवाही करनी चाहिए थी, की। अपीलें कीं। उनमें उनकी जीत हुई। अंत में सरकार को लाचार होकर निर्वासन की प्रथा को बंद कर देना पड़ा। सरकार ने जितना लोगों को सताया, उतनी ही उनकी हिम्मत बढ़ी।

बोअर और अंग्रेज़ चाहते थे कि दक्षिण अफ्रीका के सब उपनिवेशों को इकट्ठा करके और अधिक स्वतंत्रता प्राप्त करें। उनमें से कुछ ब्रिटेन से नाता तोड़ लेना चाहते थे, कुछ नाममात्र का सम्बन्ध बनाए रखना चाहते थे। अंत में उन्होंने तय किया कि उनका एक शिष्टमण्डल विलायत जाए और ब्रिटिश मंत्रिमण्डल के सामने अपना मामला रखे।

भारतीयों ने यह देखा तो अपना एक शिष्टमण्डल विलायत भेजने का निश्चय किया। भारतीयों के कष्ट और कठिनाइयों को बताने के लिए नेटाल की ओर से भी एक शिष्टमण्डल विलायत गया।

गांधीजी ने वहां भारत-मंत्री, उपनिवेश-मंत्री आदि से भेंट की, पर विशेष नतीजा नहीं निकला। लड़ाई को आगे चलाने के लिए आर्थिक सहायता की ज़रूरत थी, वह तो बाहर से मिली, पर उतना ही काफी नहीं था। सत्याग्रहियों के सामने अनेक प्रश्न थे। सत्याग्रही बंदियों तथा उनके परिवार को रखने के लिए जोहान्सबर्ग के निकट एक आश्रम की स्थापना की गई, जिसका नाम 'टाल्स्टाय फार्म' रखा गया। उस आश्रम में गांधीजी का काम था सत्याग्रही कुटुम्बों को उद्योगी बनाए रखना, पैसा बचाना और अंत में स्वावलम्बी बनना। वहां शिक्षा की व्यवस्था की गई। गांधीजी ने लिखा है, "टाल्स्टाय फार्म में मेरी हिम्मत और श्रद्धा पराकाष्ठा को पहुंची हुई थी।"

इस फार्म में गांधीजी ने जो प्रयोग किए, उनका विशद वर्णन उनके 'दक्षिण अफ्रीका के सत्याग्रह का इतिहास' में मिलता है। वह वर्णन दिल को दहला देता है। पाठकों से हमारा अनुरोध है कि वे उस पुस्तक को अवश्य पढ़े। उससे उनको पता चलेगा कि गांधीजी के वे प्रारम्भिक प्रयोग कितने अभिनव थे, जो आगे चलकर भारतीय स्वातंत्र्य-संग्राम की आधारशिला बने।

जिन दिनों वह कार्य चल रहा था, गोपालकृष्ण गोखले वहां गए। उनके जाने और वहां के अधिकारियों से मिलने आदि से गांधीजी के पक्ष को बड़ा बल मिला। अपने एक महीने के प्रवास में उन्होंने भारतीयों की स्थिति का अध्ययन किया और गांधीजी की सहायता की।

गोखले ने जनरल बोथा और जनरल स्मट्स से मिलने के बाद सूचना दी कि आवास-कानून का जातीय प्रतिबंध हटा दिया जाएगा और गिरमिट समाप्त हो जाने के बाद दक्षिण अफ्रीका में बसनेवाले गिरमिटिया मज़दूरों से लिया जानेवाला तीन पौण्ड का कर हटा दिया जाएगा।

पर जनरल स्मट्स ने गोखले को दिए गए अपने वचन का पालन नहीं किया। उसने विधानसभा में घोषणा की कि नेटाल के यूरोपीय लोग गिरमिट से मुक्त लोगों पर से तीन पौण्ड का कर हटाने को तैयार नहीं हैं।

इस घोषणा ने अन्तिम संघर्ष निकट ला दिया। गिरमिट से छूटे मज़दूर सामूहिक रूप में सत्याग्रह के लिए आगे आ गए। नये अभियान में स्वयंसेविकाओं की एक टुकड़ी ट्रांसवाल को पार करके नेटाल में जाकर गिरफ्तार होने वाली थी। वह पकड़ी गई और जेल में डाल दी गई। इसपर भारी रोष फैला और सत्याग्रही सामने आए।

गांधीजी फिनिक्स से न्यूकासल आए। वहां सत्याग्रही इकट्ठे हो गए। उनमें 2037 पुरुष, 127 स्त्रियां और 57 बच्चे थे। गांधीजी लिखते हैं, "6 नवम्बर, 1913 को सुबह साढ़े छः बजे हमने प्रार्थना की और भगवान का नाम लेकर कूच कर दिया।" पहले पड़ाव पर ही गांधीजी गिरफ्तार कर लिए गए और उनपर वोक्सरस्ट में मुकदमा चलाया गया। शहादत तैयार न होने के कारण सरकारी वकील ने मुकदमे को स्थगित करने की प्रार्थना की। गांधीजी 50 पौण्ड की ज़मानत पर छोड़ दिए गए। वह अपने यात्री-दल में आ मिले। अगले दिन फिर पकड़े गए और 50 पौण्ड के जाती मुचलके पर रिहा कर दिए गए।

गांधीजी ने सरकार को लिख दिया था कि "हम ट्रांसवाल में बसने

के इरादे से प्रवेश नहीं करना चाहते। हमारा प्रवेश सरकार के वचन-भंग के विरुद्ध अमली फरियाद है और हमारे आत्मसम्मान के भंग होनेवाले दुःख का शुद्ध निदर्शन है...सरकार यह जान ले कि अगर उसने तीन पौंड का कर उठा दिया तो गिरमिटिये काम पर लौट जाएंगे और हड़ताल बंद हो जाएगी।"

इस पत्र का उत्तर भला सरकार क्या देती !

चार दिन के भीतर गांधीजी तीन बार गिरफ्तार किए गए। अन्तिम बार उन्हें वोक्सरस्ट की जेल में रखा गया। वहां से बाद में आरेंजिया की राजधानी ब्लूम फोनटीन की जेल में भेज दिया गया। उस जेल में वह अकेले हिन्दुस्तानी थे।

पर सरकार की सारी दमन-नीति बेकार गई। नेटाल के गिरमिटिये। हिन्दुस्तानी मज़दूर पूरी तरह से जाग गए थे। दुनिया की कोई भी ताकत उन्हें रोक नहीं सकती थी।

उधर 10 तारीख को काफिला बालफोर पहुंचा तो वहां उसे पकड़कर नेटाल पहुंचा देने के लिए तीन स्पेशल ट्रेनें खड़ी थीं। उनमें भरकर सत्याग्रहियों को नेटाल पहुंचा दिया गया। वहां उनपर मुकदमा चलाया गया, लेकिन उन्हें जेल में न डालकर उन्हीं स्थानों को जेल बना दिया गया, जहां से गिरमिटिये आए थे। पर मज़दूरों ने खानों में काम करने से इन्कार कर दिया।

अब टाल्स्टाय फार्म हड़तालियों का केन्द्र हो गया। हज़ारों लोगों को जेल में रखने की शक्ति सरकार के पास नहीं थी। वाइसराय भी इसे सहन नहीं कर सकते थे। सरकार ने एक कमीशन नियुक्त किया, पर उसमें कोई हिन्दुस्तानी न होने से उसका बहिष्कार किया गया।

अंत में आठ वर्ष के सत्याग्रह के महान संग्राम के फलस्वरूप तीन पौण्ड का कर हटा लिया गया। गांधीजी ने लिखा है, "अगर यह संग्राम न किया गया होता और बहुतेरे भारतीयों ने जो कष्ट सहे, वे न सहे गए होते, तो आज दक्षिण अफ्रीका में हिन्दुस्तानियों के कदम ही न रह गए होते। इतना ही नहीं, दक्षिण अफ्रीका में भारतीयों की विजय से दूसरे ब्रिटिश उपनिवेशों के हिन्दुस्तानी भी कमोबेश बच गए।

जिस जनरल स्मट्स ने गांधीजी से इतना बड़ा मोर्चा लिया था, उसने लिखा, "गांधीजी जैसे व्यक्ति हमें निराशा और निष्फलता की भावना से बचाते हैं और भलाई करने में कभी न थकने की प्रेरणा देते हैं।"

लड़ाई जीतने के बाद 18 जुलाई, 1914 को गांधीजी अपने परिवार

के साथ गोखले से मिलने इंगलैंड के लिए रवाना हो गए।

स्वदेश में तूफानों के बीच

जिस दिन गांधीजी इंगलैण्ड पहुंचे उसके दो ही दिन पहले प्रथम महायुद्ध छिड़ गया। गांधीजी ने अनुभव किया कि भारतीयों को भी ब्रिटेन की कुछ सहायता करनी चाहिए। अतः उन्होंने घायलों की परिचर्या के लिए एक टुकड़ी तैयार करने का निश्चय किया। उसी समय उनकी प्लूरिसी की बीमारी ने उग्र रूप धारण कर लिया। डाक्टरों के आदेश पर वह 9 जनवरी, 1915 को कस्तूरबा के साथ बंबई आ गए। उनके बड़े परिवार के अन्य सदस्य भी आ पहुंचे। अपने दल के साथियों के अस्थायी निवास के लिए गांधीजी ने शांति-निकेतन चुना। गांधीजी और रवीन्द्रनाथ ठाकुर के बीच गहरी आत्मीयता थी, पर लुई फिशर के शब्दों में "गांधीजी गेहूं के खेत थे, रवीन्द्रनाथ गुलाब के फूल; गांधीजी काम करनेवाले हाथ थे, रवीन्द्रनाथ गानेवाली आवाज़, गांधीजी सेनापति थे, रवीन्द्रनाथ अग्रगामी दूत; गांधीजी मुंडे हुए सिर और चेहरे वाले कृश तपस्वी थे, रवीन्द्रनाथ विशालकाय, लम्बे सफेद बाल और सफेद दाढ़ीवाले रईस-मनस्वी, जिनके चेहरे पर उच्चकोटि का पितृतुल्य सौंदर्य था; गांधीजी शुद्ध त्याग के उदाहरण थे, रवीन्द्रनाथ स्वतंत्रता के आलिंगन को आह्लाद के सहस्र बंधनों में अनुभव करते थे। परन्तु भारत और मानवता के लिए देश के कारण दोनों एक थे।

गांधीजी को 'महात्मा' की उपाधि रवीन्द्रनाथ ने दी और रवीन्द्रनाथ को गांधीजी ने 'गुरुदेव' की संज्ञा से विभूषित किया। अगाध स्नेह होते हुए भी दोनों के बीच कई बातों में मतभेद हुआ, लेकिन इससे उनके स्नेह-सम्बन्धों पर कोई प्रभाव न पड़ा। गांधी जी का मंह बराबर अतीत की ओर रहा और उसीमें से उन्होंने भावी इतिहास का निर्माण किया। धर्म, जाति और हिन्दू पौराणिक गाथाओं का उनपर गहरा असर था, जबकि रवीन्द्रनाथ यांत्रिक एवं पश्चिमी संस्कृति वाले वर्तमान के समर्थक थे। फिर भी उनकी रचनाओं में प्राची का स्वर मुखरित होता था।

गांधीजी फिनिक्स आश्रम के लड़कों का हालचाल देखने शांतिनिकेतन गए। वहां उन्होंने आश्रम को दूसरा ही रूप दे दिया। उन्होंने शिक्षकों और छात्रों को रसोई का प्रबंध करने, झाड़ू लगाने, टट्टियों की सफाई करने के लिए तैयार कर लिया। रवीन्द्रनाथ ने कहा, "इस प्रयोग में स्वराज्य की कुंजी है।"

गांधीजी जब तक वहां रहे, यह कठोर तपस्या चलती रही। जब वह गोखले के अन्तिम संस्कार में शामिल होने पूना चले गए तो वह प्रयोग भी समाप्त हो गया।

पूना से गांधीजी रंगून गए, वहां से लौटकर हरिद्वार के कुंभ में सम्मिलित हुए। रास्ते में जहां उन्होंने रेल के तीसरे दर्जे के सफर की मुसीबतों का अनुभव किया, वहां हरिद्वार में असंख्य लोगों की भक्तिभावना देखी। हरिद्वार से वह महात्मा मुंशीराम (स्वामी श्रद्धानन्द) से मिलने गुरुकुल कांगड़ी गए, फिर लक्ष्मण झूला, स्वर्गाश्रम, ऋषिकेश होते हुए अहमदाबाद से गुज़रे। मित्रों के आग्रह पर अहमदाबाद के निकट कोचरब गांव में उन्होंने 25 मई, 1915 को सत्याग्रह आश्रम की स्थापना की। पच्चीस व्यक्तियों से वह आश्रम आरम्भ हुआ। बाद में स्थानाभाव के कारण गांधीजी उस आश्रम को साबरमती ले गए, जो अहमदाबाद के पास ही है। आश्रम स्थापित होने के कुछ ही महीने के भीतर एक हरिजन-परिवार को वहां स्थान देने के कारण गांधीजी को भारी विरोध का सामना करना पड़ा। इससे एक लाभ भी हुआ। गांधीजी के शब्दों में "आरम्भ काल में ही यह बात साफ तौर से स्पष्ट हो गई कि आश्रम में अस्पृश्यता के लिए जगह नहीं है। इससे आश्रम की मर्यादा बंध गई।"

गांधीजी का ध्यान अब फिर गिरमिटियों की ओर गया। गिरमिटिया उस कुली या मज़दूर का नाम था, जो पांच या उससे कम वर्ष के लिए मजूरी करने का लिखित करार करके भारत से बाहर जाता था। हम पिछले अध्याय में देख चुके हैं कि उनपर से सन् 1914 में तीन पौण्ड का वार्षिक कर हट गया था। फिर भी गिरमिट की प्रथा बंद नहीं हुई थी। पं० मदनमोहन मालवीय ने सन् 1916 में यह प्रश्न धारासभा में उठाया था और लार्ड हारडिंज ने उस प्रस्ताव को स्वीकार करके यह घोषणा की थी कि 'समय आते ही' उस प्रथा को उठा दिया जाएगा। गांधीजी का मत था कि वह तत्काल बंद हो जानी चाहिए। वह बहुत से नेताओं से मिले, अखबारों में उन्होंने लेख लिखे। लोकमत प्रथा का उच्छेद कर देने के पक्ष में था। गांधीजी ने सारे देश का भ्रमण किया। लोक चेतना के परिणामस्वरूप 31 जुलाई, सन् 1916 को उसके बंद होने की घोषणा हो गई।

इसके बाद सहायता की पुकार चम्पारन से आई। वहां के किसानों पर निलहे गोरों का बड़ा अत्याचार होता था। वे अपनी ज़मीन के 3/20 हिस्से पर नील की खेती करने के लिए कानूनन बाध्य थे। निलहे गोरों के खिलाफ

किसानों में घोर असंतोष पैदा हो गया था। सन् 1917 में कलकत्ता से कांग्रेस-अधिवेशन में जब इस विषय पर चर्चा हुई तो गांधीजी वहां उपस्थित थे। गांधीजी ने चम्पारन का नाम सुना था, लेकिन उन्हें समस्या की कोई जानकारी नहीं थी। वह वहां के एक किसान राजकुमार शुक्ल के आग्रह पर चम्पारन गए। अधिकारियों ने उन्हें यह कहकर वहां से चले जाने का नोटिस दिया कि उनकी उपस्थिति से शांति भंग होने का खतरा है। उनकी गिरफ्तारी का आदेश हो गया, पर भारत सरकार ने उस आदेश को रद्द कर दिया।

गांधीजी ने किसानों की शिकायतों की जांच-पड़ताल की। भारत सरकार को चिंता हुई कि वह कहीं सत्याग्रह न छेड़ दें। अतः एक जांच-समिति नियुक्त की गई, जिसका एक सदस्य गांधीजी को भी बनाया।

गांधीजी के पास आठ हज़ार किसानों के बयान इकट्ठे हो गए। उन्हें उस समस्या की पूरी जानकारी हो गई। तब उन्होंने जांच-समिति के आगे किसानों के मामले की पैरवी की। समिति ने किसानों की सब शिकायतों को सही माना और एक राय से निलहों के अनुचित रूप से लिए हुए रुपयों का एक भाग लौटा देने और सौ वर्ष पुरानी दमनकारी 'तीनकठिया' पद्धति को रद्द करने की सिफारिश की।

गांधीजी अभी बिहार में ही थे कि उन्हें अहमदाबाद की कपड़ा-मिलों में झगड़े के आसार दिखाई देने लगे। मिल-मालिकों ने श्रमिकों का वह बोनस बंद कर देना चाहा, जो उन्हें सन् 1917 के अगस्त मास से मिल रहा था। गांधीजी वहां गए और उन्होंने दोनों पक्षों के प्रतिनिधियों से बात करके पंचफैसले के लिए उन्हें राज़ी कर लिया। पर पंच-मंडल अपना काम करे कि उससे पहले ही तनातनी बढ़ गई। मज़दूरों ने हड़ताल की। लेकिन कुछ ही दिनों में मज़दूरों का जोश ठंडा पड़ने लगा। गांधीजी ने उपवास शुरू कर दिया, क्योंकि मिल-मालिकों ने पंचफैसले के सिद्धांत को ठुकरा दिया था। उपवास का दबाव पड़ा, जो सत्याग्रह की दृष्टि से अनुचित था। ऐसा अनुभव होने पर गांधीजी ने तीन दिन बाद उपवास छोड़ दिया और समझौते के लिए राज़ी हो गए। मिल-मालिकों ने पंचफैसले के सिद्धांतों को मान लिया। पंच-मंडल ने मज़दूरों के पक्ष में फैसला दिया और इस तरह अंत में तीस प्रतिशत बोनस की लड़ाई में उनकी जीत हो गई। सबसे बड़ी उपलब्धि यह हुई कि मज़दूरों और मिल-मालिकों में सम्बन्ध मधुर बने रहे।

अहमदाबाद की लड़ाई के बाद गांधीजी को खेड़ा के किसानों के संघर्ष

में जुट जाना पड़ा। सूखे के कारण फसल नष्ट हो जाने से वहां अकाल की-सी स्थिति पैदा हो गई थी। किसान लगाने की माफी चाहते थे। अधिकारी वसूली पर तुले थे। कानून था कि फसल चार आने या उससे कम हो तो लगान माफ हो जाना चाहिए। लेकिन अधिकारी कहते थे कि फसल चार आने से ज़्यादा हुई है, किसान कहते थे, कम हुई है। बम्बई धारासभा के सदस्य विट्ठलभाई पटेल और स्वयं गांधीजी की कूत के अनुसार फसल में बारह आने से अधिक का नुकसान हुआ था। लेकिन सरकार ने उसे मानने से इन्कार कर दिया।

गुजरात सभा ने इस आंदोलन को संभाला। गांधीजी इस सभा के अध्यक्ष थे। जब दरख्वास्तों, मुलाकातों आदि से कोई परिणाम नहीं निकला तो आंदोलन का सूत्र गांधीजी ने अपने हाथ में लिया और सत्याग्रह की घोषणा कर दी। भारत में यह पहला किसान-सत्याग्रह था, जिसका नेतृत्व गांधीजी ने किया। यह सन् 1918 की बात है। इसमें बुनियादी बात थी किसानों को सरकारी अधिकारियों तथा ज़मीन-जायदाद की नीलामी के डर से मुक्त करना। गांधीजी और सरदार वल्लभभाई पटेल ने गांव-गांव घूमकर किसानों को सत्याग्रह के मौलिक सिद्धान्तों और उसके व्यवहार-पक्ष की शिक्षा दी और उन्हें अहिंसात्मक लड़ाई के लिए तैयार किया। उधर लगान वसूल करनेवालों की कठोरता बढ़ी। किसानों के जानवर बेच दिए गए, घरों का सामान नीलाम कर दिया गया, खड़ी फसलें कुर्क कर दी गईं। लेकिन किसान डटे रहे। अन्त में सरकार इस बात पर राज़ी हो गई कि जो किसान लगान देने की हैसियत में हों उन्हींसे लगान लिया जाए और गरीबों पर कोई सख्ती न की जाए। गांधीजी ने इसे स्वीकार करके सत्याग्रह-आन्दोलन वापस ले लिया। गांधीजी ने अपनी आत्मकथा में लिखा है, "खेड़ा की लड़ाई से गुजरात के किसान-वर्ग की जागृति और उसके राजनीतिक शिक्षण का आरम्भ हुआ।"

जिस समय खेड़ा का आन्दोलन जारी था, उस समय यूरोप का महायुद्ध चल रहा था। उसमें सहयोग देने के उपायों पर विचार करने के लिए वायसराय ने दिल्ली में नेताओं का एक सम्मेलन बुलाया। गांधीजी ने उसमें सम्मिलित होना स्वीकार कर लिया। वह दिल्ली आए। सम्मेलन में सैन्य भरती का प्रस्ताव रखा गया। गांधी जी ने हिन्दी में केवल इतना कहा, "मुझे अपनी ज़िम्मेदारी का पूरा भान है और उस ज़िम्मेदारी को समझते हुए मैं इस प्रस्ताव का समर्थन करता हूं।"

वाइसराय की सभा में उस ज़माने में हिन्दी में बोलने का यह शरीक पहला दृष्टान्त था।

गांधीजी ने रंगरूटों की भरती के लिए पूरा प्रयत्न किया। रात-दिन दौरे किए। इसका उनके शरीर पर प्रतिकूल प्रभाव पड़ा। वह सूखकर कांटा हो गए। वह कुटी हुई मूंगफलियों और नीबुओं पर गुज़ारा करते आ रहे थे। इस अधूरी खुराक और परिश्रम के कारण वह पेचिश के शिकार हो गए। उन्होंने उपवास किया और दवा लेने से इंकार कर दिया। उनके जीवन में यह पहली गम्भीर बीमारी थी। उन्होंने समझ लिया कि अब मृत्यु निकट आ रही है। वह गीता का पाठ सुनने लगे और सारे आश्रमवासियों को अपने निकट बुलाकर कहा, "भारत के नाम पर मेरा आखिरी संदेश यही है कि अहिंसा से ही मुक्ति मिलेगी और अहिंसा के द्वारा ही वह विश्व की मुक्ति में अपना योगदान करेगा।"

लेकिन संकट की वह घड़ी टल गई। गांधीजी अच्छे होने लगे। जीने की उनकी इच्छा बलवती हो उठी।

इसी समय रौलट कमेटी की रिपोर्ट और रौलट बिल प्रकाशित हुए। गांधीजी ने उन्हें पढ़ा तो तिलमिला उठे। उन्होंने कहा, "अगर मैं बीमार न होता तो अकेला ही उनके विरुद्ध जूझता और देश को जगाने के लिए सारे भारत का दौरा करता।"

रौलट बिलों का विरोध करने के लिए गांधीजी ने अपनी बीमारी की चिंता न की और मैदान में उतर आए। देश में आतंकवाद की लहर को किस तरह रोका जाए, इसपर विचार करने के लिए सरकार ने सर सिडनी रौलट की अध्यक्षता में एक कमेटी नियुक्त की थी। उसने जांच करके जो रिपोर्ट दी, उसीके आधार पर ये बिल बनाए गए थे।

गांधीजी स्वयं आतंकवाद के विरोधी थे। दस वर्ष पूर्व, जबकि आतंकवाद का अस्तित्व भी नहीं था, वह अपनी पुस्तक 'हिन्द स्वराज्य' में आतंकवाद को भौतिक तथा व्यवहारिक दोनों ही दृष्टियों से निंदनीय और त्याज्य ठहरा चुके थे। बम और पिस्तौल के मुकाबले उन्होंने सत्याग्रह को अधिक शक्तिशाली उपाय बताया था लेकिन कुछ स्थानों पर होनेवाली आतंकवादी कार्रवाहियों के कारण दमनकारी कानून बनाकर सारे देश को दंडित करना वह उचित नहीं समझते थे।

रौलट बिलों के विरोध के प्रश्न पर सभी भारतीय नेता एकमत थे, पर भारत सरकार ने विरोध की कोई चिंता न करके सन् 1919 में एक बिल को बड़ी कौंसिल

में पेश कर दिया। कौंसिल में चुनकर आए हुए भारतीय नेताओं ने उसका डटकर विरोध किया और विपक्ष में अपने मत दिए, फिर भी वह पास हो गया।

गांधीजी की आंखें खुल गईं। वह बड़ी कौंसिल की दर्शक-गैलरी में उपस्थित थे। उन्होंने बाद में लिखा, "ऊंघते आदमी को जगाया जा सकता है, जागता ऊंघे तो उसके कान पर ढोल बजाने से क्या होगा ?"

उन्होंने रौलट कानून को हटाने के लिए सत्याग्रह करने का निश्चय किया। उन्होंने 'सत्याग्रह समर' का संगठन किया और देश की जनता को सत्याग्रह का अर्थ समझाने के लिए सारे भारत का दौरा किया। सन् 1919 के मार्च की 30 तारीख सारे देश में हड़ताल और उपवास के लिए रख दी गई। बाद में 6 अप्रैल कर दी गई। पर दिल्ली में वह 30 मार्च को तथा बम्बई एवं अन्य नगरों में 6 अप्रैल को मनाई गई।

लोगों में इतना जोश था कि दिल्ली की हड़ताल के कारण हिंसापूर्ण कार्रवाहियां की गईं। पंजाब में दंगे हुए और गोलियां चलीं। नेताओं ने गांधीजी को दिल्ली और पंजाब पहुंचने का अनुरोध किया। 9 अप्रैल को सरकार ने गांधीजी को पंजाब की सीमा पर रोक दिया और बम्बई भेज दिया। 11 अप्रैल को उन्होंने बम्बई में एक सार्वजनिक भाषण में हिंसापूर्ण हत्या की निन्दा की।

बम्बई से गांधीजी साबरमती पहुंचे। अहमदाबाद की हिंसात्मक कार्रवाहियों के प्रायश्चित्तस्वरूप गांधीजी ने तीन दिन के उपवास की घोषणा की और लोगों से एक दिन उपवास रखने को कहा।

चारों ओर हिंसात्मक कार्रवाहियों को देखकर गांधीजी ने सत्याग्रह आन्दोलन को अपनी 'हिमालय जैसी भूल' कहा और 18 अप्रैल को उन्होंने उस आन्दोलन को उठा लिया।

पंजाब प्रांत खौल रहा था। 13 अप्रैल, 1919 को अमृतसर के जलियांवाला बाग में जो हुआ, उसे भारतवासी कभी भूल नहीं सकते। जनरल डायर ने निरपराध व्यक्तियों पर एक सभा में गोलियां चलवाईं। 1650 बार गोलियां चलीं, 1516 व्यक्ति मारे गए।

इस हत्याकांड ने भारत के राजनीतिक जीवन में बड़ी हलचल पैदा कर दी और गांधीजी को सक्रिय राजनीति में खींच लिया।

पंजाब में मोतीलाल नेहरू आदि नेताओं को जलियांवाला बाग के हत्याकांड की जांच करने में गांधीजी ने सहायता दी। रिपोर्ट का मसविदा गांधीजी

ने ही तैयार किया।

नवम्बर, 1919 में दिल्ली में मुस्लिम कांफ्रेंस हुई, जिसमें गांधीजी शरीक हुए। वहां गांधीजी को 'असहयोग' की कल्पना हुई।

इस अधिवेशन के एक दिन पहले सम्राट ने मांटेग्यू-सुधारों की घोषणा की और उन सुधारों का फरवरी, 1919 को 'गवर्नमेंट ऑफ इण्डिया एक्ट' के रूप में भारत का नया संविधान बना दिया गया।

कांग्रेस के अमृतसर-अधिवेशन के बाद गांधीजी ने 1 अगस्त, 1920 को असहयोग आरंभ करने की घोषणा कर दी। उसी दिन लोकमान्य तिलक की मृत्यु हो गई। अब कांग्रेस की बागडोर गांधीजी के हाथों में थी।

असहयोग आंदोलन

गांधीजी का असहयोग आंदोलन ज्यों-ज्यों बढ़ा, सरकार ने कांग्रेस के प्रमुख व्यक्तियों को गिरफ्तार करना शुरू कर दिया। चितरंजनदास, मोतीलाल नेहरू, लाला लाजपतराय आदि पकड़े गए। दिसम्बर, 1921 में कांग्रेस के अहमदाबाद अधिवेशन के समय तक बीस हज़ार भारतवासी सविनय अवज्ञा तथा राजद्रोह के अपराध में जेल भेजे जा चुके थे।

कई प्रांतों में किसानों ने करबंदी के आंदोलन आरम्भ कर दिए। सरकारी नौकरियां छोड़ दी गईं।

कांग्रेस ने गांधीजी को अपना सर्वेसर्वा बना दिया। 4 नवम्बर, 1921 को दिल्ली में कांग्रेस महासमिति ने अहिंसात्मक सविनय अवज्ञा के पक्ष में प्रस्ताव पास कर दिया। प्रस्ताव में खिलाफत और पंजाब के अन्याय को लेकर ही असहयोग की बात कही गई थी। बाद में उसमें स्वराज्य की मांग भी जोड़ दी। इस प्रयोग के लिए गांधीजी ने बारडोली को चुना लेकिन 5 फरवरी, 1922 को चौरीचौरा में उत्तेजित भीड़ ने पुलिस के कुछ सिपाहियों की हत्या कर दी। गांधीजी को जब बारडोली में इसकी खबर मिली तो उन्होंने बारडोली-आंदोलन स्थगित कर दिया।

10 मार्च, 1922 को गांधीजी गिरफ्तार कर लिए गए और उन्हें छः वर्ष की कैद की सज़ा मिली। 12 जनवरी, 1924 को उन्हें अपेंडिसाइटिस के ऑपरेशन के लिए पूना के सैसून अस्पताल में ले जाया गया। ऑपरेशन सफलतापूर्वक हुआ। 5 फरवरी, 1924 को सरकार ने उन्हें रिहा कर दिया।

असहयोग आंदोलन का सार था अंग्रेज़ी अदालतों, कौंसिलों तथा विदेशी वस्त्रों का बहिष्कार। लार्ड चेम्सफोर्ड ने 'हद दर्जे' की बेवकूफी कहकर इस आंदोलन की खिल्ली उड़ाई। कई गरमदल के नेताओं ने भी उसकी आलोचना की। मुहम्मदअली जिन्ना ने कांग्रेस के नागपुर अधिवेशन में उसका कड़ा विरोध किया, पर गांधीजी पर उसका क्या असर होना था ! वह आंदोलन नकारात्मक ही नहीं था, उसका रचनात्मक पहलू भी था। सरकारी स्कूलों और कालेजों को छोड़नेवाले शिक्षकों और विद्यार्थियों से राष्ट्रीय विद्यापीठों में सम्मिलित होने के लिए कहा गया था। अदालतों का बहिष्कार करनेवाले वकीलों और मुवक्किलों से कहा गया था कि वे अपने मुकदमों को पंचायतों में ले जाएं। सेना और पुलिस से त्यागपत्र देनेवालों को कांग्रेस और खिलाफत समिति के स्वयंसेवकों के दलों में भरती होने के लिए कहा गया था और विदेशी वस्त्रों का बहिष्कार करनेवालों के पहनने के लिए खादी और कताई-बुनाई के प्रोत्साहन की बात थी।

सरकारी उपाधियों तथा अवैतनिक पदों के परित्याग से आरम्भ करके आंदोलन को सामूहिक सविनय अवज्ञा और करबंदी तक पहुंचाने के लिए कई सीढ़ियां रखी गई थीं। उसमें अहिंसा और शांति पर गांधीजी का बहुत अधिक ज़ोर था। असहयोग ब्रिटिश राज्य से किया जा रहा था, लेकिन अंग्रेज़ों से घृणा या दुर्व्यवहार करने की कड़ी मनाही थी।

गांधीजी इस आंदोलन के आत्म-परिष्कार वाले पहलू को बराबर महत्त्व देते रहे और उसमें सम्मिलित होनेवालों का ध्यान उसके नैतिक तथा आध्यात्मिक पहलू पर बार-बार आकर्षित करते रहे। उनका कहना था कि भारत में अंग्रेज़ी राज्य की जड़ें भारतीयों की आपसी फूट, हिंसा और भ्रष्टाचार के कारण मज़बूत हुई थीं, इसलिए जनता को इन बुराइयों से मुक्त होना होगा ; अंग्रेजों का हृदय-परिवर्तन करने से पहले भारतीयों को अपना हृदय-परिवर्तन करना होगा। इसके साथ ही भारतीय जनता को सरकार से निडर होना होगा और साम्प्रदायिकता, अस्पृश्यता, शराब आदि मादक द्रव्य और बेगार आदि बुराइयों से अपना पीछा छुड़ाना होगा।

यह थी गांधीजी की असहयोग आंदोलन की बुनियादी कल्पना।

नेटाल के भारतीयों के अधिकारों की लड़ाई लड़ने के लिए गांधीजी ने एक संगठन की आवश्यकता अनुभव करके 'नेटाल भारतीय कांग्रेस' की स्थापना की थी। अब असहयोग के कार्यक्रम को सम्पन्न करने के लिए

गांधीजी ने भारतीय राष्ट्रीय कांग्रेस को नये सिरे से ढालने और संगठित करने की आवश्यकता अनुभव की। उन्होंने कांग्रेस का नया संविधान बनाया और सभी वैध और शांत उपायों से स्वराज्य की प्राप्ति कांग्रेस का लक्ष्य घोषित किया। संविधान में कांग्रेस को पहले से अधिक प्रातिनिधिक स्वरूप दिया। इस प्रकार कांग्रेस पर उच्च और मध्यम वर्ग का एकाधिपत्य न रहकर उसका द्वार छोटे-छोटे शहरों और गांवों में बसनेवाले उन लाखों-करोड़ों सामान्य जनों के लिए खोल दिया गया, जिनकी राजनीतिक चेतना को गांधीजी जगाने में लगे हुए थे।

कलकत्ता में कांग्रेस का एक विशेष अधिवेशन करके यह प्रस्ताव पास किया गया था। नागपुर अधिवेशन में उसपर स्वीकृति की मुहर लगा दी गई।

गांधीजी अब राजनेता नहीं, स्वेच्छा से अपनाई गरीबी, सादगी, विनम्रता और साधुता आदि गुणों के कारण अतीत काल के ऋषि जैसे लगते थे। उनके सम्पर्क में आने पर देश के बड़े से बड़े नेताओं के जीवन का सारा अर्थबोध ही बदल गया था। पं० मोतीलाल नेहरू ने अपनी लाखों की वकालत पर लात मार दी और राजेन्द्र बाबू, चितरंजनदास, वल्लभभाई पटेल, राजगोपालाचार्य, जवाहरलाल नेहरू आदि सब उस आंदोलन में डूब गए थे।

जेल से रिहा होने पर गांधीजी स्वास्थ्य-लाभ के लिए जूहू चले गए। बंदी-काल के बाईस महीनों में कुछ बातें बड़ी गंभीर हो गई थीं। उनमें पहली यह थी कि हिन्दू-मुस्लिम मैत्री की जिस नींव पर गांधीजी एक संयुक्त और स्वतंत्र भारत की इमारत खड़ी करना चाहते थे, वह दोनों जातियों के पारस्परिक बैर-भाव से कमजोर हो गई थी। खिलाफत आंदोलन समाप्त हो चुका था।

दूसरी बात यह थी कि उनकी अनुपस्थिति में असहयोग आंदोलन मंद पड़ गया था। मोतीलाल तथा चितरंजनदास आदि म्यूनिसपल, प्रांतीय तथा राष्ट्रीय विधान-मण्डलों में वापस जाने के पक्ष में हो गए थे। अपने कार्यक्रम को पूरा करने के लिए उन्होंने 'स्वराज्य पार्टी' की स्थापना की, जिसका उद्देश्य था साम्राज्य के अंतर्गत औपनिवेशिक स्वराज्य प्राप्त करना।

गांधीजी को मुख्य प्रश्न हिन्दू-मुस्लिम एकता का लगा और उन्होंने उसके लिए इक्कीस दिन का उपवास किया। गांधीजी घर की मरम्मत करना चाहते थे, इसलिए उन्होंने तीन कार्यक्रमों पर जोर दिया—हिन्दू-मुस्लिम

एकता, अपृश्यता-निवारण और खादी का प्रचार। गांधीजी के लिए कांग्रेस का नेतृत्व करने से अधिक महत्त्वपूर्ण बात लोगों के दिलों में प्रवेश करने की थी।

गांधीजी ने सारे देश का दौरा किया। रेल, मोटर, बैलगाड़ी, जो भी मिला, उससे वह देश के एक छोर से दूसरे छोर तक गए। उनका दौरा शहरों तक ही सीमित नहीं रहा। वह गांवों में भी पहुंचे और उन्होंने चरखा और खादी के साथ-साथ अस्पृश्यता तथा सामाजिक कुरीतियों के निवारण पर भी बल दिया। गांधीजी का चरखा जहां आधुनिक यंत्रवाद, औद्योगिकता और भौतिकवाद के विरोध का मूर्तरूप था, वहां वह उन्हें गांव के सबसे हीन और गरीब लोगों के साथ जोड़नेवाली एक कड़ी भी थी। उन्होंने लिखा, "गांववालों की सूनी निगाहें मेरे कलेजे को टूक-टूक कर देती हैं।...भारत मर रहा है। अगर तुम भारत को बचाना चाहते हो तो जो छोटा-सा काम मैं करने के लिए कहता हूं, वह करके इसे बचा लो। अभी समय है। चरखा चलाकर तुम अपने को बचा सकते हो, वरना तबाह हो जाओगे।"

उतार-चढ़ाव

देशव्यापी दौरे से गांधीजी इतने थक गए कि उन्हें कुछ दिन मैसूर के नंदी हिल पर विश्राम करने के लिए विवश होना पड़ा। ठीक होने पर उन्हों ने फिर दौरा आरम्भ कर दिया। वही खादी, वही अस्पृश्यता-निवारण। वह नीचे की ओर से राष्ट्र का निर्माण करने के लिए प्रयत्नशील थे।

सन् 1928-29 में देशव्यापी हड़तालों का दौर आया। सबसे अधिक हड़तालें बंगाल की जूट मिल में, बम्बई की सूती मिलों में और जमशेदपुर के लोहे और इस्पात के कारखानों में हुईं। यूथ लीगें बनीं, युवक-सम्मेलन हुए।

उससे पहले सन् 1927 में वायसराय ने गांधी जी को दिल्ली बुलाया और बताया कि भारतीय स्थिति पर रिपोर्ट देने तथा राजनीतिक सुधारों की सिफारिश करने के लिए सरकार की ओर से एक कमीशन भारत आ रहा है। यह कमीशन 'साइमन कमीशन' के नाम से प्रसिद्ध है। इस कमीशन का सारे देश में विरोध हुआ। उसके विरुद्ध प्रदर्शन किए गए। लाहौर में लाला लाजपतराय पर पुलिस की लाठी पड़ी और कुछ ही दिनों में उनका देहान्त हो गया। लखनऊ में जवाहरलाल नेहरू, गोविन्दवल्लभ पंत आदि को भी

पुलिस की लाठियां खानी पड़ीं।

जवाहरलालजी और सुभाषचंद्र बोस अब चाहते थे कि तुरंत स्वाधीनता की घोषणा कर दी जाए और उसके लिए लड़ाई छेड़ दी जाए। गांधीजी ने कहा, "यदि 31 दिसम्बर, 1929 तक भारत को औपनिवेशिक दर्जे के अंतर्गत आज़ादी न मिली तो मैं अपने-आपको 'इण्डिपेंडेंस वाला' घोषित कर दूंगा।"

8 अप्रैल, 1929 को भगतसिंह ने लेजिस्लेटिव एसेम्बली पर बम फेंके।

उसी साल लाहौर में कांग्रेस का ऐतिहासिक अधिवेशन जवाहरलाल नेहरू की अध्यक्षता में हुआ, जिसमें भारत के लिए पूर्ण स्वाधीनता का प्रस्ताव पास कर दिया गया और 26 जनवरी, 1930 को पूर्ण स्वाधीनता की प्रतिज्ञा ली गई।

सन् 1930 का नमक-सत्याग्रह तथा गांधीजी का दांडी कूच भारतीय स्वतंत्रता-संग्राम की एक अभूतपूर्व घटना है। सारा देश उत्साह से उबल उठा। गांधीजी तथा अन्य नेता गिरफ्तार कर लिए गए। 12 नवम्बर, 1930 को लंदन में पहली गोलमेज कान्फ्रेंस हुई। लेकिन कोई भी भारतीय नेता उसमें सम्मिलित नहीं हुआ। 26 जनवरी, 1931 को गांधी आदि रिहा कर दिए गए। करांची के कांग्रेस अधिवेशन के समय गांधीजी की लोकप्रियता तथा प्रतिष्ठा, सुभाषचंद्र बोस के शब्दों में, 'सर्वोच्च शिखर पर' थी। कांग्रेस ने गांधीजी को दूसरी गोलमेज़ परिषद् के लिए अपना एकमात्र प्रतिनिधि चुना।

12 सितम्बर को गांधीजी लंदन पहुंचे और 5 दिसम्बर तक वहां रहे। वह उस बस्ती में ठहरे, जो गरीब मज़दूरों की बस्ती थी। गांधीजी ने कहा कि, "मुझे अपने जैसे गरीबों के बीच ही आनंद मिलता है।"

इंग्लैण्ड में गांधीजी ने परिषद् में तो भाग लिया ही, वहां के बहुत-से नामी व्यक्तियों से मिले। चौरासी दिनों में अनगिनत सरकारी तथा गैरसरकारी कार्यक्रम हुए। परिषद् का कोई परिणाम नहीं निकला। गांधीजी ने कहा, "मैं खाली हाथ लौटा हूं पर मैंने देश की इज़्ज़त को बट्टा नहीं लगने दिया।" लौटते में वह कई देशों में घूमे।

ब्रिटिश सरकार ने भारत की आज़ादी की भावना पर प्रहार आरम्भ कर दिया। गांधीजी गिरफ्तार कर लिए गए। इसी बीच उन्हें समाचारपत्रों से मालूम हुआ कि भारत के लिए प्रस्तावित नये ब्रिटिश संविधान में न केवल हिंदुओं तथा मुसलमानों को पृथक् निर्वाचन का अधिकार दिया जाएगा, बल्कि अछूतों अथवा दलित जातियों को भी।

गांधीजी ने इसका विरोध किया और 20 सितम्बर, 1932 को साम्प्रदायिक निर्णय के विरुद्ध आमरण अनशन आरम्भ कर दिया। उनके उपवास की व्याख्या करते हुए रवीन्द्रनाथ ठाकुर ने कहा, "भारतीय समाज का अंग-विच्छेद रोकने के लिए गांधीजी एक व्यक्ति की, स्वयं अपनी, बलि दे रहे हैं। यह अहिंसा की भाषा है। क्या इसीलिए पश्चिम इसका अर्थ नहीं लगा सकता ?"

सवर्ण हिंदू और अछूत नेताओं का सम्मेलन बम्बई में हुआ। काफी खींचतान के बाद पूना-पैक्ट हो गया, जिसके अनुसार प्रांतीय कौंसिलों तथा केंद्रीय कौंसिल में स्थान सुरक्षित करके दलित जाति के प्रतिनिधियों की संख्या साम्प्रदायिक निर्णय में सुरक्षित संख्या से दूनी कर दी गई। चुनाव-पद्धति में भी कुछ परिवर्तन किए गए। ब्रिटिश मंत्रिमंडल ने उसपर अपनी स्वीकृति की मोहर लगा दी। गांधीजी ने उपवास तोड़ दिया।

गांधीजी ने अनुभव किया, "दुनिया के सभी धर्मों में ईश्वर को मित्र-विहीनों का मित्र, बेसहारों का सहारा और दुर्बलों का रक्षक कहा गया है। भारत के अछूत कहे जानेवाले चार करोड़ हिंदुओं से अधिक मित्र-विहीन, बेसहारा और दुर्बल कौन हो सकता है ?"

इस बुराई को कैसे मिटाया जाए। अपने प्रभु का मार्ग-दर्शन पाने के लिए गांधीजी ने आत्मशुद्धि के निमित्त 21 दिन का उपवास आरंभ कर दिया। उपवास के पहले ही दिन सरकार ने उन्हें छोड़ दिया। गांधीजी ने 'यंग इंडिया' के स्थान पर 'हरिजन' पत्र निकाला। गांधीजी को पुनः गिरफ्तार कर लिया गया और एक साल की सज़ा दी गई। 16 अगस्त, 1933 से उन्होंने फिर आमरण अनशन आरम्भ कर दिया, जो एक सप्ताह चला। उनकी हालत ख़राब हो जाने के कारण सरकार ने उन्हें रिहा कर दिया।

साबरमती आश्रम एक हरिजन संस्था को सौंपकर गांधीजी वर्धा आ गए। 7 नवम्बर, 1933 से उन्होंने हरिजन-कार्य के लिए दस महीने का दौरा आरम्भ किया। वह भारत के प्रत्येक प्रांत में घूमे।

15 जनवरी, 1934 को बिहार में बड़े ज़ोर का भूकम्प आ गया। अपना दौरा स्थगित करके गांधीजी वहां पहुंचे। उन्होंने नंगे पांव घूमते हुए लोगों से कहा, "यह भूचाल तुम्हारे पापों का दण्ड है, खासकर अस्पृश्यता के पाप का।" इस अंधविश्वास पर रवीन्द्रनाथ को रोष हो आया और उन्होंने गांधीजी की भर्त्सना की। पर गांधीजी विचलित न हुए।

उनका ध्यान देश की आर्थिक विषमता की ओर भी गया। उन्होंने लिखा, "भूखी मरनेवाली और बेकार जनता के सामने ईश्वर जिस एकमात्र स्वीकार्य रूप में प्रकट होने का साहस कर सकता है, वह है काम और भोजन तथा मज़दूरी का आश्वासन।"

आगे उन्होंने फिर लिखा, "किसीने कभी भी यह विचार नहीं किया कि दुर्दमनीय दरिद्रता का परिणाम नैतिक पतन के सिवा और नहीं हो सकता।"

गांधीजी जन-कल्याण के कार्यों में संलग्न रहे। 25 जून, 1935 को पूना में किसी हिन्दू ने, जो शायद हरिजनों को बराबरी का दर्जा देने का विरोधी था, एक मोटर पर इस भ्रम में बम फेंका कि गांधीजी उसमें बैठे हुए हैं। पर संयोग से गांधीजी उसमें नहीं थे। इसी बीच गांधीजी के एक समर्थक ने एक हरिजन-विरोधी को लाठी मारी। इन दोनों पापों का प्रायश्चित्त करने के लिए गांधीजी ने सात दिन का उपवास किया।

गांवों की ओर उनका बराबर ध्यान था। उन्होंने 'हरिजन' में लिखा, "हमें गांवों को आत्मनिर्भर बनाने पर अपनी शक्ति लगानी है।"

उन्होंने आदर्श गांव की मांग इन शब्दों में प्रस्तुत की, "यह एक सम्पूर्ण जनतंत्र होगा, जो अपनी जीवन-सम्बन्धी आवश्यकताओं के लिए पड़ोसियों पर निर्भर नहीं होगा, परंतु फिर भी अन्य अनेक आवश्यकताओं के लिए, जिनमें दूसरे पर निर्भरता अनिवार्य है, अन्योन्याश्रित रहेगा। इस प्रकार प्रत्येक गांव का पहला काम होगा स्वयं अपना अनाज पैदा करना तथा अपने कपड़े के लिए कपास पैदा करना। उसमें गोचरभूमि होगी तथा प्रौढ़ों और बच्चों के लिए मनोरंजन के साधन तथा खेल-कूद का मैदान होगा। नाटकघर, पाठशाला और सार्वजनिक भवन होगा। बुनियादी पाठ्यक्रम पूरा होने तक शिक्षा अनिवार्य होगी। जहां तक संभव हो, प्रत्येक प्रवृत्ति सहकारिता के आधार पर चलाई जाएगी।"

सन् 1937 के पूर्व भाग में ब्रिटिश संविधान के अधीन होनेवाले चुनावों में गांधीजी की अनुमति से कांग्रेस ने भाग लिया और बंबई, संयुक्त प्रदेश, बिहार, मध्य प्रांत, उड़ीसा तथा मद्रास इन छ: प्रांतों में पद ग्रहण किए।

द्वितीय महायुद्ध शुरू हो गया। गांधीजी ने सार्वजनिक रूप से वचन दिया कि वह ब्रिटिश सरकार को परेशानी में नहीं डालेंगे। इंग्लैंड तथा मित्र-राष्ट्रों का समर्थन करेंगे, पर युद्ध-सम्बन्धी कार्रवाहियों में भाग नहीं लेंगे।

कांग्रेस कार्यसमिति ने 14 सितम्बर, 1939 को घोषित किया,

"स्वतन्त्र लोकतंत्री भारत आक्रमण की कार्रवाही के विरुद्ध तथा आर्थिक सहयोग के लिए अन्य स्वतन्त्र राष्ट्रों का खुशी से साथ देगा।"

गांधीजी को यह सौदेबाज़ी पसन्द नहीं आई, पर उनके कहने पर देश ने उसे मान लिया।

युद्ध-संकट पर विचार करने के लिए कांग्रेस कार्यसमिति की बैठक वर्धा में हुई। 21 जून, 1940 को उसने स्पष्ट घोषित किया कि वह अहिंसा के मामले में पूरी तरह गांधीजी के साथ नहीं जा सकती।

गांधीजी ने कहा, "इस परिणाम पर मुझे हर्ष है और विषाद भी। हर्ष इसलिए कि मैं इस विच्छेद का आघात सह सका हूं, और मुझे अकेला खड़ा रहने की शक्ति मिली है। विषाद इसलिए कि इतने वर्षों तक जिन लोगों को साथ लेकर चलने का मुझे गौरव मिला था, उनका साथ लेकर चलने की सामर्थ्य अब मेरे शब्दों में प्रतीत नहीं होती।"

इस बीच कांग्रेस की कार्यसमिति ने राजगोपालाचार्य का यह प्रस्ताव स्वीकार कर लिया कि "यदि भारत को पूर्ण स्वतंत्रता और केन्द्रीय शासन दे दिए जाएं तो कांग्रेस देश की प्रतिरक्षा के कारगर संगठन के प्रयत्नों में अपनी पूरी शक्ति लगा देगी।"

उन दिनों चर्चिल इंग्लैंड के प्रधानमंत्री थे। वह अपनी सरकार को भारत की बढ़ती हुई चेतना का बहादुरी के साथ मुकाबले के लिए उकसा रहे थे। वह भारत की स्वाधीनता के विरुद्ध थे। भारत के वायसराय लार्ड लिनलिथगो ने एक वक्तव्य दिया कि वह कुछ भारतीयों को अपनी कार्यकारिणी कौंसिल में शरीक होने का निमन्त्रण देंगे और एक युद्ध-सलाहकार कौंसिल स्थापित करेंगे।

उन्होंने यह भी घोषणा की कि ब्रिटिश सरकार अपनी मौजूदा ज़िम्मेदारियों को किसी भी भारतीय सरकार को सौंपने का विचार नहीं कर सकती, जिसके अधिकार को आबादी के बड़े तथा बलशाली तत्त्व मानने को तैयार नहीं हैं। इसका मतलब साफ था कि मुसलमानों की मर्ज़ी के बिना कांग्रेस को भारत का शासन नहीं करने देगी।

इस सबसे गांधीजी बड़े व्यथित हुए और उन्होंने उपवास का इरादा कर लिया, पर अपने सचिव और साथी महादेवभाई के अनुरोध पर इरादा बदलकर सविनय अवज्ञा का निश्चय किया। इस बार उन्होंने सत्याग्रह का सांकेतिक रूप अपनाया, जिससे युद्ध के प्रयत्नों में बाधा न पड़े। उन्होंने

'व्यक्तिगत सत्याग्रह' की प्रणाली अपनाई और आचार्य विनोबा भावे को पहला सत्याग्रही चुना। विनोबाजी को गिरफ्तार करके सरकार ने तीन वर्ष की सज़ा दी। फिर तो नेहरू, पटेल आदि भी पकड़े गए।

व्यक्तिगत सत्याग्रह लगभग एक साल चला। गांधीजी ने उसका संचालन इस प्रकार किया कि कहीं भी उत्तेजनापूर्ण घटना न घटी और न वातावरण में तनाव ही पैदा हुआ। दिसम्बर, 1941 में सरकार ने कार्यसमिति के सदस्यों को छोड़ दिया।

युद्ध की काली घटाएं सघन होती जा रही थीं। 7 दिसम्बर को जापान ने पर्ल बन्दरगाह पर हमला बोल दिया। अगले दिन जापानी सेना ने शांघाई तथा स्याम पर कब्ज़ा कर लिया और ब्रिटिश मलाया में जा उतरी। इसके चौबीस घंटे बाद जापानी सेना ने इंग्लैंड के दो जंगी जहाज़ डुबो दिए और प्रशांत महासागर में इंग्लैंड की सेना को अपंग कर दिया।

इंग्लैंड का मज़दूर-दल भारत की स्वतन्त्रता का समर्थक था। सब ओर से दबाव पड़ने पर चर्चिल ने सर स्ट्रेफर्ड क्रिप्स को एक प्रस्ताव का मसविदा लेकर दिल्ली भेजा। क्रिप्स भारत में अठारह दिन रहे। वह गांधीजी, जिन्ना, लिनलिथगो, अंबेडकर, मौलाना आज़ाद तथा नेहरू से मिले। पर उन्हें अपने मिशन में सफलता नहीं मिली। क्रिप्स ने दूसरा प्रस्ताव रखा, पर वह भी बेकार गया। क्रिप्स वापस लौट गए। उन्होंने अपनी असफलता के लिए गांधीजी को दोषी ठहराया। गांधीजी ने क्रिप्स-प्रस्ताव को 'दिवाला निकालती बैंक के नाम बाद की तारीख का चेक' (ए पोस्टडेटेड चैक ऑन ए क्रेशिंग बैंक) कहा।

'भारत छोड़ो'

यद्यपि जनता के विचारों में बड़ा परिवर्तन हो गया था, फिर भी विश्वव्यापी युद्ध के दौरान सारे अंग्रेजों को भारत से हटाने की बात तो अब भी नहीं सोची जाती थी। गांधीजी यह चाहते भी नहीं थे। उनकी तो केवल इतनी इच्छा थी कि राजनीतिक सत्ता भारतीयों को सौंप दी जाए।

कुछ लोग कहते थे कि भारत इसके उपयुक्त नहीं है। गांधीजी का कहना था, "भारत की स्वाधीनता को मान लेने का मनोवैज्ञानिक अवसर तो यही है। तभी और केवल तभी जापानी आक्रमण के प्रतिरोध में जनता को खड़ा किया जा सकता है।"

गांधीजी बीस साल से बराबर कह रहे थे कि बिना हिन्दू-मुस्लिम एकता के भारत को आज़ादी नहीं मिल सकती। लेकिन साम्प्रदायिकता अपना सिर बार-बार उठाती रही और अन्त में गांधीजी इस परिणाम पर पहुंचे कि स्वतन्त्रता के वातावरण में ही विभिन्न जातियों और सम्प्रदायों के परस्पर विरोधी दावों को सही ढंग से निबटाया जा सकता है।

उन्होंने 'भारत छोड़ो' का नारा बुलन्द किया। यह आंदोलन दो खतरों को दूर कर सकता था। जापानी आक्रमण से देश की रक्षा तथा आंतरिक फूट को मिटाकर स्थायी एकता स्थापित कर सकता था।

14 जुलाई, 1942 की अपनी बैठक में कांग्रेस की कार्यसमिति ने घोषणा की कि "ब्रिटिश राज्य का तुरन्त अन्त हो जाना चाहिए। यदि ब्रिटिश राज्य को भारत से फौरन हटा लेने के उसके अनुरोध पर ध्यान नहीं दिया गया तो गांधीजी के नेतृत्व में सविनय अवज्ञा आंदोलन आरम्भ कर दिया जाएगा।"

'भारत छोड़ो' प्रस्ताव ने देश में उत्साह की लहर पैदा कर दी थी। वायसराय ने सोचा कि ऐसे में यदि सविनय अवज्ञा आंदोलन आरम्भ हो गया तो सामान्य शासन ठप्प हो जाएगा और सारे युद्ध-प्रयत्न खतरे में पड़ जाएंगे। अतः उन्होंने कड़ाई से काम लेने का निश्चय किया।

8 अगस्त, 1942 को कांग्रेस की महासमिति की बैठक बम्बई में हुई, जिसमें 'भारत छोड़ो' प्रस्ताव पास हुआ। अगले दिन सवेरे ही गांधीजी, जवाहरलाल नेहरू, मौलाना आज़ाद, जो उस समय कांग्रेस के अध्यक्ष थे, आदि नेताओं को गिरफ्तार कर लिया गया। इन तथा अन्य गिरफ्तारियों से देश में तूफान-सा आ गया। विशेषकर बंगाल, बिहार, संयुक्त प्रांत, बम्बई आदि ने ब्रिटिश सरकार के विरुद्ध विद्रोह कर डाला। डाकखाने, थाने, अदालतें, रेलवे स्टेशन आदि जला दिए गए। रेल की पटरियां उखाड़ दी गईं, टेलीफोन के तार काट डाले गए।

महासमिति के भाषण में यद्यपि गांधीजी ने अहिंसात्मक आंदोलन पर ज़ोर दिया था, तथापि सरकार की दमननीति ने सारे देश को बेताब कर दिया। सरकार ने पूरी शक्ति से जनता पर वार किया। गोलियां चलाईं, हवाई जहाज़ों से बम गिराए, लेकिन देश की आत्मा जो जाग उठी थी, उसे दबाना आसान न था।

गांधीजी देश को स्वतंत्र कराना चाहते थे, साथ ही युद्धकाल में सरकार को परेशान भी नहीं करना चाहते थे। अपनी दोनों भावनाओं में वे समन्वय

कर सकते थे, लेकिन सरकार ने उन्हें एकदम गिरफ्तार करके सारी बात बिगाड़ दी। उसने 1942 के 'उपद्रवों' के लिए गांधीजी और कांग्रेस को दोषी ठहराया। लार्ड लिनलिथगो ने जब उनकी अहिंसा के प्रति आस्था और उनकी ईमानदारी में संदेह प्रकट किया तो उन्हें बड़ी व्यथा हुई और उन्होंने आत्मिक कष्ट से शांति पाने के लिए 10 फरवरी, 1943 से आगाखां महल में, जहां वह नजरबंद थे, उपवास शुरू कर दिया।

गांधीजी के उपवास से देश में बेचैनी फैल गई। वायसराय की कार्यकारी परिषद् के तीन सदस्यों ने इस्तीफा दे दिया। विभिन्न दलों के नेताओं ने उनकी रिहाई तथा प्राण-रक्षा के लिए वायसराय पर दबाव डाला, लेकिन वायसराय अपनी बात पर अड़े रहे। गांधीजी ने बड़े साहस से सरकार का सामना किया। चारों ओर हिंसा फैली होने पर उन्होंने अहिंसा की प्रतिष्ठा की। उपद्रवों के बारे में सरकार के आरोपों का बड़े प्रबल रूप में खण्डन किया। स्वभावतः कोटि-कोटि भारतवासियों के दिल में उनका स्थान और भी ऊंचा हो गया।

गांधीजी आगाखां महल में नज़रबन्द थे, पर बाहर होनेवाली हिंसा की सूचनाएं उन्हें मिलती रहती थीं। इस व्यापक हिंसा ने और उसे रोकने की असमर्थता ने उनके हृदय को मथ डाला। जेल में आने के छः दिन बाद ही उनके पुत्रतुल्य सहायक महादेव देसाई का अकस्मात् निधन हो गया। गांधीजी को जो आघात लगा, उसकी कल्पना सहज ही नहीं की जा सकती।

कस्तूरबा का भी स्वास्थ्य अच्छा नहीं था। गांधीजी घंटों बा के बिस्तर के पास बैठे रहते। अंत में बा की दशा गंभीर हो गई। कलकत्ता से उनके लिए पैंनसिलिन मंगाई गई, पर गांधीजी ने सारी दवाइयां रुकवा दीं। 22 फरवरी, 1944 को बा की मृत्यु हो गई।

गांधीजी का और उनका 62 वर्ष का साथ था। उन्होंने अपनी आन्तरिक पीड़ा को इन शब्दों में प्रकट किया, "बा के बिना मैं जीवन की कल्पना नहीं कर सकता। उसकी मृत्यु से जो जगह खाली हुई है, वह कभी नहीं भरेगी।"

इसके बाद गांधीजी अस्वस्थ हो गए। उन्हें सख्त मलेरिया ने घेर लिया और उन्हें सन्निपात हो गया। यह उनका अंतिम जेल-वास था। वह कुल मिलाकर 2089 दिन भारत की विभिन्न जेलों में रहे। 249 दिन उन्होंने दक्षिण अफ्रीका की जेलों में बिताए थे।

6 मई, 1944 को वह जेल से छोड़ दिए गए। अन्य नेता भी रिहा कर

दिए गए। कुछ दिन जुहू में रहकर वह फिर कार्य-क्षेत्र में आ गए।

दो राष्ट्रों का उदय

जेल से छूटने के बाद गांधीजी ने अपना ध्यान जिन्ना पर केन्द्रित किया। वह चाहते थे कि कांग्रेस और मुस्लिम लीग में समझौता हो जाए। उस अवस्था में ब्रिटिश सरकार को भारत स्वतंत्र करना ही होगा।

जिन्ना के साथ उनका लम्बा पत्र-व्यवहार हुआ। उन्होंने जिन्ना से 9 सितम्बर से बातचीत शुरू की, जो 26 सितम्बर को समाप्त हो गई। कोई फल नहीं निकला। उनके बीच मतभेद का कारण था 'दो राष्ट्रों का सिद्धांत'। गांधीजी का कहना था कि हम लोग इस प्रश्न को आत्मनिर्णय के आधार पर सुलझा लेंगे। वह चाहते थे कि मुस्लिम बहुमतवाले बलूचिस्तान, सिंध, सीमांत प्रांत और बंगाल, आसाम तथा पंजाब के हिस्सों में भारत से अलग होने के विषय में मत ले लिए जाएं। यदि मत पक्ष में आएं तो यह निश्चय कर लिया जाए कि भारत के स्वतंत्र हो जाने के उपरांत उनका एक अलग राज्य बना दिया जाए।

जिन्ना इसके लिए तैयार नहीं थे। वे चाहते थे कि अंग्रेजों के जाने से पहले विभाजन हो जाए। वह यह भी चाहते थे कि विलग होने के प्रश्न का निबटारा केवल मुसलमानों के बहुमत से किया जाए। गांधीजी इस सुझाव को नहीं मान सकते थे।

जिन्ना स्वाधीनता के लिए जल्दी में नहीं थे, जबकि गांधीजी अनुभव करते थे कि स्वाधीनता की प्राप्ति के लिए 'सबसे उपयुक्त समय' यही है।

वस्तुतः 1945 तक भारत इतना उभर आया था कि उसे काबू में रखना सरकार के बूते से बाहर की बात थी। दूसरे, महायुद्ध में इंग्लैण्ड इतनी भारी हानि उठा चुका था कि अब दूसरी अहिंसात्मक लड़ाई को दबाने या देश फिर हिंसा पर उतारू हो जाए तो उसपर नियंत्रण करने के लिए आवश्यक जन-धन के खर्चे का इरादा भी नहीं कर सकता था।

लार्ड वेवल ने इस चीज़ को देख लिया था। वह सन् 1944 में भारत के वायसराय नियुक्त होकर आए थे।

इंग्लैण्ड का जनमत भारत की स्वाधीनता का समर्थन कर रहा था।

अप्रेल, सन् 1945 में राष्ट्रसंघ के घोषणापत्र को बनाने के लिए सान फ्रांसिस्को में जो कान्फ्रेंस हुई थी, उससे पहले एक वक्तव्य में गांधीजी ने बड़ी प्रखरता से कहा था, "भारत की राष्ट्रीयता का अर्थ है अन्तर्राष्ट्रीयता। जब तक मित्रराष्ट्र युद्ध की प्रभावकारी शक्ति में तथा उसके साथ चलनेवाली धोखाधड़ी और जालसाज़ी में विश्वास नहीं त्याग देते और जब तक वे सब जातियों तथा राष्ट्रों की स्वतन्त्रता एवं समानता पर आधारित सच्ची शांति के गढ़ने के लिए कृतसंकल्प नहीं होते तब तक न तो मित्रराष्ट्रों के लिए शान्ति है, न संसार के लिए। भारत की आज़ादी संसार की सब शोषित जातियों को प्रदर्शित कर देगी कि वे स्वतंत्रता के निकट हैं और आगे से किसी भी हालत में उनका शोषण नहीं किया जा सकता।"

आगे गांधीजी ने और भी दृढ़ता के साथ कहा, "शांति औचित्यपूर्ण होनी चाहिए। उसमें न तो दण्ड की भावना को स्थान होना चाहिए, न बदले की भावना को। जर्मनी और जापान अपमानित नहीं होने चाहिए। सशक्त कभी बदले की भावना नहीं रखता। इसलिए शांति के फल का समान वितरण होना चाहिए। तब प्रयत्न उनको मित्र बनाने का होगा। मित्रराष्ट्र अपने लोकतंत्र को अन्य किसी उपाय से सिद्ध नहीं कर सकते।"

गांधीजी जानते थे कि स्वतंत्रता शांति की जुड़वां बहन है और निर्भयता दोनों की जननी है।

वेवल एक नई योजना लेकर भारत आए। इस योजना के अनुसार वायसराय की कार्यकारिणी कौंसिल में केवल दो अंग्रेज़ रखे गए थे—वायसराय तथा प्रधान सेनापति, शेष सब भारतीय होते। इसका अर्थ था कि विदेशी मामले, वित्त, पुलिस आदि सब भारतीयों के हाथ में रहते। यह योजना शिमला-सम्मेलन में भारतीय नेताओं के सामने रखी गई। उसमें एक विधान यह भी था कि वायसराय की कौंसिल में मुसलमानों तथा सवर्ण हिन्दुओं का समान अनुपात हो। कांग्रेस को इस पर आपत्ति थी। फिर भी वह समझौते के लिए इतनी उत्सुक थी कि उसने इस योजना को मान लिया। इसके बाद वेवल ने दलों के नेताओं से सूचियां मांगीं। सबने भेज दीं, पर जिन्ना ने नहीं भेजी और इस प्रकार शिमला-सम्मेलन असफल हो गया। जिन्ना का आग्रह था कि वायसराय की कौंसिल के सारे मुसलमान सदस्यों को, मुसलमानों के नेता होने के कारण, वह नामज़द करें। इस बात को न वेवल स्वीकार कर सकते थे न गांधीजी, जिनके हाथ में कांग्रेस की नीति की बागडोर थी।

शिमला-सम्मेलन के दिनों में यूरोप का युद्ध समाप्त हो गया और 26 जुलाई को इंग्लैंड के मज़दूर दल ने अनुदार दल को हरा दिया। विन्स्टन चर्चिल के स्थान पर क्लीमेंट एटली प्रधानमंत्री बन गए।

नई सरकार ने वेवल को लन्दन बुलाया। उसने घोषणा की कि वह भारत में स्व-शासन की शीघ्र उपलब्धि चाहती है। उसके इस निश्चय को लन्दन से एटली ने और दिल्ली से वेवल ने घोषित किया। पर कांग्रेस की कार्यसमिति ने उन प्रस्तावों को अस्पष्ट, अपर्याप्त और असंतोषजनक समझा।

उधर जिन्ना चाहते थे कि गांधीजी कह दें कि मैं मानता हूं, पाकिस्तान होना चाहिए और भारत का एक-चौथाई भाग जिसमें सिंध, बलूचिस्तान, पंजाब आदि छः प्रान्त शामिल हैं, इनकी मौजूदा सीमाओं के साथ पाकिस्तान बनता है। पर गांधीजी ऐसा कैसे कह सकते थे ! उनकी दृष्टि में भारत का अंगभंग घोर पाप था।

गांधीजी फिर रचनात्मक काम में लग गए। उन्होंने अपनी सूची में निसर्गोपचार को भी जोड़ लिया। देश में अन्न-वस्त्र का अभाव था। वह विभिन्न स्थानों में घूम-घूमकर कहते थे—अधिक अन्न उपजाओ, कातो।

देश में बड़ी विषम स्थिति पैदा हो गई थी। बम्बई में दंगा हो गया, कलकत्ता, दिल्ली तथा अन्य शहरों में अनेक स्थानों पर आग लगा दी गई, अंग्रेज़ों को अपमानित किया गया। गांधीजी ने इस सबकी निन्दा करते हुए 10 फरवरी, 1946 को लिखा, "अब, जबकि यह लगने लगा है कि हम स्वतंत्र हो रहे हैं, अनुशासनहीनता और हुल्लड़बाजी बन्द होनी चाहिए। धैर्य, कठोर अनुशासन, सहयोग तथा सद्भावना को इनका स्थान ग्रहण करना चाहिए। मैं इस आशा को लिए बैठा हूं कि जब जनता पर वास्तविक जिम्मेदारी आएगी और विदेशी सेना का असह्य भार हट जाएगा तब हम स्वाभाविक, गौरवशील तथा निग्रही बन जाएंगे।"

इसके बाद एक ब्रिटिश कैबिनट मिशन, जिसमें पैथिक लारेंस, सर स्ट्रेफर्ड क्रिप्स तथा एल्बर्ट अलैक्ज़ैण्डर थे, भारत आया। उसने गांधीजी को दिल्ली आमंत्रित किया। गांधीजी आए। जब बातचीत का कोई परिणाम न निकला तो शिमला में एक सम्मेलन किया गया। नेहरू और जिन्ना ने समस्या को सुलझाने की भरसक चेष्टा की, पर समझौता नहीं हो पाया। तब गांधीजी ने कैबिनट मिशन से कोई योजना पेश करने को कहा। कैबिनेट मिशन की योजना 16 मई, 1946 को प्रकाशित हुई। मिशन ने आंकड़े देकर समझाया कि मुस्लिम लीग ने जिन आधारों

पर पाकिस्तान के स्वतंत्र राष्ट्र की मांग की है, उससे सांप्रदायिक अल्पसंख्यक समस्या हल नहीं होगी। उसके सामने प्रश्न उठा कि क्या छोटा पाकिस्तान, जिसमें गैरमुस्लिम भाग शामिल नहीं है, बना सकना संभव है ? ऐसे पाकिस्तान को मुस्लिम लीग ने अव्यावहारिक माना। उससे पंजाब, बंगाल और आसाम को दो नये राज्यों में विभाजित करना पड़ता। जिन्ना इन प्रांतों को पूरा का पूरा चाहते थे।

फिर एक बात यह भी थी कि प्रस्तावित पाकिस्तान के दोनों भाग 700 मील के फासले पर थे। उन दोनों के बीच यातायात, लड़ाई और शांति के लिए भारत पर निर्भर करना पड़ता।

इसलिए दो सम्पूर्ण प्रभुत्वसम्पन्न राज्यों के हाथ सत्ता न सौंपने की सिफारिश करते हुए मिशन ने कहा कि नव-निर्वाचित विधानमण्डल राष्ट्रीय संविधान सभा के सदस्यों का चुनाव करें। यह सभा भारत का संविधान बनावे। मिशन ने यह भी कहा कि इस अर्से में केवल एक अंतरिम सरकार बनाने की कार्यवाही करें।

4 जून को मुस्लिम लीग ने इस योजना को स्वीकार कर लिया। कांग्रेस की कार्यसमिति ने भारत के संविधान की बात मान ली, पर अंतरिम सरकार में सम्मिलित होने से इन्कार कर दिया।

इस निर्णय पर स्वीकृति की मोहर लगाने के लिए बम्बई में कांग्रेस महासमिति की बैठक हुई। गांधीजी ने उसमें जो भाषण दिया, उससे उनकी उस समय की मनोभावना पर प्रकाश पड़ता है। उन्होंने कहा, "कैबिनट मिशन के प्रस्तावों के सम्बन्ध में मैंने दिल्ली के अपने एक भाषण में कहा था कि जहां पहले मुझे प्रकाश दिखाई देता था, वहां अब अन्धकार दिखाई देता है। यह अन्धकार अभी हटा नहीं है। शायद वह और भी गहरा हो गया है। यदि मैं अपना मार्ग स्पष्ट देख पाता तो कार्यसमिति से कह सकता था कि वह संविधान-सम्बन्धी प्रस्ताव को ठुकरा दे।

"हमको धैर्य, नम्रता और अनासक्ति की आवश्यकता है। संविधान सभा फूलों की नहीं, कांटों की सेज होने वाली है... "हमको कायरता नहीं दिखानी चाहिए, बल्कि अपने काम में श्रद्धा और साहस के साथ जुट जाना चाहिए। मेरे हृदय को जिस अन्धकार ने घेर रखा है, उसकी चिन्ता न कीजिए। परमात्मा उसे प्रकाश में बदल देगा।"

12 अगस्त, 1946 को वेवल ने अंतरिम सरकार बनाने का काम

जवाहरलाल नेहरू को सौंपा। जवाहरलाल ने उसमें एक हरिजन सहित छः कांग्रेसी हिन्दू, एक ईसाई, एक सिख, एक पारसी, दो मुसलमान, जो मुस्लिम लीग के नहीं थे, लिए। वेवल ने चाहा कि मुस्लिम लीग पांच सदस्यों के नाम अस्थायी सरकार के लिए दे दे, लेकिन जिन्ना ने कोई ध्यान न दिया।

मुस्लिम लीग ने 16 अगस्त को 'सीधी कार्रवाही दिवस' मनाया। कलकत्ता में भीषण दंगे हुए। उस नरमेध में कोई पांच हजार व्यक्ति मारे गए। पहले तो गैरमुस्लिम आबादी पिटी, बाद में उसने संगठित होकर इसका बदला चुका दिया। उसकी प्रतिक्रिया हुई पूर्वी बंगाल के एक मुस्लिमप्रधान ज़िले नोआखाली में। सारे जिले में विनाश की तांडवलीला आरम्भ हो गई। हिन्दुओं के घर जला दिए गए, उनकी फसलें लूटी गईं, मन्दिर ध्वस्त कर दिए गए। कलकत्ता से कई गुने अधिक अत्याचार नोआखाली में हुए।

गांधीजी उस समय दिल्ली में थे। कलकत्ता और नोआखाली के समाचार सुनकर उनकी आत्मा चीत्कार कर उठी। वह कलकत्ता पहुंचे। वहां उन्होंने बड़ी व्यथा से कहा, "साठ वर्ष तक मेरे जीवन के आधार बने रहनेवाले सत्य और अहिंसा की जैसे आज समाप्ति हो गई।"

वह नोआखाली के श्रीरामपुर गांव पहुंचे। वहां से उनका दौरा आरम्भ हुआ। उनके साथ उनका स्टेनोग्राफर, दुभाषिया का काम करनेवाले एक बंगाली प्रोफेसर तथा मनु गांधी थे। शेष सबको काम करने के लिए गांधीजी ने पृथक्-पृथक् स्थानों पर भेज दिया।

नोआखाली में उनकी उपस्थिति ने पूर्वी बंगाल के गांवों को ढाढ़स देने का काम किया। तनाव कम होने लगा। पर लीगी नेता चारों ओर विष उगल रहे थे। उनकी चिन्ता किए बिना गांधीजी गांव-गांव अलख जगाते फिरते रहे। उन्हें अपने चारों ओर गहन अंधकार दिखाई देता था। रवीन्द्रनाथ का 'एकला चलो रे' भजन उनकी एकाकी यात्रा को नहीं, उनकी आंतरिक मनोव्यथा को व्यक्त करता था।

2 मार्च, 1947 को गांधीजी बिहार के लिए रवाना हुए, जहां नोआखाली का बदला लेने के लिए किसानों ने मुस्लिम अल्पसंख्यकों के साथ वही किया जो पूर्वी बंगाल के मुसलमानों ने हिन्दुओं के साथ किया था। गांधीजी की उपस्थिति के कारण बिहार में शांति हो गई।

मुस्लिम लीग की 'सीधी कार्रवाही दिवस' के बाद सारे देश में तनातनी हो गई। 8 दिसम्बर से विधान परिषद् की बैठकें होने वाली थीं। मुस्लिम लीग ने कह

दिया कि उसके प्रतिनिधि भाग नहीं लेंगे। वैधानिक संकट को दूर करने के लिए ब्रिटिश सरकार ने वायसराय, जवाहरलाल नेहरू, जिन्ना, लियाकतअली खां और बलदेवसिंह को लन्दन बुलाया, पर विचार-विमर्श का कोई परिणाम न निकला।

सारे देश में अराजकता फैल गई। 20 फरवरी, 1947 को एटली ने कामन्स सभा में घोषणा की कि ब्रिटिश सरकार का जून, 1948 में भारत छोड़ने का पक्का विचार है। यदि उस समय तक भारतीय राजनीतिक दल अखिल भारतीय विधान के सम्बन्ध में एकमत नहीं हो सके तो ब्रिटिश भारत में किसी भी प्रकार की केन्द्रीय सरकार को या कुछ क्षेत्रों की प्रांतीय सरकारों को या भारतीय जनता के हित में जो भी उचित और उपर्युक्त होगा, उस तरह सत्ता हस्तांतरित कर दी जाएगी।

लार्ड वेवल के स्थान पर लार्ड माउण्टबेटन को भारत का वायसराय नियुक्त किया।

साम्प्रदायिकता की आग अब भी फैली हुई थी। एक प्रांत में वह शांत होती कि दूसरे में भड़क उठती। गांधीजी को इससे भंयकर आघात पहुंचा। वह बुरी तरह व्यथित हो उठे। सारी दुनिया के सामने वह अहिंसा के आदर्श को प्रस्तुत करने के लिए जीवन-भर परिश्रम करते रहे थे, लेकिन अब उनके सारे प्रयत्नों पर जैसे पानी फिर रहा था। उनका हृदय इसके लिए किसीको दोषी नहीं ठहरता था, वह इसके पीछे अपनी ही अपूर्णता देखते थे।

राजनीतिक दलों ने अपने-अपने सैनिक संगठन बना लिए थे। मुस्लिम लीग का नेशनल गार्ड, हिन्दुओं का राष्ट्रीय स्वयंसेवक संघ। और भी कई संगठन थे। जनता कानून और व्यवस्था में विश्वास खो बैठी थी।

नये वायसराय ने चर्चा के लिए गांधीजी को दिल्ली बुलाया। वह आए और उन्होंने वायसराय को सलाह दी कि वह कांग्रेस-लीग की संयुक्त सरकार को भंग करके कायदे आज़म जिन्ना को नई सरकार बनाने के लिए आमंत्रित करें। लेकिन ब्रिटिश सरकार को यह सुझाव पसंद नहीं आया। कांग्रेसी नेता भी शासन के सारे सूत्र को लीग के हाथ में सौंपने को तैयार नहीं थे। जिन्ना ने देश के बंटवारे की मांग को पुनः रखा।

कांग्रेस ने अब देश के बंटवारे के संबंध में अपनी नीति में कुछ परिवर्तन कर दिया। अब तक वह कह रही थी कि बंटवारा होना है। तो वह स्वाधीनता-प्राप्ति के बाद हो। लेकिन मुस्लिम लीग के साथ कुछ दिन काम करने के उपरान्त

कांग्रेसी नेताओं ने अनुभव किया कि एकता कठिन है। 1947 के फरवरी-मार्च के महीने में तो बड़ी ही भयंकर हालत हो गई। फलतः कांग्रेसी नेताओं ने विभाजन को आज़ादी के पहले ही स्वीकार कर लेना ठीक समझा।

15 अगस्त, 1947 को ब्रिटेन द्वारा दो उत्तराधिकारी राज्यों को सत्ता सौंप देने का निश्चय हुआ।

गांधीजी को जिस बात का डर था, वही होती जा रही थी। वह विभाजन के विरुद्ध थे, लेकिन उन्होंने वायसराय की योजना का विरोध नहीं किया। कांग्रेस और लीग के नेताओं ने उसे मंज़ूर कर लिया था तो उन्होंने उनके मार्ग में कोई बाधा उपस्थित नहीं की। विभाजन के विपक्ष में अपनी स्पष्ट राय देकर भी उन्होंने उसे मंज़ूर कर लेने के पक्ष में ज़ोर लगाया। उन्होंने जिन्ना के इस वायदे का स्वागत किया कि वह पाकिस्तान में अल्पसंख्यक हिन्दुओं को बराबरी के अधिकार और सुविधाएं देंगे। उन्होंने शीघ्र ही निर्माण होनेवाले भारतीय संघ से अनुरोध किया कि बड़ा होने के नाते वह अपने यहां अल्पसंख्यकों के साथ न्यायोचित एवं उदारता का व्यवहार करे और अपने पड़ोसी के लिए एक मिसाल पेश करे।

15 अगस्त, 1947 को सत्ता के हस्तांतरण का उत्सव मनाया गया तो गांधीजी उसमें सम्मिलित नहीं हुए। उन्होंने विभाजन को एक आध्यात्मिक दुर्घटना कहा। उनका हृदय चूर-चूर हो गया। स्वाधीनता उनके लिए उल्लास नहीं, विषाद लेकर आई। अपने देश का जनक अपने ही देश से निराश हो गया। उन्होंने बड़ी वेदना से कहा, "मैंने इस विश्वास में अपने को धोखा दिया कि जनता अहिंसा के साथ बंधी हुई है।"

स्वाधीनता-दिवस पर जब राजधानी दिल्ली हर्षोल्लास से झूम रही थी, गांधीजी कलकत्ता के दंगों को शांत करने के लिए जी-जान की बाज़ी लगा रहे थे। उस दिन उन्होंने उपवास रखा और प्रार्थना की।

इस सबके बावजूद उन्होंने मनुष्य में अपने विश्वास को नहीं खोया। ईश्वर में उनका विश्वास यथापूर्व बना रहा। अपने एक प्रार्थना-प्रवचन में उन्होंने कहा, "मैं जन्म से ही संघर्ष करनेवाला हूं, मैं निराशा को नहीं जानता।"

विभाजन एक तथ्य था, लेकिन गांधीजी अब भी मानते थे कि "सही आचरण से किसी बुराई को कम करना हमेशा संभव है और अंत में बुराई में से भलाई निकालना भी संभव है।"

गांधीजी अपनी आयु के अठहत्तर वर्ष पूरे कर रहे थे। उन्होंने जिस संसार की रचना की थी, वह खण्डहर होकर पड़ा था। उसका नये सिरे से निर्माण करना था। कांग्रेस एक राजनीतिक दल के रूप में परिवर्तित हो गई थी। उसे रचनात्मक दिशा में मोड़ना था। सत्याग्रह उनकी निराशा तथा दुःख की रामवाण औषधि थी।

उन्होंने नया कर्तव्य खोज लिया था। वह कर्तव्य था–कष्टनिवारण, प्रेम का प्रसार और सब मनुष्यों को भाई-भाई बनाना।

संध्या-काल

31 अगस्त, 1947 को गांधीजी कलकत्ता में एक मुसलमान के घर पर सो रहे थे कि रात को दस बजे उन्हें रोष-भरी आवाजें सुनाई पड़ीं। वह चुपचाप लेटे रहे। उनके साथी आक्रमणकारियों को समझाकर शांत करने का प्रयत्न कर रहे थे। अचानक खिड़कियों के कांच और दरवाज़े टूटने लगे। कुछ नौजवान अंदर आ गए और किवाड़ों पर प्रहार करने लगे। गांधीजी बिस्तर से उठे और उन्होंने किवाड़ें खोल दीं। दंगा करनेवाले सामने खड़े थे। गांधीजी ने हाथ जोड़ दिए। उनपर ईंट फेंकी गई, जो उनके पास खड़े एक मुसलमान मित्र के लगी। किसी ने लाठी घुमाई। गांधीजी का सिर बाल-बाल बच गया। पुलिस आ गई। उसने उपद्रव करनेवालों को बाहर निकाल दिया।

अगले दिन से गांधीजी ने उपवास आरम्भ कर दिया। उन्होंने कहा, "यह उपवास तब समाप्त होगा, जब कलकत्ता वालों में सद्‌बुद्धि फिर लौट आएगी।'

लोग उनके पास इकट्ठे हुए। वे उनकी प्राण-रक्षा के लिए सब कुछ करने को तैयार थे। गांधीजी ने कहा, "मेरे उपवास का अभिप्राय अंतरात्मा को जगाना और मस्तिष्क की सुस्ती को दूर करना है।"

उपवास का प्रभाव पड़ा। चौबीस घंटे तक शहर में शांति रही। उन्हें बताया गया कि साम्प्रदायिक शांति की अपनी इच्छा का सबूत देने के लिए उत्तर कलकत्ता के 500 सिपाहियों ने, जिनमें कुछ अंग्रेज़ पुलिस अफसर भी थे, ड्यूटी पर रहते हुए सहानुभूति में चौबीस घंटे का उपवास शुरू कर दिया है। हिन्दू और मुसलमानों तथा ईसाइयों के प्रतिनिधियों ने गांधीजी के सामने प्रतिज्ञा की कि कलकत्ता में झगड़े नहीं होने देंगे। गांधीजी ने उनसे लिखित रूप में प्रतिज्ञा की मांग की और उन्हें समझाया कि यदि प्रतिज्ञा भंग हुई तो

वह अखण्ड उपवास आरम्भ कर देंगे और तब मृत्यु तक पृथ्वी की कोई भी वस्तु उन्हें रोक नहीं सकेगी।

लिखित प्रतिज्ञा लेकर 4 सितम्बर को उन्होंने अपना उपवास तोड़ा। उपवास तिहत्तर घंटे चला।

इसी बीच उन्हें पंजाब के उपद्रवों की सूचना मिली। वह दिल्ली होकर पंजाब जाने के लिए कलकत्ता से रवाना हुए। पंजाब की हालत बड़ी बुरी हो रही थी। साम्प्रदायिक आधार पर सरकारी कर्मचारियों की तथा आम जनता की अदला-बदली से सरकारी तथा सार्वजनिक कारोबार ठप्प हो गया था। साम्प्रदायिक तत्त्वों के ऊपर उठ आने से पश्चिमी पंजाब में हिन्दुओं का और पूर्वी पंजाब में मुसलमानों का रहना असंभव हो उठा था।

पचास लाख हिन्दू और सिखों का पश्चिमी पंजाब से पूर्वी पंजाब जाना और उतने ही मुसलमानों का पूर्वी पंजाब से पश्चिमी पंजाब आना कष्टों और तबाही की ऐसी कहानी है, जिसे इतिहास कभी भूल नहीं सकेगा। शरणार्थी लोग अपने-अपने स्थानों पर पहुंचकर जब आपबीती सुनाते थे तो उससे और भी हिंसा के भड़क उठने की सम्भावना रहती थी।

गांधीजी जिस समय दिल्ली पहुंचे, वहां साम्प्रदायिकता की आग धू-धू करके जल रही थी। उसे जलता छोड़कर गांधीजी ने पंजाब जाना उचित नहीं समझा। सरकार स्थिति को संभालने के लिए पूरा प्रयत्न कर रही थी, पर पुलिस और सेना के ज़ोर पर स्थापित शांति का विशेष अर्थ न था। मुख्य समस्या टूटे दिलों को जोड़ने की थी। लोगों के दिलों से घृणा और हिंसा को मिटाना था। अपने घरों से जो उखड़कर और उजड़कर आए थे, उनके हृदय को धीरज बंधाना था। इस कार्य को गांधीजी के अलावा और कौन कर सकता था !

राजधानी के हिन्दू और सिख शरणार्थी गुस्से से उबल रहे थे। एक दिन गांधीजी ने अपने प्रार्थना-प्रवचन में लोगों से धीरज रखने का अनुरोध किया तो एक बुढ़िया चीख उठी, "तुम्हें कुछ भुगतना नहीं पड़ा। तुम हमारे दुःख को क्या जानो।"

पर गांधीजी सब कुछ जानते थे। शरणार्थियों की व्यथा को उनसे अधिक वह स्वयं अनुभव करते थे। वह बार-बार कहते थे, "भाई-भाई की इस सत्यानाशी लड़ाई को देखते हुए जीने की अब ज़रा भी इच्छा नहीं होती।" उनका दिल टूट गया था। सवा सौ बरस जीने की उनकी आकांक्षा धूल में

मिल गई थी। स्वराज्य मिलने के बाद स्वतंत्र भारत के लिए उन्होंने जो स्वप्न देखे थे, उनके चरितार्थ होने की अब उन्हें उम्मीद नहीं रही थी। चारों ओर उन्माद था। लोगों के विवेक पर जैसे पर्दा पड़ गया था।

गांधीजी दिल्ली में भंगी-बस्ती में ठहरा करते थे, लेकिन इस बार वहां की हालत को देखकर सरदार पटेल ने उन्हें बिड़ला भवन में ठहराया। भंगी बस्ती को शरणार्थियों ने घेर लिया था।

दिल्ली पहुंचते ही गांधीजी ने शांति के लिए अपना प्रयत्न आरम्भ कर दिया। उन्होंने शरणार्थी-शिविरों का दौरा किया। लोगों को भय था कि कहीं हिन्दू उन्हें मुसलमानों का और मुसलमान उन्हें हिन्दुओं का समर्थक मानकर कुछ कर न बैठे, पर गांधीजी को इसकी चिन्ता नहीं थी। मौत के डर को उन्होंने सत्ताईस वर्ष की अवस्था में ही जीत लिया था, जबकि डरबन की सड़क पर गोरों की उत्तेजित भीड़ ने उनपर प्राणघातक आक्रमण किया था। उसके ग्यारह वर्ष बाद एक पठान ने उन्हें मृत्यु के एकदम निकट पहुंचा दिया था। सन् 1934 में वह पूना में बम के वार से बाल-बाल बचे थे, उपवासों में तो जाने कितनी बार अपने प्राणों की बाजी लगाई थी। कभी-कभी तो ऐसा लगा कि उनका उपवास से बचना दैवी चमत्कार था। अहिंसा के एक सैनिक के रूप में उन्होंने मृत्यु को अपना शत्रु नहीं, मित्र माना।

13 जनवरी, 1948 को उन्होंने उपवास आरम्भ कर दिया। उपवास उनका अंतिम अस्त्र था। उन्होंने घोषणा की कि जब तक दिल्ली में पूरी तरह से शांति स्थापित नहीं हो जाएगी, वह उपवास नहीं तोड़ेंगे।

सरकार की ज़ोर-ज़बरदस्ती से ऊपरी शांति स्थापित हो गई, पर गांधीजी उस श्मशान की सी शांति से कहां संतुष्ट होनेवाले थे ! उन्हें तो दिलों को जोड़नेवाली शांति सम्पादित करनी थी।

उनके उपवास का पाकिस्तान पर बड़ा अनुकूल प्रभाव पड़ा। वहां के लीगी नेता और अखबार उन्हें इस्लाम का दुश्मन मानते थे। इस उपवास ने उनकी धारणा को बदला। भारत पर भी उपवास का असर हुआ। जिस समस्या को सुलझाने के लिए गांधीजी ने अपने प्राणों की बाज़ी लगा दी थी, उसके सम्बन्ध में सोचने को वे बाध्य हुए।

गांधीजी के आग्रह पर सरकार ने वे पचपन करोड़ रुपये पाकिस्तान को चुका दिए, जो उसे देने थे। 18 जनवरी, 1948 को विभिन्न सम्प्रदायों

के नेता गांधीजी के पास एकत्र हुए। उन्होंने शांति बनाए रखने के लिए एक प्रतिज्ञा-पत्र पर हस्ताक्षर किए।

उपवास पांच दिन चला। वह गांधीजी का अंतिम उपवास था। उसके बाद साम्प्रदायिक उपद्रवों का जोर घटता गया। गांधीजी ने अब अपना ध्यान दूसरी ओर लगाया। पश्चिमी पाकिस्तान से आनेवाले शरणार्थियों को उन्होंने आश्वासन दिया कि वह जब तक एक-एक परिवार को उनके जन्म के गांव या शहर में नहीं बसा देंगे तब तक चैन नहीं लेंगे, लेकिन बिना पाकिस्तान सरकार की अनुमति के अब उनका पाकिस्तान में प्रवेश संभव नहीं था।

गांधीजी की सक्रिय राजनीति में प्रवेश करने की कोई इच्छा नहीं थी। उनके लिए अहिंसात्मक समाज-रचना का कार्य अत्यधिक महत्त्वपूर्ण था और उसी के लिए उन्होंने प्रयास आरंभ कर दिया।

गांधीजी कहा करते थे कि प्रेम का रास्ता खांडे की धार पर चलने के समान है। प्रेम की खातिर सुकरात को विष का प्याला पीना पड़ा और ईसा को सूली पर लटकाया गया था। गांधीजी इस बात को अच्छी तरह से जानते थे, पर साथ ही वह यह भी मानते थे कि यह संसार अगर किसी चीज़ पर टिका है तो वह प्रेम ही है। वह बार-बार कहा करते थे, "हरेक धर्म पुकार-पुकारकर कहता है कि प्रेम की ग्रंथि से ही जगत् बंधा हुआ है। विद्वान् लोग यह सिखाते हैं कि यदि प्रेम का बंधन न हो तो पृथ्वी का एक-एक परमाणु अलग हो जाए और पानी में भी यदि स्नेह न हो तो उसकी एक-एक बूंद पृथक् हो जाए। इसी प्रकार यदि मानव मानव के बीच प्रेम नहीं होगा तो हम मृतप्राय ही होंगे।"

20 जनवरी की शाम को जब वह बिड़ला भवन में अपनी प्रार्थना-सभा में बोल रहे थे, उनसे कुछ ही फुट की दूरी पर बम का विस्फोट हुआ। उन्होंने उस ओर तनिक भी ध्यान न दिया और शांतिपूर्वक अपनी बात कहते रहे। अगले दिन जब उन्हें बधाइयां दी गई तो उन्होंने कहा, "सच्ची बधाई के योग्य मैं तब होऊंगा जब विस्फोट का शिकार होता हुआ भी मुस्कराता रहूं और हमला करनेवाले के प्रति मेरे मन में ज़रा-सा भी विद्वेष न हो।"

गांधीजी की निगाह भारतीय जीवन को शुद्ध और प्रबुद्ध बनाने पर थी। उन्होंने 27 जनवरी, 1948 को एक लेख में लिखा, "कांग्रेस देश की सबसे पुरानी राष्ट्रीय राजनीतिक संस्था है। उसने कई अहिंसक लड़ाइयों के बाद स्वतंत्रता प्राप्त की है। उसे मरने नहीं दिया जा सकता। उसका अंत तभी हो सकता है, जबकि

राष्ट्र का अंत हो। एक जीवित संस्था या तो जीवंत प्राणी की भांति लगातार आगे बढ़ती रहती है। या मर जाती है। कांग्रेस ने सियासी आज़ादी तो हासिल कर ली है, मगर अभी उसे माली आज़ादी, सामाजिक आज़ादी और नैतिक आज़ादी हासिल करनी है। ये आज़ादियां चूंकि रचनात्मक हैं, कम उत्तेजक हैं और भड़कीली नहीं हैं, इसलिए उन्हें हासिल करना राजनीतिक आज़ादी से भी ज़्यादा मुश्किल है। जीवन के सारे पहलुओं को अपने में समा लेनेवाला रचनात्मक कार्य करोड़ों जनता के सारे अंगों की शक्ति जगाता है।

"कांग्रेस को उसकी आज़ादी का प्रारम्भिक और ज़रूरी हिस्सा मिल गया है, लेकिन उसकी सबसे कठिन मंज़िल अभी बाकी है।"

29 जनवरी को उन्होंने अपने उस लेख में जो उनका 'आखिरी वसीयतनामा' माना जाता है, लिखा, "देश का बंटवारा होते हुए भी हिंद की राष्ट्रीय कांग्रेस द्वारा तैयार किए गए साधनों से हिंदुस्तान को आज़ादी मिलने के कारण मौजूदा स्वरूपवती कांग्रेस का काम अब पूरा हुआ, यानी प्रचार के वाहन और धारासभा की प्रकृति चलानेवाले तंत्र के नाते उसकी उपयोगिता अब समाप्त हो गई है। शहरों और कस्बों से भिन्न उसके सात लाख गांवों की दृष्टि से हिंदुस्तान की सामाजिक, नैतिक और आर्थिक आज़ादी हासिल करना अभी बाकी है।

"लोकशाही के ध्येय की ओर हिन्दुस्तान की प्रगति के दरमियान फौजी सत्ता पर मुल्क की सत्ता को प्रधानता देने की लड़ाई अनिवार्य है। कांग्रेस को हमें राजनीतिक पार्टियों और साम्प्रदायिक संस्थाओं के साथ की गंदी होड़ से बचाना चाहिए।

"इन और ऐसे ही दूसरे कारणों से अखिल भारतीय कांग्रेस कमेटी नीचे दिये नियमों के अनुसार अपनी मौजूदा संस्था को तोड़ने और 'लोक सेवक संघ' के रूप में प्रकट होने का निश्चय करे।"

इसके बाद उन्होंने 'लोक सेवक संघ' के कुछ बुनियादी नियम दिए थे।

इस सबसे पता चलता है कि गांधीजी की विचारधारा अब किस ओर प्रवाहित हो रही थी। स्वाधीन भारत की इमारत को अब वह लोकशक्ति की नींव पर खड़ा करना चाहते थे। वह जानते थे कि सत्ता अपने हाथ में आ जाने के कारण पदों के लिए होड़ लगेगी। वह लोगों का मुंह पदों की ओर से मोड़कर सेवा की ओर कर देना चाहते थे।

स्वतंत्रता की प्राप्ति के बाद उन्होंने उन सब प्रश्नों पर प्रकाश डाला, जो

देश के सामने थे और जिनपर एक कल्याणकारी राज्य की दृष्टि से मार्ग-दर्शन की आवश्यकता थी। मंत्रियों की ज़िम्मेदारियां, गवर्नर की योग्यता, शिक्षा का स्वरूप, विद्यार्थियों का कर्तव्य और दायित्व, मद्यनिषेध, अस्पृश्यता-निवारण, अहिंसा, खादी, नये विश्व विद्यालय, राष्ट्रभाषा और लिपि, भाषाओं के आधार पर प्रांत-निर्माण, आरोग्य आदि-आदि विषयों पर उन्होंने अपने विचार प्रकट किए। उनकी दृष्टि में राजनीतिक आज़ादी तो लम्बी यात्रा का एक पड़ाव-मात्र थी, आखिरी मंज़िल नहीं। आखिरी मंज़िल थी रामराज्य की स्थापना जिसको सामने रखकर उन्होंने स्वतंत्रता की प्राप्ति के लिए प्रयत्न किया था।

पूर्णाहुति

30 जनवरी को सवेरे गांधीजी उसी प्रकार उठें, जिस प्रकार और दिन उठा करते थे। उन्होंने अपने सचिव श्री प्यारेलाल से कांग्रेस के उस नये विधान के मसविदे को, जिसे उन्होंने पिछली रात को थकावट की हालत में लिखा था, बारीकी से देखे जाने को कहा, मालिश कराई, फिर प्यारेलाल भाई से मद्रास के अन्न-संकट के बारे में एक टिप्पणी तैयार करने को कहा। नहाकर ताज़े हो गए। चेहरे पर प्रसन्नता झलक उठी।

उन दिनों वह बंगला सीख रहे थे। उसका अभ्यास पूरा करके भोजन किया। भोजन में बकरी का दूध था, पकाई हुई भाजियां थीं, संतरे और अदरक का काढ़ा था, खट्टे नीबू और घृतकुमारी।

नोआखाली के बारे में चर्चा की। उन्होंने कहा, "जैसे हम कार्यकर्ताओं को 'करना या मरना' है, उसी तरह हमें अपने लोगों को भी आत्मसम्मान तथा धार्मिक अधिकारों के लिए 'करने या मरने' के लिए तैयार करना है। हो सकता है कि आखिर में थोड़े ही लोग बचें, लेकिन कमज़ोरी से ताकत पैदा करने का इसके सिवा दूसरा कोई रास्ता नहीं है।"

दोपहर को थोड़ी देर झपकी लेने के बाद मुलाकातें आरंभ हो गईं।

शाम हो गई। साढ़े चार बजे उनका शाम का भोजन आया। फिर सरदार पटेल के साथ चर्चाएं होती रहीं। उनमें प्रमुख बात थी मंत्रिमंडल की एकता को तोड़ने के लिए सरकार के विरुद्ध गंदा प्रचार। गांधीजी की स्पष्ट राय थी कि ऐसे नाज़ुक मौके पर मंत्रिमंडल में फूट पड़ना बड़े दुःख की बात होगी। सरदार से उन्होंने कहा कि आज मैं इसी विषय पर प्रार्थना के बाद बोलेगा। प्रार्थना के बाद

पंडित नेहरू आने वाले थे। गांधीजी ने इच्छा प्रकट की कि वह उनसे भी बात करेंगे। "अगर आवश्यक हुआ तो मैं 2 फरवरी को वर्धा जाना स्थगित कर दूंगा।" वह बोले, "और उस समय तक दिल्ली नहीं छोडूं गा जब तक कि दोनों के बीच फूट डालने की कोशिश के भूत का पूरी तरह खात्मा न हो जाए।"

सरदार से इस प्रकार चर्चा चलती रही। प्रार्थना के लिए देर हो रही थी। पहले तो मनु को साहस न हुआ कि उनकी बातचीत के बीच व्यवधान उपस्थित करे, पर वह जानती थी कि बापू प्रार्थना और समय की पाबंदी का कितना ध्यान रखते हैं। अन्त में साहस करके उसने घड़ी उठाई और गांधीजी की ओर इशारा किया।

गांधीजी गुसलखाने गए। फिर मनु और आभा के कंधों का सहारा लेकर प्रार्थना-स्थल की ओर चल दिए। उनकी प्रार्थना-सभा में काफी लोग इकट्ठे हो जाते थे। उस दिन भी भीड़ थी। अपने कमरे से निकलकर वह सपाटे से प्रार्थना के स्थान के निकट पहुंचे तो दस मिनट की देर हो चुकी थी। लोग उत्सुकता से उनके आने की बाट जोह रहे थे। उन्होंने हाथ जोड़कर गांधीजी को अभिवादन किया। गांधीजी ने हाथ जोड़कर प्रत्युत्तर दिया।

अचानक भीड़ में से एक आदमी निकलकर आगे आया। बहुत-से लोग प्रायः ऐसा किया करते थे। वे गांधीजी के पैर छूना चाहते थे। उस आदमी के बारे में भी मनु ने सोचा कि वह गांधीजी के पैर छूने को आगे आ रहा है। पर चूंकि पहले ही काफी देर हो चुकी थी, उसने उस आदमी का हाथ पकड़कर रोकने का प्रयत्न किया। उस आदमी ने बड़े जोर से मनु को धकेल दिया। मनु के हाथ में आश्रम भजनावली, माला तथा गांधी जी का पीकदान था, वे सब चीज़ें नीचे गिर गईं। मनु ज्योंही उन चीज़ों को उठाने के लिए झुकी कि वह आदमी गांधीजी के सामने आकर खड़ा हो गया और जाकेट की जेब से सात कारतूसों वाले पिस्तौल को निकालकर तीन फायर किए। पहली गोली नाभि से ढाई इंच ऊपर और मध्य रेखा के साढ़े तीन इंच पेट के दाहिनी ओर लगी, दूसरी गोली मध्य रेखा के एक इंच की दूरी पर दाहिनी ओर लगी, और तीसरी गोली छाती के दाहिनी ओर। पहली और दूसरी गोली शरीर को पार करके पीठ से बाहर निकल आई। तीसरी गोली उनके फेफड़े में ही फंसी रही।

पहले वार में गांधी जी को आगे बढ़ता पैर नीचे आ गया, दूसरी गोली के चलने तक वह खड़े रहे। उसके बाद गिर गए। उनके मुंह से अन्तिम शब्द

निकले 'हे राम'।

अपने अवसान के दो दिन पहले उन्होंने कहा था, "मेरे लिए इससे प्यारी चीज़ और क्या हो सकती है कि मैं हंसते-हंसते गोलियों की बौछार का सामना कर सकें।"

प्रभु ने उनकी इच्छा पूरी कर दी।

जो हुआ, उसने भारत को ही नहीं, समूचे संसार को स्तब्ध कर दिया। करोड़ों नर-नारियों ने इस प्रकार शोक मनाया, मानो वह उनकी व्यक्तिगत क्षति हुई हो। यह स्वाभाविक था। अपने हृदय की विशालता और प्रेम के कारण वह सबके 'बापू' बन गए थे। विश्व के महान् विज्ञानवेत्ता आइन्स्टीन ने कहा, "आने वाली पीढ़ियां शायद मुश्किल से ही यह विश्वास कर सकेंगी कि गांधीजी जैसा हाड़-मांस का पुतला कभी इस धरती पर हुआ होगा।"

उनके निधन पर जितनी श्रद्धांजलियां अर्पित की गईं, उतनी विश्व के इतिहास में शायद ही क़िसीके निधन पर की गई हों।

गांधीजी की भौतिक काया का अन्त हो गया, पर मानवता के इतिहास में उनका नाम सदा-सर्वदा के लिए अमर हो गया।

खण्ड दो

विचार

आत्म-परिचय

मेरे प्रयोगों में आध्यात्मिक शब्द का अर्थ है नैतिक और धर्म का अर्थ है नीति, और जिस नीति का पालन आत्मिक दृष्टि से किया हो, वही धर्म है।

मैंने खूब आत्म-निरीक्षण किया है, अपने मन के एक-एक भाव की छानबीन की है, उनका विश्लेषण किया है; फिर भी मैं यह दावा कदापि नहीं करना चाहता कि उनके परिणाम सबके लिए अंतिम हैं, वे सत्य ही हैं, अथवा वही सत्य हैं। हां, एक दावा अवश्य करता हूं कि वे मेरी दृष्टि से सच्चे हैं।

मेरे निकट तो सत्य ही सर्वोपरि है और उसमें अनगिनत वस्तुओं का समावेश हो जाता है। यह सत्य स्थूल अर्थात् वास्तविक सत्य नहीं है, वह तो वाचा की तरह विचार का भी सत्य है। यह सत्य केवल हमारा कल्पनागत सत्य ही नहीं है, बल्कि स्वतंत्र, चिरस्थायी सत्य अर्थात् स्वयं परमेश्वर ही है।

परमेश्वर की व्याख्याएं अगणित हैं, क्योंकि उसकी विभूतियां भी अगणित हैं। विभूतियां मुझे आश्चर्यचकित तो करती हैं, क्षण-भर के लिए मुग्ध भी करती हैं। पर मैं तो सत्य-रूपी ईश्वर का ही पुजारी हूं। मेरी दृष्टि में यह एकमात्र सत्य है, शेष सब मिथ्या है।

जब तक इस सत्य का साक्षात्कार नहीं हो जाता तब तक मेरी अन्तरात्मा जिसे सत्य समझती है, उसी काल्पनिक सत्य को अपना आधार मानकर, दीपस्तंभ समझकर, उसके सहारे मैं अपना जीवन व्यतीत करता हूं।

सत्य के शोधक को एक रजकण से भी नीचे रहना पड़ता है। सारी दुनिया रजकण को पैरों तले रौंदती है, पर सत्य का पुजारी तो जब तक इतना छोटा नहीं बन जाता कि रजकण भी उसे कुचल सके, तब तक स्वतंत्र सत्य की झलक भी

होना दुर्लभ है।

मैं तो चाहता हूं कि चाहे मुझ जैसे अनेकों का क्षय हो जाए, पर सत्य की सदा जय हो। अल्पात्मा को नापने के लिए सत्य का गज़ कभी छोटा न बने।

—'आत्मकथा' की प्रस्तावना

एक नीति छप्पय हृदय में अंकित हो गया। अपकार का बदला अपकार नहीं, बल्कि उपकार हो सकता है, यह बात मेरा जीवन-सूत्र बन बैठी। उसने मुझपर अपनी सत्ता जमानी शुरू की। अपकार करने वाले का भला चाहना और करना मेरे अनुराग का विषय बन गया।

—आत्मकथा, पृष्ठ 41

सत्य के पुजारी को मौन का अवलम्बन करना उचित है। जाने-अनजाने मनुष्य बहुत बार अत्युक्ति करता है, अथवा कहने योग्य बात को छिपाता है, या दूसरी तरह से कहता है। ऐसे संकटों से बचने के लिए अल्पभाषी होना आवश्यक है। थोड़ा बोलनेवाला बिना विचारे नहीं बोलता। वह अपने हरेक शब्द को तौलेगा।

—आत्मकथा, पृष्ठ 75

मैंने अनुभव किया है कि जब चारों ओर से आस्थाएं छोड़ बैठने का अवसर आ जाता है, हाथ-पांव ढीले पड़ने लगते हैं, तब कहीं न कहीं से सहायता आ पहुंचती है। स्तुति, उपासना, प्रार्थना अंधविश्वास नहीं, बल्कि उतनी अथवा उससे भी अधिक सच बातें हैं, जितना कि हम खाते-पीते, चलते, उठते-बैठते हैं, यह सच है।

ऐसी उपासना, ऐसी प्रार्थना, वाणी का वैभव नहीं है, उसका मूल कण्ठ नहीं, हृदय है। अतः हम हृदय को निर्मल बना लें, उसके तारों का सुर मिला लें तो उससे जो सुर निकलता है, वह गगनगामी हो जाता है। उसके लिए जीभ की आवश्यकता नहीं, वह तो स्वभावतः ही अद्भुत वस्तु है। विकाररूपी मल की शुद्धि के लिए हार्दिक उपासना एक जीवन-जड़ी है। परन्तु इस प्रसादी को पाने के लिए हमारे अन्दर पूरी नम्रता होनी चाहिए।

—आत्मकथा, पृष्ठ 87

हिन्दूधर्म में गुरुपद को जो महत्त्व दिया गया है, उसे मैं मानता हूं। 'गुरु बिन होत न ज्ञान' यह वचन बहुत अंशों में सच है। अक्षर-ज्ञान देने वाला शिक्षक यदि अधकचरा हो तो एक बार काम चल सकता है, परन्तु आत्म-दर्शन करानेवाले अधूरे शिक्षक से काम नहीं चलाया जा सकता। गुरुपद तो पूर्ण ज्ञानी

को ही दिया जा सकता है। सफलता गुरु की खोज में ही है, क्योंकि गुरु शिष्य की योग्यता के अनुसार ही मिला करते हैं। इसका अर्थ यह है कि प्रत्येक साधक को योग्यता-प्राप्ति के लिए प्रयत्न करने का पूरा-पूरा अधिकार है, परन्तु इस प्रयास का फल ईश्वराधीन है।

मेरे जीवन पर गहरा असर डालनेवाले तीन आधुनिक मनुष्य हैं—रायचन्द भाई ने अपने सजीव संसर्ग से, टाल्स्टाय ने 'बैकुण्ठ तुम्हारे हृदय में है' नामक पुस्तक द्वारा और रस्किन ने 'अन्टु दिस लास्ट' (सर्वोदय) नामक पुस्तक से मुझे चकित कर दिया है।

—आत्मकथा, पृष्ठ 105

मेरा जीवन सम्पूर्ण, अखण्ड और अविभाज्य है और मेरे सब कार्य एक-दूसरे में ओतप्रोत हैं। उन सबका जन्म सम्पूर्ण मानव-जाति के प्रति मेरे अतृप्त प्रेम से होता है।

—सिलेक्शन्स फ्रॉम गांधी

एक बात ने मेरे दिल पर अच्छी तरह जड़ जमा ली। यह सृष्टि नीति के पाये पर खड़ी है, नीतिमात्र का समावेश सत्य में होता है। पर सत्य की खोज तो अभी बाकी हैं। दिन पर दिन सत्य की महिमा मेरी दृष्टि में बढ़ती गई, सत्य की व्याख्या विस्तार पाती गई और अब भी पाती जा रही है।

—आत्मकथा, पृष्ठ 41

जनता की अर्थात् गरीबों की सेवा करने की मेरी प्रबल इच्छा ने गरीबों के साथ मेरा सम्बन्ध हमेशा के लिए अनायास ही जोड़ दिया है और उनके साथ एकरूप होने की शक्ति प्रदान की है।

—आत्मकथा

मेरे जीवन में ऐसी घटनाएं घटती ही रही हैं, जिनके कारण मैं अनेक धर्मावलम्बियों के और अनेक जातियों के गाढ़ परिचय में आ सका हूं। इन सबके अनुभवों के आधार पर यह कहा जा सकता है कि मैंने अपने और पराये, देशी और विदेशी, गोरे और काले, हिन्दू और मुसलमान या ईसाई, पारसी या यहूदी के बीच कोई भेद नहीं किया। मैं कह सकता हूं कि मेरा हृदय ऐसा भेद कर ही नहीं सका।

—आत्मकथा

अपनी मर्यादाओं का मुझे स्पष्ट भान है। यही भान—यही ज्ञान मेरी एकमात्र शक्ति है। मैं अपने जीवन में जो कुछ कर पाया हूं, वह सब अन्य किसी

वस्तु की अपेक्षा अपनी मर्यादाओं के मेरे भान के कारण ही संभव हो सका है।

—सिलेक्शन्स फ्रॉम गांधी

मैं अगर किसी सद्गुण का दावा करता हूं तो वह मेरी सत्यनिष्ठा और अहिंसापरायणता ही है। मैं अपने में किसी दैवी शक्ति होने का दावा नहीं करता। और न मुझे वैसी शक्ति की ज़रूरत ही है। मेरा शरीर वैसा ही नश्वर है जैसाकि किसी कमज़ोर से कमज़ोर मानव बन्धु का है और मेरे हाथ से भी वे सब गलतियां होने की सम्भावना है जो कि उसके हाथ से हो सकती हैं। मेरी सेवाओं की अनेक मर्यादाएं हैं, परन्तु उनकी अपूर्णताओं के बावजूद भगवान ने अभी तक उनपर अपना आशीर्वाद, अपनी कृपा बरसाई है।

अपनी गलती को स्वीकार करना बड़ी अच्छी बात है। वह एक झाड़ू का काम करता है। जिस प्रकार झाड़ू तमाम गन्दगी को हटाकर ज़मीन को पहले से भी अधिक साफ कर देती है, उसी प्रकार अपनी गलती को स्वीकार करने से हृदय हलका और साफ हो जाता है।

अपनी गलती स्वीकार करके मैं अपने को अधिक बलवान अनूभव करता हूं। इस तरह पीछे लौटने से हमारे कार्य की उन्नति होगी। सीधी राह छोड़ने का आग्रह रखकर मनुष्य अपने उद्दिष्ट स्थान को कभी नहीं पहुंच सकता।

—हिन्दी नवजीवन, 19 फरवरी' 33

'महात्मा को तो उसके भाग्य के भरोसे ही मुझे छोड़ देना पड़ेगा। असहयोगी होते हुए भी मैं खुशी से ऐसे किसी कानून का समर्थन करूंगा, जिससे मुझे महात्मा कहना या मेरे पैर छूना अपराध माना जाए। जहां मैं खुद यह कानून चला सकता हूं वहां, यानी आश्रम में, मुझे महात्मा कहना या मेरे पैर छूना अपराध समझा जाता है।

—हिन्दी नवजीवन, 17 मार्च' 27

मन के विकारों को जीतना सारे संसार को शस्त्रयुद्ध से जीतने की अपेक्षा मुझे अधिक कठिन लगता है। हिन्दुस्तान आने के बाद भी मैं अपने भीतर छिपे हुए विकारों को देख सका हूं, शरमिन्दा हुआ हूं, किन्तु हारा नहीं हूं। सत्य के प्रयोग करते हुए मैंने आनन्द लूटा है, और आज भी लूट रहा हूं। लेकिन मैं जानता हूं कि अभी मुझे विकट मार्ग तय करना है। इसके लिए मुझे शून्यवत् बनना है। मनुष्य जब तक स्वेच्छा से अपने को सबके अन्त में नहीं रखता, तब तक उसे मुक्ति नहीं मिलती। अहिंसा नम्रता की पराकाष्ठा है।

—आत्मकथा

मैं अज्ञान मानव-समूह की पूजा से सचमुच घबरा उठा हूं। अगर लोग मुझपर थूकते तो मुझे अपनी सच्ची स्थिति का निश्चित पता चलता। तब हिमालय जैसी महान भूलों या दूसरी भूलों को स्वीकार करने की, पीछे लौटने की या नई योजना बनाने की ज़रूरत नहीं रह जाती।

—दी माइंड ऑव महात्मा गांधी

मैं मानता हूं कि मैं दुनिया में किसी प्राणी से द्वेष कर ही नहीं सकता। बरसों के प्रार्थनामय संयम और साधना के फलस्वरूप मैंने कोई 40 साल से किसीके प्रति द्वेष रखना छोड़ दिया है। मैं जानता हूं कि यह एक बहुत बड़ा दावा है। फिर भी मैं पूरी नम्रता के साथ यह दावा करता हूं। परन्तु बुराई से, फिर वह कहीं भी हो, मैं द्वेष कर सकता हूं और अवश्य करता हूं। मैं उस शासन-प्रणाली से नफरत करता हूं, जिसे अंग्रेज़ों ने भारतवर्ष में स्थापित किया है। भारत की जो बेतहाशा लूट हो रही है उससे मैं नफरत करता हूं, जिस तरह कि मैं तहेदिल से अछूतपन की घृणित प्रथा से नफरत करता हूं—जिसके लिए करोड़ों हिन्दू स्वयं जिम्मेदार हैं। परन्तु मैं उन अंग्रेज़ों से उसी प्रकार नफरत नहीं करता जो यहां बड़े बने हुए हैं, जिस प्रकार मैं ऊंचे बने हुए हिन्दुओं से नफरत नहीं रखता। मैं हर तरह के प्रेमपूर्ण साधनों से ही उनका सुधार करना चाहता हूं।

—हिन्दी नवजीवन, 6 अगस्त' 25

'हरिनो मारग छे शूरानो नहि कायरनुं काम जोने।'

"धर्म का मार्ग शूरों के लिए है, वहां कायरों का काम नहीं है।"

हमें ईश्वर से रोज़ यह प्रार्थना करनी चाहिए कि 'हे नाथ ! असत्य का आचरण करके जीने की अपेक्षा तू मुझे मौत ही देना।'

अहिंसा-धर्म का पालन करनेवाला मनुष्य अपने दुश्मन से यह प्रार्थना करेगा, "हे दुश्मन ! मेरा अपमान करने, मुझसे अमानुषी कर्म कराने के बदले तू मुझे मार ही डाले तो मैं तेरा उपकार मानूंगा।"

—हिन्दी नवजीवन, 4 अक्टूबर 28'

मैं तो एक विनम्र सत्यशोधक हूं। इसी जन्म में आत्म-साक्षात्कार और मोक्ष प्राप्त करने का इच्छुक हूं। अपने देश की मैं जो सेवा कर रहा हूं, वह तो मेरी साधना का एक अंग है, जिसके द्वारा मैं इस पंच भौतिक शरीर से अपनी आत्मा की मुक्ति की कामना करता हूं। इस दृष्टि से मेरी देश-सेवा केवल स्वार्थ-साधना

है। मुझे इस नाशवान ऐहिक राज्य की कोई अभिलाषा नहीं है। मैं तो ईश्वरीय राज्य को पाने का प्रयास कर रहा हूं।

मेरे लिए तो मुक्ति का मार्ग अपने देश की और उसके द्वारा मनुष्य-जाति की सेवा करने के लिए निरन्तर प्रयत्नशील रहना है। मैं संसार के भूतमात्र से अपना तादात्म्य स्थापित कर लेना चाहता हूं। मैं 'समः शत्रौ च मित्रे च' हो जाना चाहता हूं।

मेरे निकट धर्मशून्य राजनीति का कोई मूल्य नहीं। राजनीति धर्म की अनुचरी है। धर्महीन राजनीति को फांसी समझिए। वह आत्मा का नाश कर देती है।

—हिन्दी नवजीवन, 6 अप्रैल' 24

मैं इस बात का दावा कर सकता हूं कि मैं भारतमाता का और मनुष्य-जाति का एक विनम्र सेवक हूं और सेवा करते-करते ही मृत्यु की गोद में जाना पसन्द करूंगा।

मेरी इच्छा कोई सम्प्रदाय स्थापित करने की नहीं है। सच यह है। कि मेरी महत्त्वाकांक्षा इतनी बड़ी है कि कुछ अनुयायियों का सम्प्रदाय स्थापित करने से उसकी तृप्ति नहीं हो सकती।

मैंने किसी नये सत्य का आविष्कार नहीं किया है, बल्कि सत्य को जैसा मैं जानता हूं, उसीके अनुसार चलने का और लोगों को बताने का प्रयत्न करता हूं।

—हिन्दी नवजीवन, 26 अगस्त' 21

मैं गरीब से गरीब हिन्दुस्तानी के जीवन के साथ अपने जीवन को मिला देना चाहता हूं। मैं जानता हूं, दूसरे तरीकों से मुझे ईश्वर के दर्शन नहीं हो सकते। मुझे ईश्वर को प्रत्यक्ष देखना है। जब तक मैं गरीब से गरीब न बन सकूं, तब तक ईश्वर से साक्षात्कार हो नहीं सकता।

—हिन्दी नवजीवन, 27 जुलाई' 24

मनुष्य-जाति के उत्थान में मूर्ति-पूजा से बड़ी सहायता मिलती है। और मैं अपने प्राण देकर भी उन सहस्रों पवित्र देवालयों की रक्षा करने की सामर्थ्य अपने अन्दर रखना चाहूंगा, जो हमारी जननी जन्मभूमि को पवित्र कर रहे हैं।

मैं मूर्ति-पूजक हूं और मूर्तिभंजक भी। मूर्ति-पूजा के अन्दर जो भाव हैं, मैं उनका आदर करता हूं। मैं मूर्तिभंजक इस अर्थ में हूं कि मैं उस धर्मान्धता के रूप में छिपी सूक्ष्म मूर्तिपूजा का खण्डन कर देता हूं, जो अपनी ईश्वर-पूजा की विधि के अतिरिक्त दूसरे लोगों की पूजा करने की विधि में

किसी गुण और अच्छाई को देखने से इनकार करती है।

—हिन्दी नवजीवन, 31 अगस्त' 24

मैं अपने अनेक पापों को स्पष्ट से स्पष्ट रूप में स्वीकार कर चुका हूं। लेकिन मैं हमेशा अपने कंधों पर उनका बोझ लादे नहीं फिरता। यदि मैं ईश्वर की ओर जा रहा हूं, और मुझे लगता है कि मैं उस ओर जा रहा हूं, तो मैं सुरक्षित हूं, क्योंकि मैं उसकी उपस्थिति के प्रखर प्रकाश का अनुभव करता हूं। मैं यह जानता हूं कि आत्म-सुधार के लिए यदि मैं केवल आत्म-दमन, उपवास और प्रार्थना पर ही निर्भर रहूं तो कोई लाभ न होगा। लेकिन अगर ये बातें अपने सिरजनहार की गोद में अपना चिंताकुल सिर रखने की मनुष्य की आकांक्षा को व्यक्त करती हैं—और मुझे आशा है कि वे इसी आकांक्षा को व्यक्त करती हैं—तो इनका अपार मूल्य है।

—महात्मा, तेंदुलकर

'गांधीवाद' नाम की कोई वस्तु है ही नहीं; और न मैं अपने पीछे कोई सम्प्रदाय छोड़ जाना चाहता हूं। मेरा यह दावा नहीं है कि मैंने किसी नये सिद्धांत या शिक्षा का आविष्कार किया है। मैंने तो जो शाश्वत सत्य हैं उनको अपने नित्य के जीवन और प्रतिदिन के प्रश्नों पर अपने ढंग से सिर्फ घटाने का ही प्रयास किया है।

अतः मनुस्मृति के जैसी कोई स्मृति यानी संहिता मेरे छोड़ जाने का सवाल ही नहीं है। उन महान विधि-निर्माता—स्मृतिकार—के और मेरे बीच कोई तुलना हो ही नहीं सकती। जो मत मैंने कायम किए हैं और जिन निर्णयों पर मैं पहुंचा हूं, वे भी अन्तिम नहीं हैं। हो सकता है, मैं कल ही उन्हें बदल दूं। मुझे दुनिया को कोई नई चीज़ नहीं सिखानी है। सत्य और अहिंसा अनादिकाल से चले आए हैं। मैंने तो यथाशक्ति विशाल से विशाल पैमाने पर इन दोनों से अपने जीवन में प्रयोग भर किए हैं। ऐसा करते हुए कभी-कभी मैंने गलतियां भी की हैं और अपनी उन गलतियों से मैंने सीखा भी है। इस प्रकार जीवन और उसकी समस्याओं ने मेरे लिए सत्य और अहिंसा के पालन में प्रयोगों का रूप ले लिया है।

—हरिजन सेवक, 28 मार्च' 36

इस जीवन में मेरी अपनी कोई गुप्त बातें नहीं हैं। मैंने अपनी कमजोरियों को स्वीकार किया है। अगर मुझे विषय-भोग की इच्छा हुई, तो मैं हिम्मत के साथ उसे कबूल कर लूंगा। जब अपनी पत्नी के साथ संभोग करने

में भी मुझे नफरत मालूम होने लगी और जब मैंने अपनी काफी परीक्षा कर ली, उसके बाद ही सन् 1906 में मैंने ब्रह्मचर्य व्रत लिया। और यह व्रत मैंने अपने देश की सेवा अधिक निष्ठा और लगन से करने के लिए ही लिया है। उसी दिन से मेरा खुला जीवन शुरू हुआ।

—महात्मा, तेंदुलकर

मनुष्य की कमज़ोरी का अनुकरण नहीं, बल्कि उसके गुणों का अनुकरण करना ही उसकी सच्ची पूजा है। जीवित मनुष्य की मूर्ति बनाकर उसकी पूजा करके हम हिन्दू धर्म को पतन की आखिरी सीढ़ी पर पहुंचा देते हैं। मृत्यु के पहले किसी मनुष्य को पूरी तरह अच्छा नहीं कहा जा सकता और मृत्यु के बाद भी जिसे उस मनुष्य में आरोपित गुणों में विश्वास होगा वही उसे अच्छा कहेगा। सच तो यह है कि केवल एक ईश्वर ही मनुष्य के हृदय को जानता है। इसलिए किसी जीवित या मृत मनुष्य को पूजने के बदले जो पूर्ण है और सत्य-स्वरूप है, उस ईश्वर को पूजने और उसीका भजन करने में सुरक्षितता है। यहां यह प्रश्न अवश्य पैदा होता है कि चित्र रखना भी पूजा का ही एक प्रकार है या नहीं ? चित्र रखने की प्रथा भी खर्चीली तो है, परन्तु उसे निर्दोष समझकर मैं सहन करता आया हूं। यदि इसके कारण मैं प्रत्यक्ष या अप्रत्यक्ष रीति से मूर्तिपूजा को तनिक भी बढ़ावा देता होऊं, तो उसे भी हास्यास्पद और हानिकारक समझकर छोड़ दूंगा। मन्दिर के मालिक मूर्ति को हटाकर उस मकान में खादी का केन्द्र खोलें, तो वह सब तरह से अच्छा होगा, और अभी जो पाप वे कर रहे हैं उससे वे बच जाएंगे। उस मकान में गरीब लोग मज़दूरी के लिए रुई धुनें और कातें। दूसरे लोग यज्ञ के लिए धुनें और काते। सब खादी पहनने लगें। यही गीता का कर्मयोग है। जीवन में इसका आचरण करना ही गीता की और मेरी सच्ची पूजा मानी जाएगी।

—हरिजन सेवक, 24 मार्च' 46

जिस प्रकार मेरी सफलताएं और मेरी प्रतिभा ईश्वरदत्त वरदान हैं, उसी प्रकार मेरी अपूर्णताएं और असफलताएं भी ईश्वरदत्त वरदान हैं। और मैं इन दोनों को ईश्वर के चरणों में अर्पण कर देता हूं। उसने मेरे जैसे अपूर्ण मानव को इतने महान प्रयोग के लिए क्यों चुना होगा ? मुझे लगता है कि उसने जान-बूझकर ऐसा किया होगा। उसे करोड़ों गरीब, मूक और अज्ञान लोगों की सेवा—सहायता—करनी थी। किसी संपूर्ण मानव को पाकर शायद उन्हें निराशा होती। जब उन्होंने देखा कि उन्हीं की जैसी कमज़ोरियों और खामियों

वाला एक मानव अहिंसा की दिशा में आगे बढ़ रहा है, तो उनमें भी अपनी शक्ति और क्षमता के बारे में विश्वास पैदा हुआ। अगर कोई संपूर्ण मानव हमारे नेता के रूप में हमारे बीच आता, तो हम उसे पहचान नहीं पाते और हमने उसे किसी गुफा में भगा दिया होता। संभव है कि मेरे बाद जो मानव आएगा वह मुझसे अधिक पूर्ण होगा और आप उसका सन्देश ग्रहण करने में समर्थ होंगे।

—लास्ट फेज़ : प्यारेलाल

जीवन में एक ऐसी स्थिति आती है जब मनुष्य के लिए अपने विचारों की घोषणा करने की ज़रूरत नहीं रहती, बाहरी कार्य के द्वारा उनका प्रदर्शन करने की तो और भी कम ज़रूरत रहती है। उसके विचार ही अपना काम करते हैं। विचारों में वह शक्ति आ जाती है। तब उसके बारे में यह कहा जा सकता है कि बाहर से दिखाई देनेवाले उसके अकर्म में ही उसका कर्म समाया हुआ है।...मैं उसी दिशा में प्रयत्न कर रहा हूं।

—लास्ट फेज़ : प्यारेलाल

दुनिया के अनेक देशों से मुझसे सवाल पूछा गया है, "आपके देश में राजनीतिक पार्टियां अपना राजनीतिक ध्येय आगे बढ़ाने के लिए हिंसा का दिनोंदिन ज़्यादा उपयोग करने लगी हैं। इसकी वजह आप बताएंगे ? ब्रिटिश हुकूमत को खत्म करने के लिए पिछले 30 साल में अहिंसा का जो तरीका अपनाया गया, कहीं उसीका तो यह नतीजा नहीं है ? क्या अब भी दुनिया के लिए आपका अहिंसा का सन्देश काम आ सकता है ?"

इसके जबाब में मुझे अहिंसा का नहीं, बल्कि अपना दिवालियापन कबूल करना चाहिए। इसके पहले मैंने साफ कह दिया है कि पिछले तीस बरसों में जिस अहिंसा का उपयोग किया गया, वह कमज़ोरों की अहिंसा थी। मेरा यह जवाब ठीक या काफी है कि नहीं, यह तो दूसरों को बताना होगा। इसके बाद दूसरी एक बात भी स्वीकार करनी होगी। वह यह कि आज की बदली हुई परिस्थितियों में कमज़ोरों को अहिंसा कुछ काम नहीं दे सकती। हिन्दुस्तान को बहादुरों की अहिंसा का अनुभव नहीं है। यदि मैं बार-बार यह कहता रहूं कि बहादुरों की अहिंसा दुनिया में सबसे बड़ी शक्ति है, तो उससे मेरा कोई मतलब हल नहीं होता। इस सत्य का निरन्तर और विशाल पैमाने पर प्रत्यक्ष प्रयोग कर दिखाने की ज़रूरत है। मुझमें जितनी शक्ति है उसका पूरा-पूरा उपयोग करके मैं यही दिखाने की कोशिश कर रहा हूं। यदि मेरी उत्तम योग्यता बहुत थोड़ी हो तो उससे

क्या ? कहीं मैं शेखचिल्ली के रास्ते तो नहीं जा रहा हूं ? मैं ऐसी निरर्थक खोज में अपने पीछे चलने या अपना साथ देने के लिए दूसरों से क्यों कहूं ? ये सब सवाल पूछने लायक हैं। इन सबका मेरा जवाब बिल्कुल सीधा और सरल है। मैं किसीसे अपने पीछे चलने या अपना साथ देने के लिए नहीं कहता। हरएक स्त्री और पुरुष को अपने अन्तर की आवाज़ को मानना चाहिए। अगर कोई स्त्री या पुरुष अपने अन्तर की आवाज़ न सुन सके, तो उसे अपनी योग्यता के अनुसार जितना बन सके उतना कर गुज़रना चाहिए। लेकिन कोई स्त्री या पुरुष भेड़ की तरह दूसरे के पीछे-पीछे न चले।

एक और सवाल पूछा गया है : "यदि आपको विश्वास है कि हिन्दुस्तान गलत रास्ते जा रहा है, तो आप गलत काम करने वालों से अपना सम्बन्ध क्यों रखते हैं ? आप अकेले ही अपने सही रास्ते क्यों नहीं जाते ? और आप यह श्रद्धा क्यों नहीं रखते कि आपकी बात सच होगी, तो आपको छोड़ देनेवाले आपके मित्र और अनुयायी आपको फिर खोज लेंगे ?" यह बिल्कुल उचित सवाल है। मैं इसके खिलाफ कोई दलील देने की कोशिश नहीं करूंगा। मैं सिर्फ यही कहूंगा कि मेरी श्रद्धा आज भी पहले जैसी ही दृढ़ है। हो सकता है कि मेरा काम करने का तरीका गलत हो। आज की अटपटी स्थिति में तो पहले की परखी हुई और पुरानी मिसाले ही दिशा बताने के लिए हमारे सामने हैं। लेकिन एक बात का ध्यान रखना होगा। किसीको जड़ मशीन की तरह काम नहीं करना चाहिए। इसलिए मुझे सलाह देनेवाले सब लोगों से मैं यही कहूंगा कि मेरे साथ धीरज से काम लीजिए और मेरी इस श्रद्धा में शामिल भी हो जाइए कि आज की दुखी दुनिया के उद्धार के लिए तलवार की धार जैसे अहिंसा के दुर्गन मार्ग के सिवा दूसरी कोई आशा नहीं है। हो सकता है कि इस सत्य को सिद्ध करने में मेरे जैसे करोड़ों आदमी असफल रहें। लेकिन यह असफलता अहिंसा के सनातन नियम की नहीं, बल्कि इन करोड़ों लोगों की होगी।

—हरिजन सेवक, 29 जुन' 47

मैं अपने जीवन में अनेक अग्नि-परीक्षाओं में से पार हुआ हूं। लेकिन यह परीक्षा शायद सबसे कठिन सिद्ध होनेवाली है। मुझे यह प्रिय है। यह अग्नि-परीक्षा जितनी अधिक कठिन होती जाती है, उतनी ही अधिक निकटता मैं ईश्वर के साथ अनुभव करता हूं और उतनी ही अधिक गहरी श्रद्धा उसकी असीम कृपा में मेरी बढ़ती जाती है। जब तक यह श्रद्धा मुझमें बनी रहेगी तब

तक मैं जानता हूं कि मेरा भला ही होगा।

—लास्ट फेज़ : प्यारेलाल

अगर मैं पूर्णता प्राप्त कर चुका होता तो मैं मानता हूं कि मुझे अपने पड़ोसियों के—आसपास के लोगों के दुःख-दर्द का वैसा अनुभव नहीं होता जैसाकि अभी मुझे होता है। पूर्णता की स्थिति में मैं उनके दुःखों को देखता, देख कर उन्हें अपने ध्यान में रखता, उपाय सुझा देता और अपने असंदिग्ध सत्य के बल से लोगों द्वारा उसपर अमल कराता। परन्तु अभी तक मुझे उतना ही धुंधला दिखाई देता है जितना कांच में से दिखाई देता है और इसलिए मुझे धीरे-धीरे और परिश्रमपूर्ण क्रियाओं के द्वारा अपनी बात मनवानी पड़ती है और फिर भी हमेशा इसमें सफलता नहीं मिलती। ऐसी हालत में यह जानते हुए कि देश में ऐसा दुःख फैला हुआ है जो दूर किया जा सकता है, अगर मैं भारत के इन करोड़ों पीड़ित किन्तु मूक मानव-प्राणियों के साथ हमदर्दी न रखूं और उनके दुःख से दुखी न होऊं, तो मैं अपनी मनुष्यता से गिर जाऊंगा।

—यंग इंडिया, 17 नवम्बर' 29

मैं संसार के सामने यह ज़ाहिर करना चाहता हूं—भले इसके खिलाफ कुछ भी कहा जाए और भले ही पश्चिम के अनेक लोगों का आदर और विश्वास मैं खो दूं—मुझे अपने अंतर की आवाज़ को चाहें तो आप उसे अंतरात्मा कह लीजिए या चाहें तो मेरे मूल आंतरिक स्वभाव की प्रेरणा कह लीजिए, दबाना नहीं चाहिए। मेरे भातर ऐसा कुछ है जो मुझे अपनी वेदना प्रकट करने की प्रेरणा दे रहा है। मैंने निश्चित रूप से जान लिया है कि वह क्या है। मेरे भीतर का वह तत्त्व, जो मझे कभी धोखा नहीं देता, अब मुझसे कहता है : 'तुम्हें सारे संसार के खिलाफ खड़ा रहना होगा, भले तुम्हें अकेले ही क्यों न खड़ा रहना पड़े। दुनिया क्रोधभरी आंखों से तुम्हारी ओर देखे, तो तुम्हें उसकी परवाह न करके हिम्मत से उसके सामने देखना होगा। तुम्हारे हृदय में बसनेवाली उस सूक्ष्म शक्ति में विश्वास रखो जो कहती है : मित्रों को, पत्नी को, सभीको छोड़ दो; लेकिन उस ध्येय पर अटल रहो जिसके लिए तुम आज तक जिए हो और जिसके लिए तुम्हें मरना चाहिए।'

—दि माइंड ऑव महात्मा गांधी

जब तक मैं एक भी अन्याय को या एक भी दुःख को दीन बनकर चुपचाप देखता रहूं, तब तक मेरी आत्मा सन्तुष्ट होने से इनकार करती है। लेकिन मुझ

जैसे एक दुर्बल, अशक्त और दुखी प्राणी के लिए हरएक अन्याय को दूर करना या अपनी आंखों के सामने होनेवाले सारे अन्यायों के दोष से अपने को मुक्त समझना मुमकिन नहीं है। मेरे भीतर की आत्मा मुझे एक तरफ खींचती है और देह दूसरी तरफ खींचती है। इन दोनों शक्तियों के कार्य से मनुष्य मुक्त हो सकता है, लेकिन वह मुक्ति धीरे-धीरे और कष्टप्रद प्रयत्नों द्वारा ही प्राप्त होती है। किसी यंत्र की तरह अपने कर्म को बन्द करके मैं उस मुक्ति को नहीं पा सकता; वह तो अनासक्त भाव से ज्ञानपूर्वक कर्म करने से ही प्राप्त होगी। इस युद्ध को देह के निरन्तर दमन का रूप लेना चाहिए, जिससे आत्मा पूर्ण रूप से स्वतंत्र हो जाए।

—हिन्दी नवजीवन, 30 नवम्बर' 21

क्या मुझमें बहादुरों की वह अहिंसा है? केवल मेरी मृत्यु ही इसे बताएगी। अगर कोई मेरी हत्या करे और मैं मुंह से हत्यारे के लिए प्रार्थना करते हुए तथा ईश्वर का नाम जपते हुए और हृदय-मंदिर में उसकी जीती-जागती उपस्थिति का भान रखते हुए मरूं, तो ही कहा जाएगा कि मुझमें बहादुरों की अहिंसा थी।

—लास्ट फेज़ : प्यारेलाल

मैं सारी शक्तियों के क्षीण हो जाने से अपंग बनकर—एक हारे हुए आदमी के रूप में नहीं मरना चाहता। किसी हत्यारे की गोली भले मेरे जीवन का अन्त कर दे। मैं उसका स्वागत करूंगा। लेकिन सबसे ज़्यादा तो मैं अन्तिम श्वास तक अपना कर्तव्य करते हुए ही मरना पसंद करूंगा।

—लास्ट फेज़ : प्यारेलाल

मुझे शहीद बनने की तमन्ना नहीं है। लेकिन अगर मेरे धर्म की रक्षा का उच्चतम कर्तव्य पालन करते हुए शहादत मुझे मिल जाए तो मैं उसका पात्र माना जाऊंगा।

—दि माइंड ऑव महात्मा गांधी

भूतकाल में मेरे प्राण लेने के लिए मुझपर अनेक बार आक्रमण किए गए हैं। परन्तु आज तक भगवान ने मेरी रक्षा की है और प्राण लेने का प्रयत्न करनेवाले अपने किए पर पछताए हैं। लेकिन अगर कोई आदमी यह मानकर मुझपर गोली चलाए कि वह एक दुष्ट का खातमा कर रहा है, तो वह सच्चे गांधी की हत्या नहीं करेगा, बल्कि उस गांधी की करेगा जो उसे दुष्ट दिखाई दिया था।

—दि माइंड ऑव महात्मा गांधी

अगर मैं लम्बी बीमारी से नहीं, एक छोटे-से फोड़े या फुंसी से भी

मरू तो लोगों की नाराज़ी मोल लेकर भी दुनिया के सामने यह ज़ाहिर करना तुम्हारा फर्ज होगा कि मैं सच्चा महात्मा नहीं था, जिसका मैं दावा करता था। अगर तुम ऐसा करोगी तो मेरी आत्मा को शांति मिलेगी, फिर वह कहीं भी रहे। यह भी याद रखना कि अगर कोई गोली से मुझे मारना चाहे—जैसी कि पिछले हफ्ते बम फोड़कर किसी ने कोशिश की थी—और मैं उफ् किए बिना उसकी गोली को खुली छाती पर झेल लूं तथा ईश्वर का नाम रटते हुए देह छोड़ूं, तभी कहा जाएगा कि मैंने अपना दावा सच्चा कर दिखाया है।

—गोली लगने से 20 घंटे पूर्व के उद्गार

धर्म का मार्ग

'सत्य' शब्द सत् से बना है। सत् का अर्थ है अस्तिसत्य अर्थात् अस्तित्व। सत्य के बिना दूसरी किसी चीज़ की हस्ती ही नहीं है। परमेश्वर का सच्चा नाम ही 'सत्' अर्थात् 'सत्य' है। इसलिए परमेश्वर 'सत्य' है, यह कहने की अपेक्षा 'सत्य' ही परमेश्वर है कहना अधिक योग्य है।

सत्य के साथ ज्ञान—शुद्ध ज्ञान—अवश्यंभावी है। जहां सत्य नहीं है, वहां शुद्ध ज्ञान की संभावना नहीं है। इससे ईश्वर नाम के साथ चित् अर्थात् ज्ञान शब्द की योजना हुई है और जहां सत्य ज्ञान है वहां आनन्द ही होगा, शोक होगा ही नहीं। सत्य के शाश्वत होने के कारण आनन्द भी शाश्वत होता है। इसी कारण ईश्वर को हम सच्चिदानन्द के नाम से भी पहचानते हैं।

साधारणतः सत्य का अर्थ सच बोलना मात्र ही समझा जाता है; लेकिन हमने विशाल अर्थ में सत्य शब्द का प्रयोग किया है। विचार में, वाणी में और आचार में सत्य का होना ही सत्य है।

यह पारसमणि-रूप, कामधेनुरूप सत्य पाया कैसे जाए? इसका जवाब भगवान ने दिया है—अभ्यास और वैराग्य से।

सत्य की आराधना भक्ति है और भक्ति 'सिर हथेली पर लेकर चलने का सौदा' है, अथवा वह 'हरि का मार्ग' है जिसमें कायरता की गुंजाइश नहीं है, जिसमें हार नाम की कोई चीज़ है ही नहीं। वह तो 'मरकर जीने का मंत्र है।

—मंगल प्रभात, 22–7–30

अहिंसा

सत्य का, अहिंसा का, मार्ग जितना सीधा है उतना ही तंग भी, खांडे की धार पर चलने के समान है। नट जिस डोर पर सावधानी से नज़र रखकर चल सकता है, सत्य और अहिंसा की डोर उससे भी पतली है। ज़रा चूके कि नीचे गिरे। पल-पल की साधना से ही उसके दर्शन होते हैं।

अहिंसा वह स्थूल वस्तु नहीं है जो आज हमारी दृष्टि के सामने है। किसीको न मारना इतना तो है ही, कुविचार मात्र हिंसा है। उतावली हिंसा है। मिथ्या भाषण हिंसा है। द्वेष हिंसा है। किसीका बुरा चाहना हिंसा है। जगत् के लिए जो आवश्यक वस्तु है, उसपर कब्ज़ा रखना भी हिंसा है।

अहिंसा बिना सत्य की खोज असंभव है। अहिंसा और सत्य ऐसे ओतप्रोत हैं जैसे सिक्के के दोनों रुख, या चिकनी चकती के दो पहलू। उसमें किसे उल्टा कहें, किसे सीधा ? फिर भी अहिंसा को साधन और सत्य को साध्य मानना चाहिए। साधन अपने हाथ की बात है। इससे अहिंसा परम धर्म मानी गई। सत्य परमेश्वर हुआ। साधन की चिन्ता करते रहने पर साध्य के दर्शन किसी दिन कर ही लेंगे। इतना निश्चय करना, जग जीत लेना है।

— मंगल प्रभात, 29–7–30

ब्रह्मचर्य

जिस मनुष्य ने सत्य को वरा है, उसीकी उपासना करता है, वह दूसरी किसी भी वस्तु की आराधना करे तो व्यभिचारी बन जाता है। फिर विकार की आराधना की तो बात ही कहां उठ सकती है? जिसकी कुल प्रवृत्तियां सत्य के दर्शन के लिए हैं, वह संतानोत्पत्ति के काम में या घर-गृहस्थी चलाने के झगड़े में पड़ ही कैसे सकता है ? भोगविलास द्वारा किसीको सत्य प्राप्त होने की आज तक हमारे सामने एक भी मिसाल नहीं है।

अहिंसा के पालने को ले तो उसका पूरा पालन ब्रह्मचर्य के बिना असाध्य है। अहिंसा अर्थात् सर्वव्यापी प्रेम।

ब्रह्मचर्य का पालन मन, वचन और कर्म तीनों से होना चाहिए।

हमारा प्रतिपल का यह अनुभव है कि शरीर काबू में रहता है, पर मन नहीं रहता। इसलिए शरीर को तो तुरंत ही वश में करके मन को वश में करने का हम सतत प्रयत्न करते रहें तो हमने अपना कर्तव्य पालन कर लिया।

इस ब्रह्मचर्य का पालन बहुत कठिन करीब-करीब असंभव माना गया है। इसके कारण की खोज करने से मालूम होता है कि ब्रह्मचर्य को संकुचित अर्थ में लिया गया है। जननेन्द्रिय-विकार के निरोध-भर को ही ब्रह्मचर्य का पालन मान लिया गया है। मेरे खयाल में यह व्याख्या अधूरी और गलत है। विषयमात्र का निरोध ही ब्रह्मचर्य है। कान से विकारी बातें सुनना, आंख से विकार उत्पन्न करनेवाली वस्तु देखना, जीभ से विकारोतेजक वस्तु का स्वाद लेना, हाथ से विकारों को उभारनेवाली चीज़ों को छूना और फिर भी जननेन्द्रिय को रोकने का इरादा रखना तो आग में हाथ डालकर जलने से बचने के प्रयत्न के समान है। इसलिए जननेन्द्रिय को रोकने का निश्चय करनेवाले के लिए इंद्रियमात्र का, उनके विकारों से रोकने का, निश्चय होना ही चाहिए। मेरा तो यह निश्चित मत और अनुभव है कि यदि हम सब इंद्रियों को एकमात्र वश में करने का अभ्यास डालें तो जननेन्द्रिय को वश में रखने का प्रयत्न तुरंत सफल हो सकता है। इसमें मुख्य स्वादेन्द्रिय है।

ब्रह्मचर्य अर्थात् ब्रह्म की—सत्य की—शोध में चर्या, अर्थात् तत्सम्बन्धी आचार। इस मूल अर्थ में सर्वेन्द्रिय-संयमरूपी विशेष अर्थ निकलता है। केवल जननेन्द्रिय-संयमरूपी अधूरे अर्थ को तो हमें भूल जाना चाहिए।

—मंगल प्रभात, 5–8–30

अस्वाद

अस्वाद का अर्थ होता है स्वाद न लेना। स्वाद माने रस।

कितनी ही चीज़ें हम ऐसी लेते हैं जो हमारी शरीर-रक्षा के लिए आवश्यक न होने के कारण त्याज्य-श्रेणी में हैं और इस प्रकार अगणित वस्तुओं का अनायास त्याग हो जाने से उस मनुष्य के विकारमात्र शांत हो जाएंगे। 'एक हांडी तेरह व्यंजन मांगती है, 'पेट तरह-तरह के नाच नचाता है, स्वांग भरवाता है,' इन सब वचनों में बड़ा अर्थ समाया हुआ है।

अस्वाद व्रत का महत्त्व समझ लेने पर हमें उसके पालन के लिए नया प्रयत्न करना चाहिए। इसके लिए चौबीसों घंटे खाने के बारे में ही सोचते रहने की ज़रूरत नहीं। सिर्फ सावधानी की, जागृति की पूरी आवश्यकता रहती है। ऐसा करने से थोड़े ही समय में हमें मालूम हो जाएगा कि हम कब स्वाद के फेर में पड़ते हैं और कब शरीर-पोषण के लिए खाते हैं। वह मालूम हो जाने

पर हमें दृढ़तापूर्वक स्वाद को घटाते ही जाना चाहिए।

—मंगल प्रभात, 19–8–30

अस्तेय

अस्तेय का अर्थ है चोरी न करना। चोर का सत्य को जानना या प्रेम-धर्म का पालन संभव नहीं है तथापि हम सब, थोड़ा-बहुत चोरी का दोष जाने-अनजाने करते हैं। दूसरे की चीज़ को उसकी आज्ञा के बिना लेना तो चोरी है ही; पर मनुष्य अपनी मानी जानेवाली चीज़ की भी चोरी करता है।

एक चीज़ की ज़रूरत न होते हुए, जिसके अधिकार में वह है उससे, चाहे उसकी आज्ञा लेकर ही लें, तो वह भी चोरी होगी। अनावश्यक कोई भी वस्तु न लेनी चाहिए।

ऊपर बताई गई सब चोरियों को बाह्य अथवा शारीरिक चोरी समझना चाहिए। इससे सूक्ष्म और आत्मा को नीचे गिराने या रखने वाली चोरी मानसिक है। मन से हमारा किसीकी चीज़ पाने की इच्छा करना या उसपर झूठी नज़र डालना चोरी है।

वस्तु की भांति ही विचारों की चोरी भी होती है। अमुक उत्तम विचार हमें नहीं सूझता, पर अहंकारपूर्वक यह कहना कि हमें ही वह पहले सूझा, विचार की चोरी करना है।

अस्तेय व्रत का पालन करनेवाले को बहुत नम्र, बहुत विचारशील, बहुत सावधान और बड़ी सादगी से रहने की ज़रूरत पड़ती है।

—मंगल प्रभात, 19–8–30

अपरिग्रह।

अपरिग्रह को अस्तेय से सम्बन्धित समझना चाहिए। वास्तव में चुराया हुआ न होने पर भी अनावश्यक संग्रह चोरी का सा माल हो जाता है। परिग्रह का अर्थ है संचय या इकट्ठा करना। सत्यशोधक, अहिंसक परिग्रह नहीं कर सकता। परमात्मा परिग्रह नहीं करता। वह अपनी आवश्यक वस्तु रोज़ की रोज़ पैदा करता है। अतः यदि हमारा उसपर विश्वास है, तो हमें समझना चाहिए कि वह हमें आवश्यक चीज़ें रोज़ की रोज़ देता है, देगा। रोज़ के काम-भर का रोज़ पैदा करने के ईश्वरीय नियमों को हम नहीं जानते अथवा जानते हुए भी पालते नहीं है। अतः जगत् में विषमता और उससे होनेवाले दुःख भोगते हैं। यदि सब लोग अपनी

आवश्यकता-भर को ही संग्रह करें तो किसीको तंगी न हो और सबको सन्तोष रहे।

वस्तुओं की भांति विचार का भी परिग्रह होना चाहिए। अपने दिमाग में निरर्थक ज्ञान भर लेनेवाला मनुष्य परिग्रही है। जो विचार हमें ईश्वर से विमुख रखते हों अथवा ईश्वर के प्रति न ले जाते हों वे सब परिग्रह के अन्दर आते हैं और इसलिए त्याज्य हैं।

—मंगल प्रभात, 26–8–30

अभय

अभय के बिना दूसरी संपत्तियां नहीं मिल सकतीं। अभय के बिना सत्य की खोज कैसे हो सकती है? अभय के बिना अहिंसा का पालन कैसे हो सकता है ? हरि के मार्ग पर चलना खांडे की धार पर चलना है, वहां कायर का काम नहीं है। सत्य ही हरि है, वही राम है, वही नारायण है, वही वासुदेव है। कायर अर्थात् भयभीत, डरपोक। वीर के मानी हैं भयमुक्त, तलवार आदि लटकानेवाला नहीं। तलवार शूरता का चिह्न नहीं; बल्कि भीरुता की निशानी है।

भय के मानी हैं बाहरी भयमात्र से मुक्ति—मौत का भय, धन-दौलत लुट जाने का भय, कुटुम्ब-परिवार विषयक भय, रोग भय, शस्त्र प्रहार का भय, प्रतिष्ठा का भय, किसी के बुरा मानने का भय।

भयमात्र से मुक्ति तो वही पा सकता है जिसे आत्म-साक्षात्कार हो गया हो। अभय मोह-रहित स्थिति की पराकाष्ठा है। निश्चय करने से, सतत प्रयत्न से और आत्मा पर श्रद्धा बढ़ने से अभय की मात्रा बढ़ सकती है। हमें बाहरी भयों से मुक्ति पानी है। भीतर जो शत्रु मौजूद हैं उनसे तो डरकर ही चलना है। काम-क्रोधादि का भय वास्तविक भय है। इसे जीत लेने से बाहरी भयों का उपद्रव अपने-आप मिट जाता है। भय मात्र हमारी कल्पना की उपज है। धन से, परिवार से शरीर से 'अपनापन' हटा दें तो फिर भय कहां? 'तेन त्यक्तेन भुंजीथा:—यह रामवाण वचन है।

—मंगल प्रभात, 2–9–30

सर्वधर्म-समभाव

सब धर्म ईश्वरदत्त हैं, पर मनुष्य-कल्पित होने के कारण, मनुष्य द्वारा उनका प्रचार होने के कारण, वे अपूर्ण हैं। ईश्वरदत्त धर्म अगम्य है। उसे भाषा में मनुष्य प्रकट करता है, उसका अर्थ भी मनुष्य लगाता है। किसका अर्थ सच्चा माना जाए?

सब अपनी-अपनी दृष्टि से, जब तक वह दृष्टि बनी है तब तक, सच्चे हैं। पर झूठा होना भी असम्भव नहीं है। इसीलिए हमें सब धर्मों के प्रति समभाव रखना चाहिए।

इससे अपने धर्म के प्रति उदासीनता नहीं आती, बल्कि स्वधर्मविषयक प्रेम अंधा न रहकर ज्ञानमय हो जाता है, अधिक सात्विक, निर्मल बनता है। सब धर्मों के प्रति समभाव आने पर ही हमारे दिव्य चक्षु खुल सकते हैं। धर्मांधता और दिव्य दर्शन में उत्तर-दक्षिण जितना अन्तर है। धर्म-ज्ञान होने पर अंतराय मिट जाते हैं और समभाव उत्पन्न हो जाता है। इस समभाव के विकास से हम अपने धर्म को अधिक पहचान सकते हैं।

—मंगल प्रभात, 23–9–30

नम्रता

नम्रता का अर्थ है अहंभाव का आत्यंतिक क्षय। विचार करने पर मालूम हो सकता है कि इस संसार में जीव मात्र एक रजकण की अपेक्षा अधिक कुछ नहीं है। शरीर के रूप में हम लोग क्षणजीवी हैं। काल के अनन्त चक्र में सौ वर्ष का हिसाब किया ही नहीं जा सकता; परन्तु यदि हम इस चक्कर से बाहर हो जाएं, अर्थात् 'कुछ नहीं' हो जाएं, तो हम सब कुछ हो जाएं। होने का अर्थ है ईश्वर से—परमात्मा—से सत्य से—पृथक् हो जाना। कुछ का मिट जाना परमात्मा में मिल जाना है।

व्रतों को सही रीति से समझ लेने से नम्रता अपने-आप आने लगती है। सत्य का पालन करने की इच्छा रखनेवाला अहंकारी कैसे हो सकता है ? दूसरे के लिए प्राण न्यौछावर करनेवाला अपना स्थान कहां घेरने जाएगा ? उसने तो जब प्राण न्यौछावर करने का निश्चय किया तभी अपनी देह को फेंक दिया। क्या ऐसी नम्रता पुरुषार्थ-रहितता न कहलाएगी ? वास्तव में नम्रता का अर्थ तीव्रतम पुरुषार्थ है, परन्तु वह सब परमार्थ के लिए होना चाहिए।

—मंगल प्रभात, 6–10–30

हृदय-शुद्धि

जैसे-जैसे मनुष्य ज़्यादा पवित्र होगा, वैसे-वैसे वह अधिक प्रवृत्तिमय होगा। अधिक से अधिक कर्मशील मनुष्य ज़्यादा से ज़्यादा संयमी होता है। इसे तुम समाधि की हालत भी कह सकते हो।

—महादेव भाई की डायरी (भाग 2), पृष्ठ 246

शुद्ध हृदय से निकला हुआ वचन कभी निष्फल नहीं होता।

—बापू के आशीर्वाद, पृष्ठ 133

जिस आदमी का हृदय पवित्र नहीं है, उसे ईश्वर की प्राप्ति नहीं हो सकती।

—सिलेक्शन्स फ्रॉम गांधी, 18

शुद्ध भावना से—शुद्ध हृदय से—इस परमात्मा-रूपी आत्मा को संतोष देना ही मनुष्य का प्रथम कर्तव्य है।

—एकला चलो रे, 143

शुद्ध चित्त को किसीका दुःख नहीं लगता। उसमें किसीका दोष नहीं ठहरता, वह किसीका बुरा नहीं देखता। यह भव्य स्थिति है।

—बापू के पत्र, मणि बहन के नाम, 38

बलवान हो या निर्बल, गरीब हो या पूंजीपति, लेकिन जिसका मन साफ है, उसके पास सभी कुछ है।

—अन्तिम झांकियां, 178

संयम

संयमहीन स्त्री या पुरुष तो गया-बीता समझिए। इंद्रियों को निरंकुश छोड़ देनेवाले का जीवन कर्णधारहीन नाव के समान है, जो निश्चय ही चट्टान से टकराकर चूर-चूर हो जाएगी।

—गांधीवाणी, 119

जो आदमी संयम से मुक्त रहने का, अर्थात् इंद्रियों के भोग का, रास्ता चुन लेता है, वह विकारों का क्रीत दास रहेगा। जो आदमी अपने को नियमों और पाबंदियों से बांध लेता है वह मुक्त हो जाता है।

—विद्यार्थियों से, 38

कुदरत बड़ी कठोर है और अपने कानूनों के ऐसे किसी भंग के लिए पूरा बदला लेगी। नैतिक परिणाम केवल नैतिक नियंत्रणों से ही उत्पन्न किए जा सकते हैं। दूसरे सारे नियंत्रण उस हेतु को ही खत्म कर देते हैं, जिसके लिए वे लगाए जाते हैं।

—मोहनमाला, 105

काम-वासना की विजय किसी पुरुष या स्त्री के जीवन का सबसे ऊंचा पुरुषार्थ है। काम-वासना पर विजय प्राप्त किए बिना मनुष्य अपने पर शासन करने की आशा नहीं रख सकता।

मोहनमाला, 106

जिस समाज में प्रौढ़ संन्यासी विचरते हों, जिस समाज में धर्म की,

और अर्थ की कंगाली नहीं होती, वह पराधीन नहीं होता।

—सत्य ही ईश्वर है, 68

संन्यास-आश्रम जिन्दा होता तो दूसरे पासवाले धर्मों पर भी संन्यासियों का असर पड़े बिना न रहता। संन्यासी हिंदू धर्म का ही नहीं, सभी धर्मों का है।

—सत्य ही ईश्वर है, 68

असली गुफा हृदय में है और श्मशान भी वहीं है। हम इस गुफा में रहकर विकार-मात्र की राख कर डालें, तब सच्चा संन्यास कहलाएगा।

—महादेव भाई की डायरी (भाग 2), पृष्ठ 89

त्याग

जहां अमुक वस्तु के प्रति संपूर्ण वैराग्य उत्पन्न हो गया है, वहां उसके विषय में व्रत लेना अनिवार्य हो जाता है।

—आत्मकथा, 178

भोग का परिणाम नाश है। त्याग का फल अखरता है।

—आत्मकथा, 134

त्याग का अर्थ संसार से भागकर अरण्यवास करना नहीं, बल्कि जीवन की समस्त प्रवृत्तियों में त्याग की भावना होना है।

—यरवदा मन्दिर से, 130

निष्कामता या त्याग सिर्फ उसकी बात करने से नहीं आता। वह बुद्धिबल से प्राप्त नहीं होता। वह सतत हृदय-मंथन से ही सिद्ध हो सकता है।

—सत्य ही ईश्वर है, 92

शांति और आत्म-त्याग का मार्ग लोकमत को शिक्षित करने का छोटे से छोटा रास्ता है, और इसलिए उसकी जीत दुनिया की दृष्टि में सत्य की जीत होती है।

—यरवदा के अनुभव

प्रेम जिस न्याय को प्रदान करता है, वह है त्याग, और कानून जिस न्याय को प्रदान करता है, वह है सज़ा।

—गांधीवाणी, 114

मनुष्य की देह भोग के लिए हर्गिज़ नहीं है, मात्र सेवा के लिए है। त्याग में रहस्य है, जीवन है; भोग में मृत्यु है।

—गांधीवाणी, 122

व्यक्ति अगर समझ के साथ त्याग करेगा तो वह समस्त मानवजाति

को अपनी सेवा के क्षेत्र में अवश्य समा लेगा।

—एकला चलो रे, 179

त्याग से प्रसन्नता न हो तो वह किसी काम का नहीं। त्याग करने और मुंह फुलाने का मेल नहीं बैठता।

—विद्यार्थियों से, 88

त्याग की कोई हद नहीं है। ज्यों-ज्यों हमारा त्याग बढ़ेगा, त्यों-त्यों आत्मा के दर्शन हम अधिक करेंगे। मन की गति परिग्रह छोड़ने की तरफ होगी और शरीर की शक्ति के अनुसार हम त्याग करेंगे, तो अपरिग्रह-व्रत का पालन हुआ माना जाएगा।

—गांधी की साधना, 163

तपस्या

हमें अपने जीवन में तपश्चर्या और प्रायश्चित्त की आदत डालनी चाहिए। कोई ऐसी वस्तु नहीं, जिसे तपस्या से प्राप्त न किया जा सके।

—खादी, 323

यदि तप आदि के साथ श्रद्धा, भक्ति, नम्रता न हो तो तप एक निथ्या कष्ट है। वह दंभ भी हो सकता है।

—गांधीवाणी, 111

क्षमा

क्षमा में सज़ा से अधिक बहादुरी है। दंड देने की शक्ति होने पर भी दंड न देना सच्ची क्षमा है।

—सर्वोदय, 98

क्षमा दंड से अधिक पुरुषोचित है।

—गांधीवाणी, 40

जीवन-दान सब दानों से महानतम है। जो आदमी इसे देता है, वह वास्तव में वैर-विरोध को बेकार कर देता है।

—सिलेक्शन्स फ्रॉम गांधी, 157

दया

यदि हम स्वयं मानवीय दया से शून्य हैं तो उसके सिंहासन के निकट दूसरों की निष्ठुरता से मुक्ति पाने की याचना हम नहीं कर सकते।

—मेरे सपनों का भारत, 266

दया अहिंसा की विरोधी नहीं है और विरोधी हो तो वह दया नहीं है। दया को अहिंसा का मूर्त स्वरूप मान सकते हैं।

—महादेव भाई की डायरी (भाग1), 148

जब आत्मा शरीर धारण करती है, तब उसमें अहिंसा दया के रूप में मूतिमान होती है।

—महादेव भाई की डायरी (भाग 1), 146

स्नेहियों के प्रति वीतराग स्थिति उत्पन्न हो जाए, तभी हृदय सचमुच दयावान बनता है और स्नेहियों की सेवा करता है।

—गांधी की साधना, 141

स्वयं अपने ऊपर दया करके हम सब जीवों को समान माने, उनपर दया करें तथा अपने किसी भी सुख के लिए जीव-हानि करते हुए चौंके।

—गांधी की साधना, 144

असत्य आचरण करनेवाले में दयाभाव हो, तो उसे अपने दोष का भान होता है, वह खुद शर्माता है और दुबारा न करने का निश्चय करता है।

—सत्य ही ईश्वर है, 14

ज़ुल्म करनेवाला जुल्म छोड़े तो उसका श्रेय होता है, और दबाया हुआ अपने-आप छूट जाता है।

—महादेव भाई की डायरी (भाग 2), 278

सेवा

जो स्वार्थ को छोड़ने और मनुष्य-जन्म की शक्ति की आवश्यकता स्वीकार करने के लिए तैयार नहीं, उसके लिए सेवा का मार्ग दुर्गम है।

—सत्य ही ईश्वर है, 128

जो सेवा करना चाहता है, वह अपने आराम का विचार करने में एक क्षण भी व्यर्थ खर्च नहीं करेगा, क्योंकि उसे वह प्रभु की मर्ज़ी पर छोड़ देता है।

—सर्वोदय, 9

राज्य के द्वारा बनाई गई सीमाओं के बाहर अपने पड़ोसियों की सेवा करने की कोई मर्यादा नहीं है। ईश्वर ने उन सीमाओं का कभी निर्माण नहीं किया।

—सर्वोदय, 174

सेवा भी उसकी करो, जिसे सेवा की ज़रूरत है। जिसे सेवा की ज़रूरत

नहीं है, उसकी सेवा करना ढोंग है। वह तो दंभ है।

—गांधीवाणी, 108

शून्यवत् होकर रहने का मतलब है अच्छा लेने में सबसे पीछे रहना। सबकी सेवा करना, उपकार की आशा न रखना, और कष्ट सहन करने में दूसरों से पहल करना। जो इस तरह शून्यवत् रहेगा, वह अपने कर्तव्यों में तो डूबा ही रहेगा।

—महादेव भाई की डायरी (भाग 1), 266

बीमार सेवा लेते हैं और सेवा नहीं कर सकते, इस बात का अफसोस करते हैं। यह बड़ी भूल है। बीमार शुद्ध विचारों से सेवा करते हैं, कम से कम सेवा लेकर सेवा करनेवालों को अपने प्रेम से नहलाकर सेवा करते हैं। खुद मुफलिस होकर भी सेवा करते हैं। हमें यह कभी न भूलना चाहिए कि भगवान का शुद्ध चिन्तन भी सेवा ही है।

—महादेव भाई की डायरी (भाग 2), 239

परमार्थ की दृष्टि से की हुई सारी वृत्ति निवृत्ति है और मोक्ष का कारण है। दूसरों की सेवा ही परम अर्थ है।

—महादेव भाई की डायरी (भाग 1), 236

मानव जाति की सेवा भी अन्त में तो अपनी ही सेवा है और अपनी सेवा का अर्थ है आत्मशुद्धि।

—महादेव भाई की डायरी (भाग 1), 283

राम नाम

हृदय से राम नाम लेने का अर्थ एक अतुलनीय सत्ता से सहायता प्राप्त करना है। उस सत्ता में सब प्रकार की पीड़ा मिटाने की सामर्थ्य

—ऐसे थे बापू, 51

राम नाम किसी अच्छे उद्देश्य के लिए ही काम में लिया जाता है, न कि बुरे काम के लिए।

—सत्य ही ईश्वर है, 105

राम नाम शुद्ध हृदयवालों के लिए है और उन लोगों के लिए है। जो शुद्धता प्राप्त करना चाहते हैं। वह कभी भोग का साधन नहीं बन सकता।

—सत्य ही ईश्वर है, 105

सिर्फ मुंह से राम नाम रटने से कोई ताकत नहीं मिलती। ताकत पाने के लिए

ज़रूरी है कि सोच-समझकर नाम जपा जाए और जप की शर्तों का पालन करते हुए ज़िन्दगी बिताई जाए। ईश्वर का नाम लेने के लिए इंसान को ईश्वरमय होना चाहिए।

—गांधीवाणी, 72

रोना-हंसना दिल में से निकलता है। मनुष्य दुःख मानकर रोता है। उसी दुःख को सुख मानकर हंसता है। इसलिए ही राम नाम का सहारा लेना चाहिए। सब उसके अर्पण करना हो तो आनन्द ही आनन्द है।

—बापू के आशीर्वाद, 16

जो लोग 'कृष्ण-कृष्ण' कहते हैं वे उसके पुजारी नहीं हैं। जो उसका काम करते हैं, वे ही पुजारी हैं। रोटी-रोटी कहने से पेट नहीं भरता, रोटी खाने से भरता है।

—बापू के पत्र प्रेमा बहन के नाम, 224

शरीर की खुराक जैसे अन्न है, वैसे ही शरीर में पड़ी आत्मा की खुराक राम नाम हैं।

—प्रार्थना-प्रवचन (भाग 1), 176

जो मनुष्य राम नाम को अपने हृदय में अंकित करता है उसको मरना है ही कहां ? यह शरीर क्षणभंगुर है। आज है, कल नहीं; अभी है, दूसरे क्षण नहीं। तो इसका मैं अहंकार करूं ?

—प्रार्थना-प्रवचन (भाग 1), 353

प्रार्थना

जब हम सारी आशा छोड़कर बैठ जाते हैं, हमारे दोनों हाथ टिक जाते हैं, तब कहीं न कहीं से मदद आ पहुंचती है। स्तुति, उपासना, प्रार्थना वहम नहीं है, बल्कि हमारा खाना-पीना, चलना-बैठना जितना सच है, उससे भी अधिक सच यह चीज़ है।

—आत्मकथा, 62

प्रार्थना धर्म का प्राण है और सार है, और इसलिए मनुष्य के जीवन का मर्म होनी चाहिए, क्योंकि कोई आदमी धर्म के बिना जी ही नहीं सकता।

—सत्य ही परमेश्वर है, 39

जैसे कोई भूखा आदमी मनचाहे भोजन में आनंद लेता है, ठीक वैसे ही आत्मा को हार्दिक प्रार्थना में आनन्द आता है।

—सत्य ही ईश्वर है, 40

हमारे दैनिक कार्यों में व्यवस्था और शांति-संवाद लाने का एक मात्र

उपाय प्रार्थना है।

—सत्य ही ईश्वर है, 41

हमारी प्रार्थना तो अपने ही हृदय की छानबीन है, वह तो हमें ही यह स्मरण दिलाती है कि प्रभु के सहारे के बिना हम लाचार हैं।

—सत्य ही ईश्वर है, 12

सच्ची प्रार्थना वह है जो बुद्धिसंगत और निश्चित है। हमें उसके साथ एकाकार होना पड़ता है। ज़बान पर अल्लाह का नाम लेते और माला जपते हुए हमारा मन इधर-उधर भटकता हो तो वह बेकार है।

—सत्य ही ईश्वर है, 49

हार्दिक प्रार्थना निस्सन्देह सबसे प्रबल अस्त्र है, जो कायरता और अन्य सब बुरी आदतों पर विजय प्राप्त करने के लिए मनुष्य के पास है।

—सत्य ही ईश्वर है, 52

हार्दिक प्रार्थना जीभ का जप नहीं है। यह तो एक आंतरिक अभ्यर्थना है, जो मनुष्य के एक-एक शब्द में एक-एक काम में, नहीं, नहीं, एक-एक विचार में प्रकट होती है।

—सत्य ही ईश्वर है, 52

जब मूर्ति-पूजा बिगड़कर पत्थर-पूजा हो जाती है और उसपर झूठे विश्वासों और सिद्धान्तों की कोई चढ़ जाती है, तब उसे घोर सामाजिक बुराई समझकर उसके साथ लड़ना ज़रूरी हो जाता है। दूसरी ओर अपने आदर्श को कोई रूप देने के अर्थ में मूर्ति-पूजा मानवस्वभाव का अभिन्न अंग रही है और भक्ति के लिए वह एक मू यवान सहायता भी है।

—सत्य ही ईश्वर है, 84

श्रद्धा और प्रार्थनाहीन कार्य उस बनावटी फूल की तरह है, जिसमें सुगन्ध नहीं होती।

—विद्यार्थियों से, 35

प्रार्थना धर्म की आत्मा और उसका सार है, इसलिए प्रार्थना मनुष्य के जीवन का मर्म बन जानी चाहिए।

—विद्यार्थियों से, 35

स्वराज्य का अर्थ

स्वराज्य एक पवित्र शब्द है। वह एक वैदिक शब्द है, जिसका अर्थ आत्मशासन और आत्मसंयम है। अंग्रेज़ी शब्द 'इंडिपेंडेन्स' अकसर सब प्रकार की मर्यादाओं से मुक्त निरंकुश आज़ादी का या स्वच्छंदता का अर्थ

देता है; बह अर्थ स्वराज्य शब्द में नहीं है।

—यंग इंडिया, 19-3-31

स्वराज्य से मेरा अभिप्राय है लोक-सम्मति के अनुसार होनेवाला भारतवर्ष का शासन। लोक-सम्मति का निश्चय देश के बालिग लोगों की बड़ी से बड़ी तादाद के मत के ज़रिये हो, फिर वे चाहे स्त्रियां हों या पुरुष, इसी देश के हों या इस देश में आकर बस गए हों। वे लोग ऐसे हों जिन्होंने अपने शारीरिक श्रम के द्वारा राज्य की कुछ सेवा की हो और जिन्होंने मतदाताओं की सूची में अपना नाम लिखवा लिया हो।...सच्चा स्वराज्य थोड़े लोगों के द्वारा सत्ता प्राप्त कर लेने से नहीं, बल्कि जब सत्ता का दुरुपयोग होता हो तब सब लोगों के द्वारा उसका प्रतिकार करने की क्षमता प्राप्त करके हासिल किया जा सकता है। दूसरे शब्दों में, स्वराज्य जनता में इस बात का ज्ञान पैदा करके प्राप्त किया जा सकता है कि सत्ता पर कब्ज़ा करने और उसका नियमन करने की क्षमता उसमें है।

—हिन्दी नवजीवन, 29-1-25

आखिर स्वराज्य निर्भर करता है हमारी आन्तरिक शक्ति पर, बड़ी से बड़ी कठिनाइयों से जूझने की हमारी ताकत पर। सच पूछो तो बह स्वराज्य, जिसे पाने के लिए अनवरत प्रयत्न और बचाए रखने के लिए सतत जागृति नहीं चाहिए, स्वराज्य कहलाने के लायक ही नहीं है। जैसाकि आपको मालूम है, मैंने वचन और कार्य से यह दिखलाने की कोशिश की है कि स्त्री-पुरुषों के विशाल समूह का राजनीतिक स्वराज्य एक-एक शख्स के अलग-अलग स्वराज्य से कोई ज़्यादा अच्छी चीज़ नहीं है, और इसलिए उसे पाने का तरीका वही है जो एक-एक आदमी के आत्म-स्वराज्य या आत्मसंयम का है।

—हिन्दी नवजीवन, 8-12-27

स्वराज्य का अर्थ है सरकारी नियंत्रण से मुक्त होने के लिए लगातार प्रयत्न करना, फिर वह नियंत्रण विदेशी सरकार का हो या स्वदेशी सरकार का। यदि स्वराज्य हो जाने पर लोग अपने जीवन की हर छोटी बात के नियमन के लिए सरकार का मुंह ताकना शुरू कर दें, तो वह स्वराज्य-सरकार किसी काम की नहीं होगी।

—यंग इंडिया, 6-8-25

मेरा स्वराज्य तो हमारी सभ्यता की आत्मा को अक्षुण्ण रखना है। मैं बहुत-सी नई चीज़ें लिखना चाहता हूं, परन्तु वे तमाम हिन्दुस्तान की स्लेट पर

लिखी जानी चाहिए। हां, मैं पश्चिम से भी खुशी से उधार लूंगा, पर तभी जब कि मैं उसे अच्छे सूद के साथ वापस कर सकें।

—हिन्दी नवजीवन, 29-6-24

स्वराज्य की रक्षा केवल वहीं हो सकती है, जहां देशवासियों की ज़्यादा बड़ी संख्या ऐसे देश भक्तों की हो, जिनके लिए दूसरी सब चीज़ों से—अपने निजी लाभ से भी—देश की भलाई का ज़्यादा महत्त्व हो। स्वराज्य का अर्थ है देश की बहुसंख्यक जनता का शासन। ज़ाहिर है कि जहां बहुसंख्यक जनता नीति भ्रष्ट हो या स्वार्थी हो, वहां उसकी सरकार अराजकता की ही स्थिति पैदा कर सकती है, दूसरी कुछ नहीं।

—यंग इंडिया, 28-6-21

मेरे, हमारे, सपनों के स्वराज्य में जाति या धर्म के भेदों को कोई स्थान नहीं हो सकता। उसपर शिक्षितों या धनवानों का एकाधिपत्य नहीं होगा। वह स्वराज्य सबके लिए—सबके कल्याण के लिए होगा। सबकी गिनती में किसान तो आते ही हैं, किन्तु लूले, लंगड़े, अंधे और भूख से मरनेवाले लाखों-करोड़ों मेहनतकश मज़दूर भी अवश्य आते हैं।

—यंग इंडिया, 26-3-31

कुछ लोग ऐसा कहते हैं कि भारतीय स्वराज्य तो ज़्यादा संख्या वाले समाज का यानी हिन्दुओं का ही राज्य होगा। इस मान्यता से ज़्यादा बड़ी कोई दूसरी गलती नहीं हो सकती। अगर यह सिद्ध हो तो अपने लिए मैं ऐसा कह सकता हूं कि मैं उसे स्वराज्य मानने से इन्कार कर दूंगा और अपनी सारी शक्ति लगाकर उसका विरोध करूंगा। मेरे लिए हिन्दस्वराज्य का अर्थ सब लोगों का राज्य, न्याय का राज्य है।

—यंग इंडिया, 16-4-31

अगर स्वराज्य का अर्थ हमें सभ्य बनाना और हमारी सभ्यता को अधिक शुद्ध तथा मज़बूत बनाना न हो, तो वह किसी कीमत का नहीं होगा। हमारी सभ्यता का मूल तत्व ही यह है कि हम अपने सब कामों में, फिर वे निजी हों या सार्वजनिक, नीति के पालन को सर्वोच्च स्थान देते हैं।

—यंग इंडिया 23-1-30

'पूर्ण स्वराज्य' कहने में आशय यह है कि वह जितना किसी राजा के लिए होगा उतना ही किसान के लिए, जितना किसी धनवान ज़मींदार के लिए होगा उतना ही भूमिहीन खेतिहर के लिए, जितना हिन्दुओं के लिए होगा उतना ही मुसलमानों के लिए, जितना जैन, यहूदी और सिख लोगों के

लिए होगा उतना ही पारसियों और ईसाईयों के लिए। उसमें जाति-पांति, धर्म अथवा दरजे के भेदभाव के लिए कोई स्थान नहीं होगा।

—यंग इंडिया, 5–3–31

स्वराज्य शब्द का अर्थ स्वयं और उसकी प्राप्ति के साधन यानी सत्य और अहिंसा—जिसका पालन करने के लिए हम प्रतिज्ञाबद्ध हैंऐसी किसी संभावना को असंभव सिद्ध करते हैं कि हमारा स्वराज्य किसीके लिए तो अधिक होगा और किसीके लिए कम, किसीके लिए लाभकारी होगा और किसीके लिए हानिकारी या कम लाभकारी।

—यंग इंडिया, 5–3–31

मेरे सपनों का स्वराज्य तो गरीबों का स्वराज्य होगा। जीवन की जिन आवश्यकताओं का उपयोग राजा और अमीर लोग करते हैं, वही तुम्हें भी सुलभ होनी चाहिए; इसमें फर्क के लिए स्थान नहीं हो सकता। लेकिन इसका यह अर्थ नहीं कि हमारे पास उनके जैसे महल होने चाहिए। सुखी जीवन के लिए महलों की कोई आवश्यकता नहीं। हमें महलों में रख दिया जाए तो हम घबरा जाएं। लेकिन तुम्हें जीवन की वे सामान्य सुविधाएं अवश्य मिलनी चाहिए, जिनका उपयोग अमीर आदमी करता है। मुझे इस बात में बिलकुल भी सन्देह नहीं है कि हमारा स्वराज्य तब तकपूर्ण स्वराज्य नहीं होगा, जब तक वह तुम्हें ये सारी सुविधाएं देने की पूरी व्यवस्था नहीं कर देता।

—यंग इंडिया 26–3–31

पूर्ण स्वराज्य की मेरी कल्पना दूसरे देशों से कोई नाता न रखने-वाली स्वतंत्रता नहीं, बल्कि स्वस्थ और गम्भीर किस्म की स्वतन्त्रता की है। मेरा राष्ट्रप्रेम उग्र तो है, पर वह वर्जनशील नहीं है; उसमें किसी दूसरे राष्ट्र या व्यक्ति को नुकसान पहुंचाने की भावना नहीं है। कानूनी सिद्धान्त असल में नैतिक सिद्धान्त ही हैं। 'अपनी सम्पत्ति का उपयोग इस तरह करो कि पड़ोसी की सम्पत्ति को कोई हानि न पहुंचे।'—यह कानूनी सिद्धान्त एक सनातन सत्य को प्रकट करता है। और उसमें मेरा पूरा विश्वास है।

—यंग इंडिया, 26–3–31

यह सब इस बात पर निर्भर है कि पूर्ण स्वराज्य से हमारा आशय क्या है और उसके द्वारा हम पाना क्या चाहते हैं। अगर हमारा आशय यह है कि जनता में जागृति होनी चाहिए, उसे अपने सच्चे हित का ज्ञान होना चाहिए और सारी

दुनिया के विरोध का सामना करके भी। उस हित की सिद्धि के लिए कोशिश करने की योग्यता होनी चाहिए; और यदि पूर्ण स्वराज्य के द्वारा हम सुमेल, भीतरी या बाहरी आक्रमण से रक्षा और जनता की आर्थिक स्थिति में उत्तरोत्तर सुधार चाहते हों, तो हम अपना उद्देश्य राजनीतिक सत्ता के बिना ही, सत्ता जिनके हाथ में हो उनपर अपना सीधा प्रभाव डालकर, सिद्ध कर सकते हैं।

—यंग इंडिया, 18-6-31

स्वराज्य की मेरी कल्पना के विषय में किसीको कोई गलत-फहमी नहीं होनी चाहिए। उसका अर्थ विदेशी नियंत्रण से पूरी मुक्ति और पूर्ण आर्थिक स्वतंत्रता है। उसके दो दूसरे उद्देश्य भी हैं; एक छोर पर है नैतिक और सामाजिक उद्देश्य और दूसरे छोर पर इसी कक्षा का दूसरा उद्देश्य है धर्म। यहां धर्म शब्द का सर्वोच्च अर्थ अभीष्ट है। उसमें हिन्दू धर्म, इस्लाम, ईसाई धर्म आदि सबका समावेश होता है, लेकिन वह इन सबसे ऊंचा है।...इसे हम स्वराज्य का सम-चतुर्भुज कह सकते हैं; यदि उसका यह भी कोण विषम हुआ तो उसका रूप विकृत हो जाएगा।

—हरिजन, 2-1-37

मेरी कल्पना का स्वराज्य तभी आएगा जब हमारे मन में यह बात अच्छी तरह जम जाए कि हमें अपना स्वराज्य सत्य और अहिंसा के शुद्ध साधनों द्वारा ही हासिल करना है, उन्हीं के द्वारा हमें उसका संचालन करना है और उन्ही के द्वारा हमें उसे कायम रखना है। सच्ची लोकसत्ता या जनता का स्वराज्य कभी भी असत्यमय और हिंसक साधनों से नहीं आ सकता। कारण स्पष्ट और सीधा हैं : यदि असत्यमय और हिंसक उपायों का प्रयोग किया गया, तो उसका स्वाभाविक परिणाम यह होगा कि सारा विरोध या तो विरोधियों को दबाकर या उनका नाश करके खत्म कर दिया जाएगा। ऐसी स्थिति में वैयक्तिक स्वतंत्रता की रक्षा नहीं हो सकती। वैयक्तिक स्वतन्त्रता को प्रकट होने का पूरा अवकाश केवल विशुद्ध अहिंसा पर आधारित शासन में ही मिल सकता है।

—हरिजन, 26-5-39

अहिंसा पर आधारित स्वराज्य में लोगों को अपने अधिकारों का ज्ञान न हो तो कोई बात नहीं, लेकिन उन्हें अपने कर्तव्यों का ज्ञान अवश्य होना चाहिए। हरएक कर्तव्य के साथ उसकी तौल का अधिकार जुड़ा हुआ होता ही है, और सच्चे अधिकार तो वे ही हैं जो अपने कर्तव्यों का योग्य पालन करके प्राप्त किए गए हों। इसीलिए

नाराारिकता के अधिकार सिर्फ उन्हींको मिल सकते हैं, जो जिस राज्य में वे रहते हों उसकी सेवा करते हों। और सिर्फ वे ही इन अधिकारों के साथ पूरा न्याय कर सकते हैं। हरएक आदमी को झूठ बोलने और गंडागिरी करने का अधिकार है, किन्तु इस अधिकार का प्रयोग उस आदमी और समाज, दोनों के लिए हानिकारी हैं। लेकिन जो व्यक्ति सत्य और अहिंसा का पालन करता है उसे प्रतिष्ठा मिलती है और इस प्रतिष्ठा के फलस्वरूप उसे अधिकार मिल जाते हैं। और जिन लोगों को अधिकार अपने कर्तव्यों के पालन के फलस्वरूप मिलते हैं, वे उनका उपयोग समाज की सेवा के लिए ही करते हैं, अपने लिए कभी नहीं। किसी राष्ट्रीय समाज के स्वराज्य का अर्थ उस समाज के विभिन्न व्यक्तियों के स्वराज्य (अर्थात् आत्मशासन) का योग ही है। और ऐसा स्वराज्य व्यक्तियों के द्वारा नागरिकों के रूप में अपने कर्तव्य के पालन से ही आता है। उसमें कोई अपने अधिकारों की बात नहीं सोचता। जब उनकी आवश्यकता होती है तब वे उन्हें अपने-आप मिल जाते हैं और इसलिए मिलते हैं कि वे अपने कर्तव्य का सम्पादन ज़्यादा अच्छी तरह कर सकें।

—हरिजन, 25–3–39

अहिंसा पर आधारित स्वराज्य में कोई किसीका शत्रु नहीं होता, सारी जनता की भलाई का सामान्य उद्देश्य सिद्ध करने में हरएक अपना अभीष्ट योग देता है, सब लिख-पढ़ सकते हैं और उनका ज्ञान दिन दिन बढ़ता रहता हैं। बीमारी और रोग कम से कम हो जाएं, ऐसी व्यवस्था की जाती है। कोई कंगाल नहीं होता और मज़दूरी करना वाहनेवाले वो काम अवश्य मिल जाता है। ऐसी शासन-व्यवस्था में जुआ, शराबखोरी और दुराचार को या वर्ग-विद्वेष को कोई स्थान नहीं होता। अमीर लोग अपने धन का उपयोग बुद्धिपूर्वक उपयोगी कार्यों में करेंगे; अपनी शान-शौकत बढ़ाने या शारीरिक सुखों की वृद्धि में उसका अपव्यय नहीं करेंगे। उसमें ऐसा नहीं हो सकता, होना नहीं चाहिए, कि चन्द अमीर तो रत्न-जटित महलों में रहें और लाखों-करोड़ों ऐसी मनहूस झोंपड़ियों में, जिनमें हवा और प्रकाश का प्रवेश न हो। अहिंसक स्वराज्य में न्यायपूर्ण अधिकारों का किसी के भी द्वारा कोई अतिक्रमण नहीं हो सकता और इसी तरह किसी को कोई अन्यायपूर्ण अधिकार नहीं हो सकते। सुसंघटित राज्य में किसी के न्याय्य अधिकार का किसी दूसरे के द्वारा अन्यायपूर्वक छीना जाना असंभव होना चाहिए और कभी ऐसा हो जाए तो अपहर्ता को अपदस्थ करने के लिए हिंसा का आश्रय लेने की ज़रूरत नहीं होनी चाहिए।

—हरिजन, 25–3–39

भारतीय लोकतंत्र

सर्वोच्च कोटि की स्वतन्त्रता के साथ सर्वोच्च कोटि का अनुशासन और विनय होता है। अनुशासन और विनय से मिलनेवाली स्वतंत्रता को कोई छीन नहीं सकता। संयमहीन स्वच्छंदता संस्कारहीनता की द्योतक है; उससे व्यक्ति की अपनी और पड़ोसियों की भी हानि होती है।

—यंग इंडिया, 3–6–26

कोई भी मनुष्य की बनाई हुई संस्था ऐसी नहीं है जिसमें खतरा न हो। संस्था जितनी बड़ी होगी, उसके दुरुपयोग की सम्भावनाएं भी उतनी ही बड़ी होंगी। लोकतंत्र एक बड़ी संस्था है, इसलिए उसका दुरुपयोग भी बहुत हो सकता है। लेकिन उसका इलाज लोकतंत्र से बचना नहीं, बल्कि दुरुपयोग की सम्भावना को कम से कम करना

—यंग इंडिया, 7–5–31

जनता की राय के अनुसार चलनेवाला राज्य जनमत से आगे बढ़कर कोई काम नहीं कर सकता। यदि वह जनमत के खिलाफ जाए तो नष्ट हो जाए। अनुशासन और विवेकयुक्त जनतन्त्र दुनिया की सबसे सुन्दर वस्तु है। लेकिन राग-द्वेष, अज्ञान और अन्धविश्वास आदि दुर्गुणों से अस्त जनतंत्र अराजकता के गड्ढे में गिरता है और अपना नाश खुद कर डालता है।

—यंग इंडिया, 30–7–31

मैंने अकसर यह कहा है कि अमुक विचार रखनेवाला कोई भी पक्ष यह दावा नहीं कर सकता कि प्रस्तुत प्रश्नों के सही निर्णय केवल वही कर सकता है। हम सबसे भूलें होती हैं और हमें अकसर अपने निर्णयों में परिवर्तन करने पड़ते हैं। हमारे जैसे विशाल देश में ईमानदारी से विचार करनेवाले सभी पक्षों को स्थान होना चाहिए। इसलिए हमारा अपने प्रति और दूसरों के प्रति कम से कम यह कर्तव्य तो है ही कि हम प्रतिपक्षी का दृष्टिकोण समझने की कोशिश करें। और यदि हम उसे स्वीकार नहीं कर सकें तो भी जिस तरह हम चाहेंगे कि वह हमारे मत का आदर करे, उसी तरह हम भी उसके मत का आदर करें। यह चीज़ स्वस्थ सार्वजनिक जीवन की और स्वराज्य की योग्यता की अनिवार्य कसौटियों में से एक है। यदि उसमें उदारता और सहिष्णुता नहीं है, तो हम अपने भेद कभी मित्रतापूर्वक नहीं सुलझा सकेंगे और फल यह होगा कि हमें तीसरे पक्ष

को अपना पंच मानना पड़ेगा, यानी विदेशी अधीनता स्वीकार करनी पड़ेगी।

—यंग इंडिया, 17-4-32

जब राज्यसत्ता जनता के हाथ में आ जाती है, तब प्रजा की आज़ादी में होनेवाले हस्तक्षेप की मात्रा कम से कम हो जाती है। दूसरे शब्दों में, जो राष्ट्र अपना काम राज्य के हस्तक्षेप के बिना ही शान्ति-पूर्वक और प्रभावपूर्ण ढंग से कर दिखाता है, उसे ही सच्चे अर्थों में लोकतन्त्रात्मक कहा जा सकता है। जहां ऐसी स्थिति न हो वहां सरकार का बाहरी रूप लोकतन्त्रात्मक भले हो, परन्तु वह नाम के लिए ही लोकतन्त्रात्मक है।

—हरिजन, 11-1-36

लोकतन्त्र और हिंसा का मेल नहीं बैठ सकता। जो राज्य आज नाममात्र के लिए लोकतंत्रात्मक हैं उन्हें या तो स्पष्ट रूप से तानाशाही का हामी हो जाना चाहिए, या उन्हें सचमुच लोकतंत्रात्मक बनना है। तो उन्हें साहस के साथ अहिंसक बन जाना चाहिए। यह कहना बिलकुल अविचारपूर्ण है कि अहिंसा का पालन केवल व्यक्ति ही कर सकते हैं, और राष्ट्र–जो व्यक्तियों से बनते हैं—हरगिज़ नहीं।

—हरिजनसेवक, 12-11-38

प्रजातन्त्र का सार ही यह है कि उसमें हर एक व्यक्ति उन विविध स्वार्थों का प्रतिनिधित्व करता है जिनसे राष्ट्र बनता है। यह सच है। कि इसका यह मतलब नहीं कि विशेष स्वार्थों के विषय में प्रतिनिधियों को प्रतिनिधित्व करने से रोक दिया जाए, लेकिन ऐसा प्रतिनिधित्व उसकी कसौटी नहीं है। उसकी अपूर्णता की एक निशानी है।

—हरिजनसेवक, 24-4-36

सच्ची लोकसत्ता या जनता का स्वराज्य कभी भी असत्यमय या हिंसक साधनों से नहीं आ सकता। कारण स्पष्ट और सीधा है। यदि असत्यमय और हिंसक उपायों का प्रयोग किया गया, तो उसका स्वाभाविक परिणाम यह होगा कि सारा विरोध या तो विरोधियों को दबाकर या उनका नाश करके खतम कर दिया जाएगा। ऐसी स्थिति में वैयक्तिक स्वतन्त्रता की रक्षा नहीं हो सकती। वैयक्तिक स्वतन्त्रता को प्रगट होने का पूरा अवकाश केवल विशुद्ध अहिंसा पर आधारित शासन में ही मिल सकता है।

—हरिजन, 27-5-39

आज़ाद प्रजातांत्रिक भारत आक्रमण के खिलाफ पारस्परिक रक्षण और आर्थिक सहकार के लिए दूसरे आज़ाद देशों के साथ खुशी से सहयोग करेगा। वह आज़ादी और जनतन्त्र पर आधारित ऐसी विश्व-व्यवस्था की स्थापना के लिए काम करेगा, जो मानव-जाति की प्रगति और विकास के लिए दुनिया के समूचे ज्ञान और उसकी समची साधन-सम्पत्ति का उपयोग करेगी।

—हरिजन, 23–9–39

प्रजातंत्र का अर्थ मैं यह समझा हूं कि इस तन्त्र में नीचे से नीचे और ऊंचे से ऊंचे आदमी को आगे बढ़ने का समान अवसर मिलना चाहिए। लेकिन सिवा अहिंसा के ऐसा कभी हो ही नहीं सकता। संसार में आज कोई देश भी ऐसा नहीं हैं जहां कमज़ोरों के हक की रक्षा बतौर फर्ज़ के होती हो। अगर गरीबों के लिए कुछ किया भी जाता है तो दह मेहरबानी के तौर पर किया जाता है।

पश्चिम का आज का प्रजातन्त्र ज़रा हलके रंग का नाजी और फासिस्ट तंत्र ही है। ज़्यादा से ज़्यादा प्रजातन्त्र साम्राज्यवाद की नाजी और फासिस्ट चाल को ढंकने के लिए एक आडम्बर है।...हिन्दुस्तान सच्चा प्रजातन्त्र घड़ने का प्रयत्न कर रहा है, अर्थात् ऐसा प्रजातन्त्र जिसमें हिंसा के लिए कोई स्थान न होगा। हमारा हथियार सत्याग्रह है। उसका व्यक्त स्वरूप हैं चरखा, ग्रामोद्योग, उद्योग के ज़रिये प्राथमिक शिक्षा-प्रणाली, अस्पृश्यता-निवारण, मद्य-निषेध, अहिंसक तरीके से मज़दूरों का संगठन, जैसाकि अहमदाबाद में हो रहा है, और साम्प्रदायिक ऐक्य। इस कार्यक्रम के लिए जनता को सामुदायिक रूप में प्रयत्न करना पड़ता हैं, और सामुदायिक रूप से जनता को शिक्षण भी मिल जाता है। इन प्रवृत्तियों को चलाने के लिए हमारे पास बड़े-बड़े संघ हैं, पर कार्यकर्ता पूरी तरह स्वेच्छा से इन कामों में आए हैं। उनके पीछे अगर कोई शक्ति है, तो वह उनकी दीन-दुर्बलों की सेवा-भावना ही है।

—हरिजनसेवक, 18–5–40

जन्मजात लोकतन्त्रवादी वह होता है, जो जन्म से ही अनुशासन का पालन करने वाला है। लोकतन्त्र स्वाभाविक रूप में उसीको प्राप्त होता है, जो साधारण रूप में अपने को मानवी तथा दैवी सभी नियमों का स्वेच्छापूर्वक पालन करने का अभ्यस्त बना ले।...जो लोग लोकतन्त्र के इच्छुक हैं उन्हें चाहिए कि पहले वे लोकतन्त्र की कसौटी पर अपने को परख लें। इसके अलावा, लोकतन्त्रवादी को निःस्वार्थ भी होना चाहिए। उसे अपनी या अपने दल की

दृष्टि से नहीं बल्कि एकमात्र लोकतन्त्र की दृष्टि से सब कुछ करना चाहिए। तभी वह सविनय अवज्ञा का अधिकारी हो सकता है।...व्यक्तिगत स्वतन्त्रता की मैं कदर करता हूं, लेकिन आपको यह हरगिज़ नहीं भूलना चाहिए कि मनुष्य मूलतः एक सामाजिक प्राणी ही है। सामाजिक प्रगति की आवश्यकताओं के अनुसार अपने व्यक्तित्व को ढालना सीखकर ही वह वर्तमान स्थिति तक पहुंचा है। अबाध व्यक्तिवाद वन्य पशुओं का नियम है। हमें व्यक्तिगत स्वतन्त्रता और सामाजिक संयम के बीच समन्वय करना सीखना है। समस्त समाज के हित की खातिर सामाजिक संयम के आगे स्वेच्छापूर्वक सिर झुकाने से व्यक्ति और समाज, जिसका कि वह एक सदस्य है, दोनों का ही कल्याण होता है।

—हरिजनसेवक, 27-5-39

जो व्यक्ति अपने कर्तव्य का उचित पालन करता है, उसे अधिकार अपने-आप मिल जाते हैं। सच तो यह है कि एकमात्र अपने कर्तव्य के पालन का अधिकार ही ऐसा अधिकार है, जिसके लिए ही मनुष्य को जीना चाहिए और मरना चाहिए। उसमें सब उचित अधिकारों का समावेश हो जाता है। बाकी सब तो अनधिकार अपहरण जैसा है और उसमें हिंसा के बीज छिपे रहते हैं।

—हरिजन, 27-5-39

लोकशाही में हर आदमी को समाज की इच्छा यानी राज्य की इच्छा के मुताबिक चलना होता है और उसीके मुताबिक अपनी इच्छाओं की हद बांधनी होती है। स्टेट लोकशाही के द्वारा और लोकशाही के लिए राज्य चलाती है। अगर हर आदमी कानून को अपने हाथ में ले ले तो स्टेट नहीं रह जाएगी; वह अराजकता हो जाएगी, यानी सामाजिक नियम या स्टेट की हस्ती मिट जाएगी। यह आज़ादी को मिटा देनेवाला रास्ता है इसलिए आपको अपने गुस्से पर काबू पाना चाहिए और राज्य को न्याय पाने का मौका देना चाहिए।

—दिल्ली-डायरी, पृष्ठ 16

प्रजातंत्र में लोगों को चाहिए कि वे सरकार की कोई गलती देखें, तो उसकी तरफ उसका ध्यान खीचें और सन्तुष्ट हो जाएं। अगर वे चाहें तो अपनी सरकार हटा सकते हैं, मगर उसके खिलाफ आन्दोलन करके उसके कामों में बाधा न डालें। हमारी सरकार ज़बरदस्त जलसेना और थलसेना रखनेवाली कोई विदेशी सरकार तो है नहीं। उसका बल तो जनता ही है।

—दिल्ली-डायरी, पृष्ठ 90

सच्ची लोकशाही केन्द्र में बैठे हुए बीस आदमी नहीं चला सकते । वह तो नीचे से हरएक गांव के लोगों द्वारा चलाई जानी चाहिए।

—हरिजन, 18–1–48

मैं खुद तो सरकार की नाराज़ी की उतनी परवा नहीं करता जितनी भीड़ की नाराज़ी की। भीड़ की मनमानी राष्ट्रीय बीमारी का लक्षण है और इसीलिए सरकार की नाराज़ी की—जो कि अल्पकाय संघ तक ही सीमित होती है—तुलना में उससे निपटना ज़्यादा मुश्किल है। ऐसी किसी सरकार को, जिसने अपने को शासन के लिए अयोग्य सिद्ध कर दिया हो, अपदस्थ करना आसान है, लेकिन किसी भीड़ में शामिल अनजाने आदमियों का पागलपन दूर करना ज़्यादा कठिन है।

—यंग इंडिया, 28–7–20

भीड़ को अनुशासन सिखाने से ज़्यादा आसान और कुछ नहीं है। कारण सीधा है। भीड़ कोई काम बुद्धिपूर्वक नहीं करती, उसकी कोई पहले से सोची हुई योजना नहीं होती। भीड़ के लोग जो कुछ करते हैं। सो आवेश में करते हैं। अपनी गलती के लिए पश्चात्ताप भी जल्दी करते हैं। मैं असहयोग का उपयोग लोकशाही का विकास करने के लिए कर रहा हूं।

—यंग इंडिया 8–6–20

हमें इन हज़ारों-लाखों लोगों को, जिनका हृदय सोने का है, जिन्हें देश से प्रेम है, जो सीखना चाहते हैं और यह इच्छा रखते हैं कि कोई उनका नेतृत्व करे, सही तालीम देनी चाहिए। केवल थोड़े-से बुद्धिमान और निष्ठावान कार्यकर्ताओं की ज़रूरत है। वे मिल जाएं तो सारे राष्ट्र को बुद्धिपूर्वक काम करने के लिए संघटित किया जा सकता है तथा भीड़ की अराजकता की जगह सही प्रजातंत्र का विकास किया जा सकता है।

—यंग इंडिया, 22–6–20

सरकार की ओर से या प्रजा की ओर से आतंकवाद चलाया जा रहा हो, तब लोकशाही की भावना की स्थापना करना असंभव है। और कुछ अंशों में सरकारी आतंकवाद की तुलना में प्रजाकीय आतंकवाद लोकशाही की भावना के प्रसार का ज़्यादा बड़ा शत्रु है। कारण, सरकारी आतंकवाद से लोकशाही की भावना को बल मिलता है, जब कि प्रजाकीय आतंकवाद तो उसका हनन करता है।

—यंग इंडिया, 23–2–21

अगर हम लोकशाही की सच्ची भावना का विकास करना चाहते हैं,

तो हम असहिष्णु नहीं हो सकते। असहिष्णुता यह बताती है कि अपने ध्येय की सचाई में हमारा पूरा विश्वास नहीं है।

—यंग इंडिया, 2–2–21

हम अपने लिए यदि स्वतंत्रतापूर्वक अपना मत प्रकट करने और कार्य करने के अधिकार का दावा करते हैं, तो यही अधिकार हमें दूसरों को भी देना चाहिए। बहुसंख्यक दल का शासन, जब वह लोगों के साथ ज़बरदस्ती करने लगता है तब, उतना ही असह्य हो उठता है। जितना किसी अल्पसंख्यक नौकरशाही का। हमें अल्पसंख्यकों को अपने पक्ष में धीरज के साथ, समझा-बुझाकर और दलील करके ही लाने की कोशिश करनी चाहिए।

—यंग इंडिया, 26–1–22

बहुसंख्यक दल का शासन अमुक हद तक ज़रूर माना जाना चाहिए। यानी, ब्यौरे की बातों में हमें बहुसंख्यक दल का निर्णय स्वीकार कर लेना चाहिए। लेकिन निर्णय कुछ भी क्यों न हों, उन्हें हमेशा स्वीकार कर लेना गुलामी का चिह्न है। लोकशाही किसी ऐसी स्थिति का नाम नहीं है, जिसमें लोग भेड़ों की तरह व्यवहार करें। लोकशाही में व्यक्ति के मत-स्वातंत्र्य की रक्षा अत्यंत सावधानी से की जाती है, और की जानी चाहिए। इसलिए मैं यह विश्वास करता हूं कि अल्पसंख्यकों को बहुसंख्यकों से अलग ढंग से चलने का पूरा अधिकार है।

—यंग इंडिया, 2–3–32

अगर व्यक्ति का महत्त्व न रहे, तो समाज में भी क्या सत्त्व रह जाएगा ? वैयक्तिक स्वतंत्रता ही मनुष्य को समाज की सेवा के लिए स्वेच्छापूर्वक अपना सब कुछ अर्पण करने की प्रेरणा दे सकती है। यदि उससे यह स्वतंत्रता छीन ली जाए, तो वह एक जड़यंत्र जैसा हो जाता है और समाज की बरबादी होती है। वैयक्तिक स्वतंत्रता को अस्वीकार करके कोई सभ्य समाज नहीं बनाया जा सकता।

—हरिजन, 1–2–42

भारत और समाजवाद

पूंजीपतियों द्वारा पूंजी के दुरुपयोग की बात लोगों के ध्यान में आई, तब समाजवाद का जन्म हुआ यह खयाल गलत है। जैसाकि मैंने पहले भी प्रतिपादित किया है समाजवाद, और उसी तरह साम्यवाद भी, ईशोपनिषद् के पहले श्लोक में स्पष्ट रूप से मिल जाता है। हां, यह बात सही है कि जब कुछ सुधारकों ने हृदय-परिवर्तन की क्रिया द्वारा आदर्श सिद्ध करने की प्रणाली में विश्वास खो दिया, तब

जिसे वैज्ञानिक समाजवाद कहा जाता है उसकी पद्धति ढूंढ़ी गई। मैं उसीसमस्या को हल करने में लगा हुआ हूं, जो वैज्ञानिक समाजवादियों के सामने है।

—हरिजन, 20–2–37

सच्चा समाजवाद तो हमें अपने पूर्वजों से प्राप्त हुआ है, जो हमें यह सिखा गए हैं कि 'सब भूमि गोपाल की है; इसमें कहीं मेरी और तेरी की सीमाएं नहीं हैं। ये सीमाएं तो आदमियों ने बनाई हैं। और इसलिए वे इन्हें तोड़ भी सकते हैं।' गोपाल यानी कृष्ण यानी भगवान। आधुनिक भाषा में गोपाल यानी राज्य यानी जनता। आज ज़मीन जनता की नहीं है, यह बात सही हैं। पर इसमें दोष उस शिक्षा का नहीं है। दोष तो हमारा है जिन्होंने उस शिक्षा के अनुसार आचरण नहीं किया। पूंजीवालों से उनकी पूंजी हिंसापूर्वक छीनी जाए, इसके बजाय यदि चरखा और उसके सारे फलितार्थ स्वीकार कर लिए जाएं तो वही काम हो सकता है। चरखा हिंसक अपहरण की जगह ले सकने वाला अत्यंत प्रभावकारी साधन है। ज़मीन और दूसरी सारी संपत्ति उसकी है, जो उसके लिए काम करे।

हरिजन, 2–1–37

मैं सदा से यह मानता आया हूं कि नीचे से नीचे और कमज़ोर से कमज़ोर के प्रति हम ज़ोर-ज़बरदस्ती से सामाजिक न्याय का पालन नहीं कर सकते। मैं यह भी मानता आया हूं कि पतित से पतित लोगों को भी मुनासिब तालीम दी जाए, तो अहिंसक साधनों द्वारा सब प्रकार के अत्याचारों का प्रतिकार किया जा सकता है। अहिंसक असहयोग ही उसका मुख्य साधन है। कभी-कभी असहयोग भी उतना ही कर्तव्य-रूप हो जाता है जितना कि सहयोग। अपनी विफलता या गुलामी में खुद सहायक होने के लिए कोई बंधा हुआ नहीं है। जो स्वतंत्रता दूसरों के प्रयत्नों द्वारा—फिर वे कितने ही उदार क्यों न हों—मिलती है, वह उन प्रयत्नों के न रहने पर कायम नहीं रखी जा सकती। दूसरे शब्दों में, ऐसी स्वतंत्रता सच्ची स्वतंत्रता नहीं है। लेकिन जब पतित से पतित भी अहिंसक असहयोग द्वारा अपनी स्वतंत्रता प्राप्त करने की कला सीख लेते हैं, तो वे उसके प्रकाश का अनुभव किए बिना नहीं रह सकते।

मेरा यह पक्का विश्वास है कि जिस चीज़ को हिंसा कभी नहीं कर सकती, वही अहिंसात्मक असहयोग द्वारा की जा सकती है। और अन्त में जाकर उससे अत्याचारियों का हृदय-परिवर्तन भी हो सकता है। हमने हिन्दुस्तान में अहिंसा को उसके अनुरूप मौका अभी तक दिया ही नहीं। फिर भी आश्चर्य है कि अपनी इस

मिलावटी अहिंसा द्वारा भी हम इतनी शक्ति प्राप्त कर सके हैं।

—हरिजनसेवक, 20–4–40

प्रतिष्ठित जीवन के लिए जितनी ज़मीन की आवश्यकता है, उससे अधिक किसी आदमी के पास नहीं होनी चाहिए। ऐसा कौन है जो इस हकीकत से इनकार कर सके कि आम जनता की घोर गरीबी का कारण आज यही है कि उसके पास उसकी अपनी कही जानेवाली कोई ज़मीन नहीं है?

—हरिजनसेवक, 20–4–40

समाजवाद एक सुन्दर शब्द है। जहां तक मैं जानता हूं, समाजवाद में समाज के सारे सदस्य बराबर होते हैं, न कोई नीचा और न कोई ऊंचा। किसी आदमी के शरीर में सिर इसलिए ऊंचा नहीं है कि वह सबसे ऊपर है और पांव के तलुवे इसलिए नीचे नहीं हैं कि वे ज़मीन को छूते हैं। जिस तरह मनुष्य के शरीर के सारे अंग बराबर हैं, उसी तरह समाजरूपी शरीर के सारे अंग भी बराबर हैं। यही समाजवाद है।

इस वाद में राजा और प्रजा, धनी और गरीब, मालिक और मज़दूर सब बराबर हैं। इस तरह समाजवाद यानी अद्वैतवाद। उसमें द्वैत या भेदभाव की गुंजाइश ही नहीं है।

सारी दुनिया के समाज पर नज़र डालें तो हम देखेंगे कि हर जगह द्वैत ही द्वैत है। एकता या अद्वैत कहीं नाम को भी नहीं दिखाई देता। वह आदमी ऊंचा है, वह आदमी नीचा है, वह हिन्दू है, वह मुसलमान है, तीसरा ईसाई है, चौथा पारसी है, पांचवां सिख है, छठा यहूदी है। इनमें भी बहुत-सी उपजातियां हैं। मेरे अद्वैतवाद में ये सब लोग एक हो जाते हैं; एकता में समा जाते हैं।

इस वाद तक पहुंचने के लिए हम एक-दूसरे की तरफ ताकते न बैठे। जब तक सारे लोग समाजवादी न बन जाएं तब तक हम कोई हलचल न करें, अपने जीवन में कोई फेरफार न करके हम भाषण देते रहें, पार्टियां बनाते रहें और बाज पक्षी की तरह जहां शिकार मिल जाए वहां उसपर टूट पड़े—यह समाजवाद हरगिज़ नहीं हैं। समाजवाद जैसी शानदार चीज़ झड़प मारने से हमसे दूर ही जानेवाली है।

समाजवाद की शुरुआत पहले समाजवादी से होती है। अगर एक भी ऐसा समाजवादी हो तो उसपर सिफर बढ़ाए जा सकते हैं। पहले सिफर से उसकी कीमत दस गुनी बढ़ती जाएगी। लेकिन अगर पहला सिफर ही हो, दूसरे शब्दों में अगर कोई

आरंभ ही न करे, तो उसके आगे कितने ही सिफर क्यों न बढ़ाए जाएं उसकी कीमत सिफर ही रहेगी। सिफरों को लिखने में मेहनत और कागज़ की बरबादी ही होगी।

यह समाजवाद बड़ी शुद्ध चीज़ है। इसलिए इसे पाने में साधन भी शुद्ध होने चाहिए। गन्दे साधनों से मिलनेवाली चीज़ भी गन्दी ही होगी। इसलिए राजा को मारकर राजा और प्रजा एक-से नहीं बन सकेंगे। मालिक का सिर काटकर मज़दूर मालिक नहीं हो सकेंगे। यही बात सबपर लागू की जा सकती है।

कोई असत्य से सत्य को नहीं पा सकता। सत्य को पाने के लिए हमेशा सत्य का आचरण करना ही होगा। अहिंसा और सत्य की तो जोड़ी है न ? हरगिज़ नहीं। सत्य में अहिंसा छिपी हुई है और अहिंसा में सत्य। इसलिए मैंने कहा है कि सत्य और अहिंसा एक ही सिक्के के दो रूप हैं। दोनों की कीमत एक ही है। केवल पढ़ने में ही फर्क है; एक तरफ अहिंसा है, दूसरी तरफ सत्य। सम्पूर्ण पवित्रता के बिना अहिंसा और सत्य निभ ही नहीं सकते। शरीर या मन की अपवित्रता को छिपाने से असत्य और हिंसा ही पैदा होगी।

इसलिए केवल सत्यवादी, अहिंसक और पवित्र समाजवादी ही दुनिया में या हिन्दुस्तान में समाजवाद फैला सकता है। जहां तक मैं जानता हूं, दुनिया में ऐसा कोई देश नहीं है जो पूरी तरह समाजवादी हो। मेरे बताए हुए साधनों के बिना ऐसा समाज कायम करना असंभव है।

—हरिजनसेवक, 13-7-47

सर्वोदय

मनुष्य की वृत्तियां चंचल हैं। उसका मन बेकार की दौड़-धूप किया करता है। उसका शरीर जैसे-जैसे ज़्यादा देते जाएं वैसे-वैसे ज़्यादा मांगता जाता है। ज़्यादा लेकर भी वह सुखी नहीं होता। भोग भोगने से भोग की इच्छा बढ़ती जाती है। इसलिए हमारे पुरखों ने भोग की हद बांध दी। बहुत सोचकर उन्होंने देखा कि सुख-दुःख तो मन के कारण है। अमीर अपनी अमीरी की वजह से सुखी नहीं है, गरीब अपनी गरीबी के कारण दुखी नहीं है। अमीर दुखी देखने में आता है और गरीब सुखी देखने में आता है। करोड़ों लोग तो गरीब ही रहेंगे, ऐसा देखकर पूर्वजों ने भोग की वासना छुड़वाई। हज़ारों साल पहले जो हल काम में लिया जाता था उससे हमने काम चलाया। हज़ारों साल पहले जैसे झोंपड़े थे उन्हें हमने कायम रखा। हज़ारों साल पहले जैसी हमारी शिक्षा थी वही चलती आई। हमने

नाशकारक होड़ को जगह नहीं दी। सब अपना-अपना धंधा करते रहे। उसमें उन्होंने दस्तूर के मुताबिक दाम लिए। ऐसा नहीं था कि हमें यंत्र वगैरा की खोज करना ही नहीं आता था। लेकिन हमारे पूर्वजों ने देखा कि लोग अगर यंत्र वगैरा के झंझट में पड़ेंगे, तो गुलाम ही बनेंगे और अपनी नीति को छोड़ देंगे। उन्होंने सोच-समझकर कहा कि हमें अपने हाथ पैरों से जो काम हो सके वही करना चाहिए। हाथ-पैरों का इस्तेमाल करने में ही सच्चा सुख है, उसी में तन्दुरुस्ती है।

उन्होंने सोचा कि बड़े शहर कायम करना बेकार का झंझट है। उनमें लोग सुखी नहीं होंगे। उनमें धूर्तों की टोलियां और वेश्याओं की गलियां पैदा होंगी; गरीब अमीरों से लूटे जाएंगे। इसलिए उन्होंने छोटे गांवों से ही संतोष माना।

उन्होंने देखा कि राजाओं और उनकी तलवार के बनिस्बत नीति का बल ज़्यादा बलवान है। इसलिए उन्होंने राजाओं को नीतिवान पुरुषों—ऋषियों और फकीरों-से कम दरजे का माना।

ऐसी जिस प्रजा की गठन है, वह प्रजा दूसरों को सिखाने लायक है; वह दूसरों से सीखने लायक नहीं है।

इस राष्ट्र में अदालतें थीं, वकील थे, डॉक्टर-वैद्य थे। लेकिन वे सब ठीक ढंग से नियम के मुताबिक चलते थे। सब जानते थे कि ये धंधे बड़े धंधे नहीं हैं। और वकील, डॉक्टर वगैरा लोगों में लूट नहीं चलाते थे, वे तो लोगों के आश्रित थे। वे लोगों के मालिक बनकर नहीं रहते थे। इंसाफ काफी अच्छा होता था। अदालतों में न जाना लोगों का ध्येय था। उन्हें भरमानेवाले स्वार्थी लोग समाज में नहीं थे। इतनी सड़न भी सिर्फ राजा और राजधानी के आसपास ही थी। यों आम प्रजा तो उनसे स्वतन्त्र रहकर अपने खेतों का मालिकी हक भोगती थी—खेती करके अपना निर्वाह करती थी। उसके पास सच्चा स्वराज्य था।

—हिन्द स्वराज्य, पृष्ठ 45-46, प्रक० 13

भगवान के नाम पर किया गया और उसे समर्पित किया गया कोई भी काम छोटा नहीं है। इस तरह किए गए हरएक छोटे या बड़े काम का समान मूल्य है। कोई भंगी यदि अपना काम भगवान की सेवा की भावना से करता हो तो उसके और उस राजा के काम का जो अपनी प्रतिभा का उपयोग भगवान के नाम पर और ट्रस्टी की तरह करता है, समान महत्त्व है।

—यंग इंडिया, 25-11-26

अहिंसा का पुजारी उपयोगितावाद (बड़ी से बड़ी संख्या का ज़्यादा से ज़्यादा हित) का समर्थन नहीं कर सकता। वह तो 'सर्वभूत हिताय' यानी सबके अधिकतम लाभ के लिए ही प्रयत्न करेगा और इस आदर्श की प्राप्ति में मर जाएगा। इस प्रकार वह इसलिए मरना चाहेगा कि दूसरे जी सकें। दूसरों के साथ-साथ वह अपनी सेवा भी आप मरकर करेगा। सबके अधिकतम सुख के भीतर अधिकांश का अधिकतम सुख भी मिला हुआ है। और इसलिए अहिंसावादी और उपयोगितावादी अपने रास्ते पर कई बार मिलेंगे। किन्तु अंत में ऐसा भी अवसर आएगा, जब उन्हें अलग-अलग रास्ते पकड़ने होंगे और किसी-किसी दशा में एक-दूसरे का विरोध करना होगा। तर्क संगत बने रहने के लिए उपयोगितावादी अपने को कभी बलि नहीं कर सकता। परन्तु अहिंसावादी हमेशा मिट जाने को तैयार रहेगा।

—हिन्दी नवजीवन, 9–12–26

जब तक सेवा की जड़ प्रेम या अहिंसा में न हो तब तक वह सम्भव ही नहीं हैं। सच्चा प्रेम समुद्र की तरह निस्सीम होता है और हृदय के भीतर ज्वार की तरह उठकर बढ़ते हुए वह बाहर फैल जाता है तथा सीमाओं को पार करके दुनिया के छोरों तक जा पहुंचता है। सेवा के लिए आवश्यक दूसरी चीज़ है शरीर-श्रम, जिसे गीता में यज्ञ कहा गया है ; शरीर-श्रम के बिना भी सेवा असम्भव है। सेवा के लिए जब कोई पुरुष या स्त्री शरीर-श्रम करती है, तभी उसे जीने का अधिकार प्राप्त होता है।

—यंग इंडिया, 20–9–28

जब तक हम अपना अहंकार भूलकर शून्यता की स्थिति प्राप्त नहीं करते, तब तक हमारे लिए अपने दोषों को जीतना सम्भव नहीं है। ईश्वर पूर्ण आत्मसमर्पण के बिना संतुष्ट नहीं होता। वास्तविक स्वतंत्रता का इतना मूल्य वह अवश्य चाहता है। और जब मनुष्य अपना ऐसा समर्पण कर चुकता है तब तुरन्त ही वह अपने को प्राणि-मात्र की सेवा में लीन पाता है। यह सेवा ही तब उसके आनंद और आमोद का विषय हो जाती है। तब वह एक बिलकुल नया ही आदमी बन जाता है और ईश्वर की इस सृष्टि की सेवा में अपने को खपाते हुए कभी नहीं थकता।

—हिन्दी नवजीवन, 20-12-28

इस सत्य की भक्ति के कारण ही हमारी हस्ती हो। उसी के लिए हमारा हरएक काम, हरएक प्रवृत्ति हो। उसी के लिए हम हर सांस लें। ऐसा करना हम सीखें तो दूसरे सब नियमों के पास भी आसानी से पहुंच सकते हैं ; और उनका पालन भी आसान हो जाएगा। सत्य के बगैर किसी भी नियम का

शुद्ध पालन नामुमकिन है।

—मंगल प्रभात, पृष्ठ 8, प्रक० 1

सत्य की खोज करनेवाला, अहिंसा बरतनेवाला परिग्रह नहीं कर सकता। परमात्मा परिग्रह नहीं करता। अपने लिए ज़रूरी चीज़ वह रोज़ की रोज़ पैदा करता है। इसलिए अगर हम उसपर भरोसा रखते हैं, तो हमें समझना चाहिए कि हमारी ज़रूरत की चीज़ें वह रोज़ाना देता है, और देगा।

—मंगल प्रभात, पृ० 29, प्रक० 6

हिंसापूर्ण उपायों से लिया गया स्वराज्य भी हिंसापूर्ण होगा और वह दुनिया के लिए तथा खुद भारत के लिए भय का कारण सिद्ध होगा।

—यंग इंडिया, 17--7--24

गन्दे साधनों से मिलनेवाली चीज़ भी गंदी ही होगी। इसलिए राजा को मारकर राजा और प्रजा एक-से नहीं बन सकेंगे। मालिक का सिर काटकर मज़दूर मालिक नहीं हो सकेंगे। यही बात सबपर लागू की जा सकती है।

—हरिजनसेवक, 13--7--47

हमारे प्राचीन ऋषि-मुनियों और साधु-सन्तों की परम्परा के फल-स्वरूप हिन्दुस्तान के पास अगर ऐसी कोई विरासत हो, जिसमें वह सारे संसार को साझीदार बना सकता है, तो वह क्षमा और श्रद्धा का सन्देश है—जो उसकी गौरवपूर्ण सम्पत्ति है। मेरी यह श्रद्धा है कि संसार ने अणुबम की शोध करके अपने लिए जिस सर्वनाश के भय को न्यौता है, उसके सामने हिन्दुस्तान भविष्य में अपनी इसी गौरवपूर्ण विरासत को रखनेवाला है। सत्य और प्रेम का अस्त्र तो अमोघ है; लेकिन उसके पुजारी हम लोगों में कोई ऐसा दोष है, जिसने हमें आज के आत्मघाती संघर्ष में सिर तक डुबा दिया है। इसलिए मैं आत्म-परीक्षण का प्रयत्न कर रहा हूं।

—लास्ट फेज़ : प्यारेलाल

अहिंसक अर्थ-व्यवस्था

हम सब एक तरह से चोर हैं। अगर मैं कोई ऐसी चीज़ लेता और रखता हूं, जिसकी मुझे अपने किसी तात्कालिक उपयोग के लिए ज़रूरत नहीं है, तो मैं उसकी किसी दूसरे से चोरी ही करता हूं। यह प्रकृति का एक निरपवाद बुनियादी नियम है कि वह रोज़ केवल उतना ही पैदा करती है जितना हमें चाहिए। और यदि हरएक आदमी जितना उसे चाहिए उतना ही ले, ज़्यादा न ले, तो दुनिया में गरीबी न रहे और कोई आदमी भूखा न मरे। मैं समाजवादी नहीं हूं और जिनके पास

सम्पत्ति का संचय है उनसे मैं उसे छीनना नही चाहता। लेकिन मैं यह ज़रूर कहता हूं कि हममें से जो लोग प्रकाश की खोज में प्रयत्नशील हैं, उन्हें व्यक्तिगत तौर पर इस नियम का पालन करना चाहिए। मैं किसी से उसकी सम्पत्ति छीनना नहीं चाहता, क्योंकि वैसा करूं तो मैं अहिंसा के नियम से च्युत हो जाऊंगा। यदि किसी के पास मेरी अपेक्षा ज़्यादा सम्पत्ति है तो भले रहे। लेकिन यदि मुझे अपना जीवन नियम के अनुसार गढ़ना है, तो मैं ऐसी कोई चीज़ अपने पास नहीं रख सकता जिसकी मुझे ज़रूरत नहीं है। भारत में लाखों लोग ऐसे हैं जिन्हें दिन में केवल एक ही बार खाकर संतोष कर लेना पड़ता है और उनके उस भोजन में भी सूखी रोटी और चुटकी-भर नमक के सिवा और कुछ नहीं होता। हमारे पास जो कुछ भी है उसपर हमें और आपको तब तक कोई अधिकार नहीं है, जब तक इन लोगों के पास पहनने के लिए कपड़ा और खाने के लिए अन्न नहीं हो जाता। हम में और आप में ज़्यादा समझ होने की आशा की जाती है। अतः हमें अपनी ज़रूरतों का नियमन करना चाहिए और स्वेच्छापूर्वक अमुक अभाव भी सहना चाहिए, जिससे कि गरीबों का पालन-पोषण हो सके, उन्हें कपड़ा और अन्न मिल सके।

—स्पीचेज़ एण्ड राइटिंग ऑफ महात्मा गांधी, पृष्ठ 384

मुझे स्वीकार करना चाहिए कि मैं अर्थविद्या और नीतिविद्या में न सिर्फ कोई स्पष्ट भेद नहीं करता, बल्कि भेद ही नहीं करता। जिस अर्थविद्या से व्यक्ति या राष्ट्र के नैतिक कल्याण को हानि पहुंचती हो, उसे मैं अनीतिमय और इसलिए पापपूर्ण कहूंगा। उदाहरण के लिए, जो अर्थविद्या किसी देश को किसी दूसरे देश का शोषण करने की अनुमति देती है वह अनैतिक है। जो मज़दूरों को योग्य मेहनताना नहीं देते और उनके परिश्रम का शोषण करते हैं, उनसे वस्तुएं खरीदना या उन वस्तुओं का उपयोग करना पापपूर्ण है।

—यंग इंडिया, 13--10--21

मेरी राय में भारत की—न सिर्फ भारत की बल्कि सारी दुनिया की—अर्थरचना ऐसी होनी चाहिए कि किसी को भी अन्न और वस्त्र के अभाव की तकलीफ न सहनी पड़े। दूसरे शब्दों में हरएक को इतना काम अवश्य मिल जाना चाहिए कि वह अपने खाने-पहनने की ज़रूरतें पूरी कर सके। और यह आदर्श निरपवाद रूप से तभी कार्यान्वित किया जा सकता है जब जीवन की प्राथमिक आवश्यकताओं के उत्पादन के साधन जनता के नियंत्रण में रहें। वे हरएक को बिना किसी बाधा के उसी तरह उपलब्ध होने चाहिए जिस तरह

कि भगवान की दी हुई हवा और पानी हमें उपलब्ध हैं; किसी भी हालत में वे दूसरों के शोषण के लिए चलाए जानेवाले व्यापार का वाहन न बनें। किसी भी देश, राष्ट्र या समुदाय का उनपर एकाधिकार अन्यायपूर्ण होगा। हम आज न केवल अपने इस दुखी देश में बल्कि दुनिया के दूसरे हिस्से में भी जो गरीबी देखते हैं, उसका कारण इस सरल सिद्धान्त की उपेक्षा ही है।

—यंग इंडिया, 15--11--28

जिस तरह सच्चे नीतिधर्म में और अच्छे अर्थशास्त्र में कोई विरोध नहीं होता, उसी तरह सच्चा अर्थशास्त्र कभी भी नीतिधर्म के ऊंचे से ऊंचे आदर्श का विरोधी नहीं होता। जो अर्थशास्त्र धन की पूजा करना सिखाता है और बलवानों को निर्बलों का शोषण करके धन का संग्रह करने की सुविधा देता है, उसे शास्त्र का नाम नहीं दिया जा सकता। वह तो एक झूठी चीज़ है, जिससे हमें कोई लाभ नहीं हो सकता। उसे अपनाकर हम मृत्यु को न्यौता देंगे। सच्चा अर्थशास्त्र तो सामाजिक न्याय की हिमायत करता है; वह समान भाव से सबकी भलाई का— जिनमें कमज़ोर भी शामिल हैं—प्रयत्न करता है और सभ्यजनोचित सुन्दर जीवन के लिए अनिवार्य है।

—हरिजन, 6--10--37

रचनात्मक काम का यह अंग अहिंसापूर्ण स्वराज्य की मुख्य चाबी है। आर्थिक समानता के लिए काम करने का मतलब है, पूंजी और मज़दूरी के बीच के झगड़ों को हमेशा के लिए मिटा देना। इसका अर्थ यह होता है कि एक ओर से जिन मुट्ठीभर पैसेवाले लोगों के हाथ में राष्ट्र की सम्पत्ति का बड़ा भाग इकट्ठा हो गया है, उनकी सम्पत्ति को कम करना और दूसरी ओर से जो करोड़ों लोग अधपेट खाते और नंगे रहते हैं, उनकी सम्पत्ति में वृद्धि करना। जब तक मुट्ठीभर धनवानों और करोड़ों भूखे रहनेवालों के बीच बेइन्तहा अन्तर बना रहेगा, तब तक अहिंसा की बुनियाद पर चलनेवाली राज्य-व्यवस्था कायम नहीं हो सकती। आज़ाद हिन्दुस्तान में देश के बड़े से बड़े धनवानों के हाथ में हुकूमत का जितना हिस्सा रहेगा, उतना ही गरीबों के हाथ में भी होगा; और तब नई दिल्ली के महलों और उनकी बगल में बसी हुई गरीब मज़दूर-बस्तियों के टूटे-फूटे झोंपड़ों के बीच जो दर्दनाक फ़र्क आज नज़र आता है वह एक दिन को भी नहीं टिकेगा। अगर धनवान लोग अपने धन को और उसके कारण मिलनेवाली सत्ता को खुद राज़ी-खुशी से छोड़कर और सबके कल्याण

के लिए सबके साथ मिलकर बरतने को तैयार न होंगे, तो यह तय समझिए कि हमारे देश में हिंसक और खूंख्वार क्रांति हुए बिना न रहेगी। ट्रस्टीशिप या सरपरस्ती के मेरे सिद्धांत का बहुत मज़ाक उड़ाया गया है, फिर भी मैं उसपर कायम हूं। यह सच है कि उस तक पहुंचने यानी उसका पूरा-पूरा अमल करने का काम कठिन है। क्या अहिंसा की भी यही हालत नहीं है ? फिर भी 1920 में हमने यह सीधी चढ़ाई चढ़ने का निश्चय किया था।

—रचनात्मक कार्यक्रम, पृष्ठ 40--41

यदि भारत को अपना विकास अहिंसा की दिशा में करना है, तो उसे बहुत-सी चीज़ों का विकेन्द्रीकरण करना पड़ेगा। विकेन्द्रीकरण किया जाए तो फिर उसे कायम रखने के लिए और उसकी रक्षा के लिए हिंसाबल अनिवार्य है। जिनमें चोरी करने से लूटने के लिए कुछ है ही नहीं ऐसे सादे घरों की रक्षा के लिए पुलिस की ज़रूरत नहीं होती। लेकिन धनवानों के महलों के लिए अवश्य बलवान पहरेदार चाहिए, जो डाकुओं से उनकी रक्षा करें। यही बात बड़े-बड़े कारखानों की है। गांवों को मुख्य मानकर जिस भारत का निर्माण होगा उसे शहर-प्रधान भारत की अपेक्षा-शहर—प्रधान भारत जल, स्थल और वायु-सेनाओं से सुसज्जित होगा तो भी—विदेशी आक्रमण का कम खतरा रहेगा।

—हरिजन, 30--12--39

आज तो बहुत ज़्यादा और इसलिए बहुत भद्दी आर्थिक असमानता है। समाजवाद का आधार आर्थिक समानता है। अन्यायपूर्ण असमानताओं की इस हालत में, जहां चंद लोग मालामाल हैं और सामान्य प्रजा को भरपेट खाना भी नसीब नहीं होता, रामराज्य कैसे हो सकता है ?

—हरिजन, 1--6--47

साधन और साध्य

जीवन के मेरे तत्त्वज्ञान में साधन और साध्य पर्यायवाची शब्द हैं ; दोनों एक-दुसरे का स्थान ले सकते हैं।

—यंग इंडिया, 26 दिसम्बर' 24

लोग कहते हैं, "साधन आखिर साधन ही हैं।" मैं कहूंगा : "साधन ही आखिर सब कुछ हैं।" जैसे साधन होंगे वैसा ही साध्य होगा। साधन और साध्य के बीच दोनों को अलग करनेवाली कोई दीवार नहीं है। बेशक,

सरजनहार प्रभु ने साधनों पर नियंत्रण करने की शक्ति हमें दी है (वह भी अत्यन्त सीमित मात्रा में), परन्तु साध्य पर नियंत्रण रखने की कोई शक्ति नहीं दी है। लक्ष्य की सिद्धि ठीक साधनों की सिद्धि के अनुपात में ही होती है। यह एक ऐसा सिद्धान्त है जिसमें अपवाद की कोई गुंजाइश ही नहीं है।

—सिलेक्शन्स फ्रॉम गांधी

अहिंसा और सत्य ऐसे ओतप्रोत—तानेबाने की तरह एक-दूसरे में मिले हुए हैं, जैसे सिक्के के दो रुख या चिकनी चकती के दो पहलू। उनमें उलटा कौन-सा और सीधा कौन-सा, यह कौन कह सकता है ? फिर भी अहिंसा को हम साधन मानें और सत्य को साध्य। साधन हमारे बस की बात है, इसलिए अहिंसा परम धर्म हुई और सत्य परमेश्वर हुआ। साधन की चिन्ता हम करते रहेंगे, तो साध्य के दर्शन किसी न किसी दिन ज़रूर करेंगे। इतना निश्चय किया कि जग जीत लिया। हमारे मार्ग में चाहे जो संकट आएं, बाह्य दृष्टि से देखने पर हमारी चाहे जितनी हार होती दिखाई दे, तो भी हम विश्वास को न छोड़ते हुए केवल एक ही मंत्र का जाप करें—सत्य है। वही है। वही एक परमेश्वर है।

—मंगल प्रभात

मैं यह नहीं मानता कि हिंसात्मक छोटे रास्तों में सफलता मिलती है।... मैं ऊंचे उद्देश्यों की चाहे जितनी प्रशंसा करूं और उनके साथ चाहे जितनी सहानुभूति दिखलाऊं, किन्तु श्रेष्ठ से श्रेष्ठ कार्य के लिए भी मैं हिंसात्मक पद्धति का दृढ़ विरोधी हूं। अतएव हिंसावादियों के और मेरे बीच मेल की वास्तव में कोई गुंजाइश ही नहीं है। इतना होने पर भी मेरा अहिंसा-धर्म मुझे अराजकतावादियों के साथ और अन्य सभी हिंसावादियों के साथ सम्पर्क रखने से न केवल रोकता नहीं है, बल्कि संपर्क रखने के लिए मजबूर करता है। किन्तु यह संपर्क केवल इसी आशय से है कि मैं उस राह से उन्हें बचाऊं, जो मुझे गलत दिखाई देती है। क्योंकि मुझे अपने अनुभव से यह विश्वास हो गया है कि शाश्वत कल्याण असत्य और हिंसा का फल कभी हो ही नहीं सकता। यदि मेरा यह विश्वास केवल एक भ्रम ही हो, तो भी लोग यह स्वीकार करेंगे कि यह एक मनोहारी भ्रम है।

—हिन्दी नवजीवन, 14 दिसम्बर' 24

आप मानते हैं कि साधन और साध्य के बीच कोई सम्बन्ध नहीं है ; यह बहुत बड़ी भूल है। इस भूल के कारण, जो लोग धार्मिक माने गए हैं उन्होंने घोर

कृत्य किए हैं। यह तो धतूरे का पौधा बोकर मोगरे के फूल पाने की इच्छा करने जैसे हुआ। मेरे लिए तो समुद्र को पार करने का साधन जहाज़ ही हो सकता है। अगर मैं पानी में बैलगाड़ी को डाल दूं, तो वह गाड़ी और मैं दोनों समुद्र के तल में पहुंच जाएंगे। जैसे देव वैसी पूजा—यह वाक्य खूब सोचने लायक है। इसका गलत अर्थ करके लोग भुलावे में पड़ गए हैं। साधन बीज है और साध्य—प्राप्य वस्तु—पेड़ है। इसलिए जितना सम्बन्ध बीज और पेड़ के बीच है उतना ही साधन और साध्य के बीच है। शैतान को भजकर मैं ईश्वर भजन का फल पाऊं, यह कभी हो ही नहीं सकता। इसलिए यह कहना कि हमें तो ईश्वर को ही भजना है, साधन भले ही शैतान हो, बिलकुल अज्ञान की बात है। जैसी करनी वैसी भरनी।

—हिन्द स्वराज्य, पृष्ठ 55--56

आत्मशुद्धि का आध्यात्मिक शस्त्र, जो अदृश्य होता है, अपने आस-पास के वायुमंडल में क्रांति उत्पन्न करने तथा बाहरी बंधनों को ढीला करने का अत्यन्त शक्तिशाली साधन है। वह सूक्ष्म और अदृश्य रूप में काम करता है ; वह एक तीव्र प्रक्रिया है, यद्यपि वह बहुधा थकानेवाली और लम्बी प्रक्रिया मालूम हो सकती है। वह मुक्ति का सीधे से सीधा, अत्यन्त निश्चित और अत्यन्त त्वरित मार्ग है और उसके लिए कोई भी प्रयत्न बहुत बड़ा नहीं कहा जा सकता। उसके लिए आवश्यकता है श्रद्धा की—वह श्रद्धा जो पर्वत की तरह अचल है और जो किसी भी चीज़ से हार नहीं मानती।

—सिलेक्शन्स फ्रॉम गांधी

मेरे अपने देशवासियों के कष्टों को रोकने के बनिस्बत मानव-स्वभाव को पशु की तरह क्रूर और निर्दय बनने से रोकने की मुझे अधिक चिंता है। मैं जानता हूं कि जो लोग स्वेच्छा से कष्ट। सहते हैं। वे अपने-आपको और संपूर्ण मानव-जाति को ऊंचा उठाते हैं। लेकिन मैं यह भी जानता हूं कि जो लोग अपने विरोधियों पर विजय पाने या कमज़ोर राष्ट्रों अथवा कमज़ोर मनुष्यों का शोषण करने के अविचारी प्रयत्न में पशुओं की तरह क्रूर बन जाते हैं, वे न सिर्फ अपने को नीचे गिराते हैं बल्कि सारी मानव-जाति को नीचे गिराते हैं। और मानव स्वभाव को क्रूरता के दलदल में फंसा हुआ देखना मेरे लिए या अन्य किसी के लिए आनंद की बात नहीं हो सकती। अगर हम सब मानव उसी ईश्वर की संतान हैं और हम सबमें वही दिव्य तत्त्व है, तो हमें हर आदमी के पाप में भागीदार बनना चाहिए-फिर वह हमारी जाति का आदमी हो या अन्य किसी जाति का

आदमी हो। आप समझ सकते हैं कि किसी भी मानव के भीतर पशु को उभाड़ना कितना घृणित कार्य है ; तब फिर अंग्रेज़ों के भीतर—जिनमें मेरे अनेक मित्र हैं—पशु को उभाड़ना तो कितना अधिक घृणित कार्य होगा।

—सिलेक्शन्स फ्रॉम गांधी

संरक्षकता का सिद्धान्त

फर्ज़ कीजिए कि विरासत के या उद्योग-व्यवसाय के द्वारा मुझे प्रचुर सम्पत्ति मिल गई। तब मुझे यह जानना चाहिए कि वह सब सम्पत्ति मेरी नहीं है, बल्कि मेरा तो उसपर इतना ही अधिकार है कि जिस तरह दूसरे लाखों आदमी गुज़र करते हैं उसी तरह मैं भी इज़्ज़त के साथ अपना गुज़र भर करूं। मेरी शेष सम्पत्ति पर राष्ट्र का हक है और उसी के हितार्थ उसका उपयोग होना आवश्यक है। इस सिद्धान्त का प्रतिपादन मैंने तब किया था, जबकि ज़मींदारों और राजाओं की सम्पत्ति के सम्बन्ध में समाजवादी सिद्धान्त देश के सामने आया था। समाजवादी इन सुविधा-प्राप्त वर्गों को खतम कर देना चाहते हैं, जब कि मैं यह चाहता हूं कि वे (ज़मींदार और राजा-महाराजा) अपने लोभ और सम्पत्ति के बावजूद उन लोगों के समकक्ष बन जाएं जो मेहनत करके रोटी कमाते हैं। मज़दूरों को भी महसूस करना होगा कि मज़दूर का काम करने की शक्ति पर जितना अधिकार है, मालदार आदमी का अपनी सम्पत्ति पर उससे भी कम है।

यह दूसरी बात है कि इस तरह के सच्चे ट्रस्ट्री कितने हो सकते हैं। अगर सिद्धान्त ठीक हैं, तो यह बात गौण है कि उनका पालन अनेक लोग कर सकते हैं या केवल एक ही आदमी कर सकता है। यह प्रश्न आत्मविश्वास का है। अगर आप अहिंसा के सिद्धान्त को स्वीकार करें, तो आपको उसके अनुसार आचरण करने की कोशिश करनी चाहिए, चाहे उसमें आपको सफलता मिले या असफलता। आप यह तो कह सकते हैं। कि इसपर अमल करना मुश्किल है, लेकिन इस सिद्धान्त में ऐसी कोई बात नहीं है जिसके लिए यह कहा जा सके कि वह बुद्धिग्राह्य नहीं है।

—हरिजनसेवक, 3--6--39

आप कह सकते हैं कि ट्रस्टीशिप तो कानून-शास्त्र की एक कल्पना-मात्र है ; व्यवहार में उसका कहीं कोई अस्तित्व दिखाई नहीं पड़ता। लेकिन यदि लोग उसपर सतत विचार करें और उसे आचरण में उतारने की कोशिश भी करते रहें, तो मनुष्य-जाति के जीवन की नियामक शक्ति के रूप में प्रेम आज जितना

प्रभावशाली दिखाई देता है, उससे कहीं अधिक दिखाई पड़ेगा। बेशक, पूर्ण ट्रस्टीशिप तो यूक्लिड की बिन्दु की व्याख्या की तरह एक कल्पना ही है और उतनी ही अप्राप्य भी है। लेकिन यदि उसके लिए कोशिश की जाए, तो दुनिया में समानता की स्थापना की दिशा में हम दूसरे किसी उपाय से जितनी दूर तक जा सकते हैं, उसके बजाय इस उपाय से ज़्यादा दूर तक जा सकेंगे।...मेरा दृढ़ निश्चय है कि यदि राज्य ने पूंजीवाद को हिंसा के द्वारा दबाने की कोशिश की, तो वह खुद ही हिंसा के जाल में फंस जाएगा और फिर कभी भी अहिंसा का विकास नहीं कर सकेगा। राज्य हिंसा का एक केन्द्रित और संघटित रूप ही है। व्यक्ति में आत्मा होती है, परन्तु चूंकि राज्य एक जड़ यंत्रमात्र है इसलिए उसे हिंसा से कभी नहीं छुड़ाया जा सकता, क्योंकि हिंसा से ही तो उसका जन्म होता है। इसीलिए मैं ट्रस्टीशिप के सिद्धान्त को तरजीह देता हूं। यह डर हमेशा बना रहता है कि कहीं राज्य उन लोगों के खिलाफ, जो उससे मतभेद रखते हैं, बहुत ज़्यादा हिंसा का उपयोग न करे। लोग यदि स्वेच्छा से ट्रस्टियों की तरह व्यवहार करने लगे, तो मुझे सचमुच बड़ी खुशी होगी। लेकिन यदि वे ऐसा न करें तो मेरा खयाल है कि हमें राज्य के द्वारा भरसक कम हिंसा का आश्रय लेकर उनसे उनकी सम्पत्ति ले लेनी पड़ेगी।... व्यक्तिगत तौर पर तो मैं यह चाहूंगा कि राज्य के हाथों में शक्ति का ज़्यादा केन्द्रीकरण न हो, उसके बजाय ट्रस्टीशिप की भावना का विस्तार हो। क्योंकि मेरी राय में राज्य की हिंसा की तुलना में वैयक्तिक मालिकी की हिंसा कम हानिकर है। लेकिन यदि राज्य की मालिकी अनिवार्य ही हो, तो मैं भरसक कम से कम राज्य की मालिकी की सिफारिश करूंगा।

—दि माडर्न रिव्यू, 1935, पृष्ठ 412

मेरा ट्रस्टीशिप का सिद्धान्त कोई ऐसी चीज़ नहीं है, जो काम निकालने के लिए आज घड़ लिया गया हो। अपनी मंशा छिपाने के लिए खड़ा किया गया आवरण तो वह हरगिज़ नहीं है। मेरा विश्वास है कि दूसरे सिद्धांत जब नहीं रहेंगे तब भी वह रहेगा। उसके पीछे तत्त्व-ज्ञान और धर्म के समर्थन का बल है। धन के मालिकों ने इस सिद्धान्त के अनुसार आचरण नहीं किया है, इस बात से यह सिद्ध नहीं होता कि वह सिद्धान्त झूठा है ; इससे धन के मालिकों की कमजोरी मात्र सिद्ध होती है। अहिंसा के साथ किसी दूसरे सिद्धान्त का मेल ही नहीं बैठता। अहिंसक मार्ग की खूबी यह है कि अन्यायी यदि अपना अन्याय दूर नहीं करता, तो वह अपना नाश खुद ही कर डालता

है, क्योंकि अहिंसक असहयोग के कारण या तो वह अपनी गलती देखने और सुधारने के लिए मजबूर हो जाता है या वह बिलकुल अकेला पड़ जाता है।

—हरिजन, 16--12--39

आम तौर पर धनवान—केवल धनवान ही क्यों, बल्कि ज़्यादातर लोग—इस बात का विशेष विचार नहीं करते कि वे पैसा किस तरह कमाते हैं। अहिंसक उपाय का प्रयोग करते हुए यह विश्वास तो होना ही चाहिए कि कोई आदमी कितना ही पतित क्यों न हो, यदि उसका इलाज कुशलतापूर्वक और सहानुभूति के साथ किया जाए तो उसे सुधारा जा सकता है। हमें मनुष्यों में रहनेवाले दैवी अंश को प्रभावित करना चाहिए और अपेक्षा करनी चाहिए कि उसका अनुकूल परिणाम निकलेगा। यदि समाज का हरएक सदस्य अपनी शक्तियों का उपयोग वैयक्तिक स्वार्थ साधने के लिए नहीं, बल्कि सबके कल्याण के लिए करे, तो क्या इससे समाज की सुख-समृद्धि में वृद्धि नहीं होगी ? हम ऐसी जड़ समानता का निर्माण नहीं करना चाहते, जिसमें कोई आदमी योग्यताओं का पूरा-पूरा उपयोग कर ही न सके। ऐसा समाज अन्त में नष्ट हुए बिना नहीं रह सकता। इसलिए मेरी यह सलाह बिलकुल ठीक है कि धनवान लोग चाहे करोड़ों रुपये कमाएं (बेशक, ईमानदारी से), लेकिन उनका उद्देश्य वह सारा पैसा सबके कल्याण में समर्पित कर देने का होना चाहिए। 'तेन त्यक्तेन भुजीथाः' मन्त्र में असाधारण ज्ञान भरा पड़ा है। मौजूदा जीवन-पद्धति की जगह, जिसमें हरएक आदमी पड़ोसी की परवाह किए बिना केवल अपने ही लिए जीता है, सर्व-कल्याणकारी नई जीवन-पद्धति का विकास करना हो, तो उसका सबसे निश्चित मार्ग यही है।

—हरिजन, 1--2--42

पंचायत राज

आज़ादी नीचे से शुरू होनी चाहिए। हरएक गांव में जमहूरी सल्तनत या पंचायत का राज होगा। उसके पास पूरी सत्ता और ताकत होगी। इसका मतलब यह है कि हरएक गांव को अपने पांव पर खड़ा होना होगा—अपनी ज़रूरतें खुद पूरी कर लेनी होंगी, ताकि वह अपना सारा कारोबार खुद चला सके। यहां तक कि वह सारी दुनिया के खिलाफ अपनी रक्षा खुद कर सके। उसे तालीम देकर इस हद तक तैयार करना होगा कि वह बाहरी हमले के मुकाबले में अपनी रक्षा करते

हुए मर-मिटने के लायक बन जाए। इस तरह आखिर हमारी बुनियाद व्यक्ति पर होगी। इसका यह मतलब नहीं कि पड़ोसियों पर या दुनिया पर भरोसा न रखा जाए ; या उनकी राज़ी-खुशी से दी हुई मदद न ली जाए। कल्पना यह है कि सब लोग आज़ाद होंगे और सब एक-दूसरे पर अपना असर डाल सकेंगे। जिस समाज का हरएक आदमी यह जानता है कि उसे क्या चाहिए और इससे भी बढ़कर जिसमें यह माना जाता है कि बराबरी की मेहनत करके भी दूसरों को जो चीज़ नहीं मिलती है वह खुद भी किसी को नहीं लेनी चाहिए, वह समाज ज़रूर ही बहुत ऊंचे दरजे की सभ्यतावाला होना चाहिए।

ऐसे समाज की रचना सत्य और अहिंसा पर ही हो सकती है। मेरी राय है कि जब तक ईश्वर पर जीता-जागता विश्वास न हो, तब तक सत्य और अहिंसा पर चलना असंभव है। ईश्वर या खुदा वह ज़िन्दा ताकत है, जिसमें दुनिया की तमाम ताकतें समा जाती हैं। वह किसी का सहारा नहीं लेती और दुनिया की दूसरी सब ताकतों के खत्म हो जाने पर भी कायम रहती हैं। इस जीती-जागती रोशनी पर, जिसने अपने दामन में सब कुछ लपेट रखा है, मैं यदि विश्वास न रखूं, तो मैं समझ न सकूंगा कि मैं आज किस तरह ज़िन्दा हूं।

ऐसा समाज अनगिनत गांवों का बना होगा। उसका फैलाव एक के ऊपर एक के ढंग पर नहीं, बल्कि लहरों की तरह एक के बाद एक की शक्ल में होगा। ज़िन्दगी मीनार की शक्ल में नहीं होगी, जहां ऊपर की तंग चोटी को नीचे के चौड़े पाये पर खड़ा होना पड़ता है। वहां तो समुद्र की लहरों की तरह ज़िन्दगी एक के बाद एक घेरे की शक्ल में होगी और व्यक्ति उसका मध्यबिन्दु होगा। यह व्यक्ति हमेशा अपने गांव की खातिर मिटने को तैयार रहेगा। गांव अपने इर्द गिर्द के गांवों के लिए मिटने को तैयार होगा। इस तरह आखिर सारा समाज ऐसे लोगों का बन जाएगा, जो उद्धत बनकर कभी किसी पर हमला नहीं करते, बल्कि हमेशा नम्र रहते हैं और अपने में समुद्र की उस शान को महसूस करते हैं जिसके वे एक ज़रूरी अंग हैं।

इसलिए सबसे बाहर का घेरा या दायरा अपनी ताकत का उपयोग भीतरवालों को कुचलने में नहीं करेगा, बल्कि उन सबको ताकत देगा और उनसे ताकत पाएगा। मुझे ताना दिया जा सकता है कि यह सब तो खयाली तसवीर है, इसके बारे में सोचकर वक्त क्यों बिगाड़ा जाए? युक्लिड की परिभाषा वाला बिन्दु कोई मनुष्य खींच नहीं सकता, फिर भी उसकी कीमत

हमेशा रही है और रहेगी। इसी तरह मेरी इस तसवीर की भी कीमत है। इसके लिए मनुष्य ज़िन्दा रह सकता है। अगरचे इस तसवीर को पूरी तरह बनाना या पाना संभव नहीं है तो भी इस सही तसवीर को पाना या इस हद तक पहुंचना हिन्दुस्तान की ज़िन्दगी का मकसद होना चाहिए। जिस चीज़ को हम चाहते हैं उसकी सही-सही तसवीर हमारे सामने होनी चाहिए, तभी हम उससे मिलती-जुलती कोई चीज़ पाने की आशा रख सकते हैं। अगर हिन्दुस्तान के हरएक गांव में कभी पंचायती राज कायम हुआ, तो मैं अपनी इस तसवीर की सचाई साबित कर सकूंगा—जिसमें सबसे पहला और सबसे आखिरी दोनों बराबर होंगे या यों कहिए कि न तो कोई पहला होगा, न आखिरी।

इस तसवीर में हरएक धर्म की अपनी पूरी और बराबर की जगह होगी। हम सब एक ही आलीशान पेड़ के पत्ते हैं। इस पेड़ की जड़ हिलाई नहीं जा सकती, क्योंकि वह पाताल तक पहुंची हुई है। ज़बरदस्त से ज़बरदस्त आंधी भी उसे हिला नहीं सकती।

इस तसवीर में उन मशीनों के लिए कोई जगह नहीं होगी जो मनुष्य की मेहनत की जगह लेकर कुछ लोगों के हाथों में सारी ताकत इकट्ठी कर देती हैं। सभ्य लोगों की दुनिया में मेहनत की अपनी अनोखी जगह है। उसमें ऐसी मशीनों की गुंजाइश होगी, जो हर आदमी को उसके काम में मदद पहुंचाएं। लेकिन मुझे कबूल करना चाहिए कि मैंने कभी बैठकर यह सोचा नहीं कि इस तरह की मशीन कैसी हो सकती है। सिलाई की सिंगर मशीन का खयाल मुझे आया था। लेकिन उसका ज़िक्र भी मैंने यों ही कर दिया था।अपनी इस तसवीर को पूर्ण बनाने के लिए मुझे उसकी ज़रूरत नहीं।

—हरिजनसेवक, 28--7--46

जब पंचायत राज स्थापित हो जाएगा तब लोकमत ऐसे भी अनेक काम कर दिखाएगा, जो हिंसा कभी नहीं कर सकती। ज़मीं दारों, पूंजीपतियों और राजाओं की मौजूदा सत्ता तभी तक चल सकती है, जब तक कि सामान्य जनता को अपनी शक्ति का भान नहीं होता। अगर लोग ज़मींदारी और पूंजीवाद की बुराई से सहयोग करना बन्द कर दें, तो वह पोषण के अभाव में खुद ही मर जाएगी। पंचायत राज में केवल पंचायत की आज्ञा मानी जाएगी और पंचायत अपने बनाए हुए कानून के द्वारा ही अपना कार्य करेगी।

—हरिजन, 1--7--47

शिक्षा

बुनियादी शिक्षा

बुनियादी शिक्षा की मंशा यह है कि गांव के बच्चों को सुधार-संवार कर उन्हें गांव का आदर्श बाशिन्दा बनाया जाए। इसकी योजना खासकर उन्हीं को ध्यान में रखकर तैयार की गई है। इस योजना की असल प्रेरणा भी गांवों से ही मिली है। जो कांग्रेस जन स्वराज्य की इमारत को बिलकुल उसकी नींव या बुनियाद से चुनना चाहते हैं, वे देश के बच्चों की उपेक्षा कर ही नहीं सकते। परदेशी हुकूमत चलाने वालों ने, अनजाने ही क्यों न हो, शिक्षा के क्षेत्र में अपने काम की शुरुआत बिना चूके बिलकुल छोटे बच्चों से की है। हमारे यहां जिसे प्राथमिक शिक्षा कहा जाता है, वह तो एक मज़ाक है ; उसमें गांवों में बसनेवाले हिन्दुस्तान की ज़रूरतों और मांगों का ज़रा भी विचार नहीं किया गया है ; और वैसे देखा जाए तो उसमें शहरों का भी कोई विचार नहीं हुआ है। बुनियादी तालीम हिन्दुस्तान के तमाम बच्चों को, फिर वे गांवों के रहनेवाले हों या शहरों के, हिन्दुस्तान के सभी श्रेष्ठ और स्थायी तत्त्वों के साथ जोड़ देती है। यह तालीम बालक के मन और शरीर दोनों का विकास करती है ; बालक को अपने वतन के साथ जोड़ रखती है ; उसे अपने और देश के भविष्य का गौरवपूर्ण चित्र दिखाती है ; और उस चित्र में देखे हुए भविष्य के हिन्दुस्तान का निर्माण करने में बालक या बालिका अपने स्कूल जाने के दिन से ही हाथ बंटाने लगें, इसका इन्तज़ाम करती है।

—रचनात्मक कार्यक्रम, पृष्ठ 28--29

बुनियादी शिक्षा का उद्देश्य दस्तकारी के माध्यम से बालकों का शारीरिक, बौद्धिक और नैतिक विकास करना है। लेकिन मैं मानता हूं कि कोई भी पद्धति, जो शैक्षणिक दृष्टि से सही हो और जो अच्छी तरह चलाई जाए, आर्थिक दृष्टि से भी उपयुक्त सिद्ध होगी। उदाहरण के लिए, हम अपने बच्चों को मिट्टी के खिलौने बनाना भी सिखा सकते हैं, जो बाद में तोड़कर फेंक दिए जाते हैं। इससे भी उनकी बुद्धि का विकास तो होगा। लेकिन इसमें इस महत्त्वपूर्ण नैतिक सिद्धांत की उपेक्षा होती है कि मनुष्य के श्रम और साधन-सामग्री का अपव्यय कदापि न होना चाहिए। उनका अनुत्पादक उपयोग कभी नहीं करना चाहिए। अपने जीवन के प्रत्येक क्षण का सदुपयोग ही होना चाहिए, इस सिद्धांत के पालन का आग्रह

नागरिकता के गुण का विकास करने वाली सर्वोत्तम शिक्षा है, साथ ही इससे बुनियादी तालीम स्वावलम्बी भी बनती है।

—हरिजन, 6--4--40

यहां हम बुनियादी तालीम के खास-खास सिद्धान्तों पर विचार करें :

1. पूरी शिक्षा स्वावलम्बी होनी चाहिए। यानी, आखिर में पूंजी को छोड़कर अपना सारा खर्च उसे खुद देना चाहिए।

2. इसमें आखिरी दरजे तक हाथ का पूरा-पूरा उपयोग किया जाए। यानी, विद्यार्थी अपने हाथों से कोई न कोई उद्योग-धंधा आखिर दरजे तक करें।

3. सारी तालीम विद्यार्थियों की प्रान्तीय भाषा द्वारा दी जानी चाहिए।

4. इसमें साम्प्रदायिक धार्मिक शिक्षा के लिए कोई जगह नहीं होगी। लेकिन बुनियादी नैतिक तालीम के लिए काफी गुंजाइश होगी।

5. यह तालीम, फिर उसे बच्चे लें या बड़े, औरतें ले या मर्द, विद्यार्थियों के घरों में पहुंचेगी।

6. चूंकि इस तालीम को पानेवाले लाखों-करोड़ों विद्यार्थी अपने-आपको सारे हिन्दुस्तान के नागरिक समझेंगे, इसलिए उन्हें एक अंतर-प्रांतीय भाषा सीखनी होगी। सारे देश की यह एक भाषा नागरी या उर्दू में लिखी जानेवाली हिन्दुस्तानी ही हो सकती है। इसलिए विद्यार्थियों को दोनों लिपियां अच्छी तरह सीखनी होंगी।

—हरिजन, 2--11--47

हमारे जैसे गरीब देश में हाथ की तालीम जारी करने से दो हेतु सिद्ध होंगे। उससे हमारे बालकों की शिक्षा का खर्च निकल आएगा और वे ऐसा धन्धा सीख लेंगे जिसका अगर वे चाहें तो उत्तर-जीवन में अपनी जीविका के लिए सहारा ले सकते हैं। इस पद्धति से हमारे बालक आत्म-निर्भर अवश्य हो जाएंगे। राष्ट्र को कोई चीज़ें इतना कमज़ोर नहीं बनाएंगी, जितना यह बात कि हम श्रम का तिरस्कार करना सीखें।

—यंग इंडिया 1--6--21

उच्च शिक्षा

मैं कालेज की शिक्षा में कायापलट करके उसे राष्ट्रीय आवश्यकताओं के अनुकूल बनाऊंगा। यन्त्रविद्या के तथा अन्य इंजीनियरों के लिए डिग्रियां

होंगी। वे भिन्न-भिन्न उद्योगों के साथ जोड़ दिए जाएंगे और उन उद्योगों को जिन स्नातकों की ज़रूरत होगी उनके प्रशिक्षण का खर्च वे उद्योग ही देंगे। इस प्रकार टाटा वालों से आशा की जाएगी कि वे राज्य की देखरेख में इंजीनियरों को तालीम देने के लिए एक कालेज चलाएं। इसी तरह मिलों के संघ अपनी ज़रूरतों के स्नातकों को तालीम देने के लिए अपना कालेज चलाएंगे।

इसी तरह और उद्योगों के नाम लिए जा सकते हैं। वाणिज्य-व्यवसायवालों का अपना कालेज होगा। अब रह जाते हैं कला, औषधि और खेती। कई खानगी कला-कालेज आज भी स्वावलम्बी हैं। इसलिए राज्य ऐसे कालेज चलाना बन्द कर देगा। डाक्टरी के कालेज प्रामाणिक अस्पतालों के साथ जोड़ दिए जाएंगे। चूंकि ये धनवानों में लोकप्रिय हैं, इसलिए उनसे आशा रखी जाती है कि वे स्वेच्छा से दान देकर डाक्टरी के कालेजों को चलाएंगे। कृषि-कालेज तो अपने नाम को सार्थक करने के लिए स्वावलम्बी होने ही चाहिए। मुझे कुछ कृषि-स्नातकों का दु:खद अनुभव है। उनका ज्ञान ऊपरी होता है। उनमें व्यावहारिक अनुभव की कमी होती है। परन्तु यदि वे देश की ज़रूरतों के अनुसार चलनेवाले और स्वावलम्बी खेतों पर तालीम ले, तो उन्हें अपनी डिग्रियां लेने के बाद और अपने मालिकों के खर्च पर तजरुबा हासिल नहीं करना पड़ेगा।

—हरिजन 31–7–37

राज्य के विश्वविद्यालय खालिस परीक्षा लेनेवाली संस्थाएं रहें और वे अपना खर्च परीक्षा-शुल्क से निकाल लिया करें।

विश्वविद्यालय शिक्षा के सारे क्षेत्र की देखरेख रखेंगे और शिक्षा के विभिन्न विभागों के पाठ्यक्रम तैयार करके उन्हें मंज़ूरी देंगे। कोई खानगी स्कूल अपने-अपने विश्वविद्यालयों से पूर्व-स्वीकृति लिए बिना नहीं चलाए जाने चाहिए। विश्वविद्यालय के स्वीकृति-पत्र प्रमाणित योग्यतावाले और प्रामाणिक व्यक्तियों की किसी भी संस्था को उदारतापूर्वक दिए जाने चाहिए। और हमेशा यह समझकर चला जाएगा कि विश्वविद्यालयों का राज्य पर कोई खर्च नहीं पड़ेगा। उसे सिर्फ एक केन्द्रीय शिक्षा-विभाग का खर्च ही उठाना होगा।

—हरिजन, 2–10–37

प्रान्तों में नये विश्वविद्यालय कायम करने की लोगों पर सनक-सी सवार हो गई मालूम होती है। गुजरात गुजराती के लिए, महाराष्ट्र मराठी के लिए, कर्नाटक कन्नड़ के लिए, उड़िसा उडिया के लिए और आसाम असमी

के लिए विश्वविद्यालय चाहता है। मैं अवश्य मानता हूं कि अगर इन सम्पन्न प्रान्तीय भाषाओं और उन्हें बोलनेवाले लोगों की पूरी उन्नति करनी हो तो ये विश्वविद्यालय होने चाहिए।

साथ ही मुझे डर है कि इस लक्ष्य को पूरा करने में हम अनुचित जल्दबाज़ी कर रहे हैं। इसके लिए पहला कदम प्रांतों का भाषावार राजनीतिक बंटवारा होना चाहिए। उनका शासन अलग हो जाएगा तो स्वाभाविक तौर पर जहां विश्वविद्यालय नहीं हैं वहां वे कायम हो जाएंगे।

नये विश्वविद्यालयों के लिए उचित पृष्ठभूमि होनी चाहिए। विश्वविद्यालय हों, उसके पहले उनका पोषण करनेवाले स्कूल और कालेज होने चाहिए, जहां अपनी-अपनी प्रान्तीय भाषाओं के माध्यम से शिक्षा दी जाए। तभी विश्वविद्यालयों का आवश्यक वातावरण खड़ा हुआ माना जा सकता है। विश्वविद्यालय चोटी पर होता है। शानदार चोटी तभी कायम रह सकती है जब बुनियाद अच्छी हो।

हम राजनीतिक दृष्टि से तो स्वतन्त्र हो गए, परन्तु पश्चिम के सूक्ष्म प्रभाव से मुक्त नहीं हुए हैं। मुझे उस विचारधारा के राजनीतिज्ञों से कुछ नहीं कहना है, जो यह मानते हैं कि ज्ञान पश्चिम से ही आ सकता है। मैं इस विश्वास से भी सहमत नहीं हूं कि पश्चिम से कोई अच्छी बात नहीं मिल सकती। मगर मुझे यह डर ज़रूर है कि अभी तक इस मामले में हम किसी निर्णय पर नहीं पहुंच सके हैं। आशा है कोई यह दावा नहीं करेगा कि चूंकि हमें विदेशी प्रभुता से राजनीतिक मुक्ति मिल गई मालूम होती है, सिर्फ इसलिए हम विदेशी भाषा और विदेशी विचारों के प्रभाव से भी मुक्त हो गए हैं। क्या यह बुद्धिमानी नहीं है, क्या देश के प्रति हमारे कर्तव्य की यह मांग नहीं है कि नये विश्वविद्यालय खड़े करने से पहले हम ज़रा सुस्ताकर अपनी नवप्राप्त स्वतन्त्रता के प्राणवायु से अपने फेफड़ों को भर लें ? विश्वविद्यालय को बहुत-सी शानदार इमारतों और सोने-चांदी के खज़ाने की कभी आवश्यकता नहीं होती। उसे सबसे ज़्यादा ज़रूरत लोकमत द्वारा समझकर दिए गए सहारे की रहती है। उसके पास शिक्षकों का एक बड़ा भण्डार होना चाहिए। उसके संस्थापक दूरदर्शी होने चाहिए।

मेरी राय में विश्वविद्यालयों की स्थापना के लिए रुपया जुटाना लोकतांत्रिक राज्य का काम नहीं है। लोगों को उनकी ज़रूरत होगी तो वे आवश्यक पैसा खुद

जुटा लेंगे। इस प्रकार स्थापित विश्वविद्यालय देश के भूषण होंगे। जहां शासन विदेशियों के हाथों में होता है, वहां लोगों को जो कुछ मिलता है वह सब ऊपर से आता है और इस प्रकार वे अधिकाधिक पराधीन हो जाते हैं। जहां उसका आधार जनता की इच्छा पर होता है और इसलिए व्यापक होता है, वहां हर चीज़ नीचे से उठती है और इसलिए टिकती है। वह दीखने में भी अच्छी होती है और लोगों को शक्ति देती है। ऐसी लोकतांत्रिक योजना में विद्या-प्रचार में लगाया हुआ रुपया लोगों को दस गुना लाभ पहुंचाता है, जैसे अच्छी ज़मीन में बोया हुआ बीज बढ़िया फसल देता है। विदेशी प्रभुता के अधीन कायम किए गए विश्वविद्यालय उलटी दिशा में चले हैं। शायद दूसरा कोई परिणाम हो भी नहीं सकता था। इसलिए जब तक भारतवर्ष अपनी नवप्राप्त स्वतन्त्रता को पचा न ले, विश्वविद्यालय कायम करने के बारे में हर दृष्टि से सावधान रहना चाहिए।

—हरिजन, 2–11–47

प्रौढ़ शिक्षा

अगर बड़ी उमर के स्त्री-पुरुषों को तालीम देने या पढ़ाने का काम मेरे ज़िम्मे हो, तो मैं अपने विद्यार्थियों को अपने देश के विस्तार और उसकी महत्ता का बोध कराकर उनकी पढ़ाई शुरू करूं। हमारे देहातियों के खयाल में उनका गांव ही उनका समूचा देश होता है। जब वे किसी दूसरे गांव को जाते हैं तो इस तरह बात करते हैं, मानो उनका अपना गांव ही उनका समूचा देश या वतन हो। 'हिन्दुस्तान' तो उनके खयाल से भूगोल की किताबों में बरता जानेवाला एक शब्द मात्र है। हमारे गांवों में कितना घोर अज्ञान घुसा हुआ है, इसका हमें अंदाज़ भी नहीं है। हमारे देहाती भाई और बहन नहीं जानते कि इस देश में जो विदेशी हुकूमत चल रही है, उसका देश पर कितना बुरा असर हुआ है।...वे नहीं जानते कि इस हुकूमत के पंजे से, इसकी बला से, कैसे छूटा जाए। फिर, उन्हें इस बात का भी तो खयाल नहीं है कि विदेशियों की जो हुकूमत यहां कायम है, उसका एक कारण उनकी अपनी कमज़ोरियां और खामियां भी हैं, और दूसरे, वे यह भी नहीं जानते कि इस परदेशी हुकूमत की बला को दूर करने की ताकत खुद उनमें है। इसलिए बड़ी उमर के अपने देशवासियों की शिक्षा का सबसे पहला अर्थ मैं यह करता हूं कि उन्हें ज़बानी तौर पर यानी सीधी बातचीत के ज़रिये सच्ची राजनीतिक तालीम दी जाए।...इस ज़बानी तालीम के साथ ही साथ लिखने-पढ़ने की तालीम भी चलेगी।

इसके लिए खास लियाकत की ज़रूरत है। इस सिलसिले में पढ़ाई के वक्त को भरसक कम करने के खयाल से कई तरीके आज़माए जा रहे हैं।

—रचनात्मक कार्यक्रम, पृष्ठ 30--31

जन-साधारण में फैली हुई व्यापक निरक्षरता भारत का कलंक है। वह मिटना ही चाहिए। बेशक, साक्षरता की मुहिम का आरम्भ और अन्त वर्णमाला के ज्ञान के साथ ही नहीं हो जाना चाहिए। वह उपयोगी ज्ञान के प्रचार के साथ-साथ चलनी चाहिए। लिखने-पढ़ने और अंकगणित का शुष्क ज्ञान देहातियों के जीवन का स्थायी अंग न आज है और न कभी हो सकता है। उन्हें ऐसा ज्ञान देना चाहिए जिसका उन्हें रोज़ उपयोग करना पड़े। वह उनपर थोपा नहीं जाना चाहिए। उसकी उन्हें भूख होनी चाहिए। आजकल उन्हें जो कुछ मिलता है। वह ऐसा है, जिसकी न तो उन्हें आवश्यकता है और न कदर है ग्राम-वासियों को गांव का गणित, गांव का भूगोल, गांव का इतिहास और साहित्य का वह ज्ञान सिखाइए जिसे उन्हें रोज़ काम में लेना पड़े, अर्थात् चिट्ठी-पत्री लिखना और पढ़ना बताइए। वे इस ज्ञान को जुटाकर रखेंगे और आगे की मंज़िलों की तरफ बढ़ेंगे। जिन पुस्तकों से उन्हें दैनिक उपयोग की कोई सामग्री नहीं मिलती, वे उनके लिए किसी काम की नहीं।

—हरिजन, 22--6--40

धार्मिक शिक्षा

...इसमें कोई शक नहीं कि सरकारी स्कूल-कालेजों से निकले हुए अधिकतर लड़के धार्मिक शिक्षण से कोरे ही होते हैं।...मैं जानता हूं कि इस विचारवाले लोग भी हैं कि सार्वजनिक स्कूलों में सिर्फ अपने-अपने विषयों की ही शिक्षा देना चाहिए। मैं यह भी जानता हूं कि हिन्दुस्तान जैसे देश में, जहां पर संसार के अधिकतर धर्मों के अनुयायी मिलते हैं और जहां एक ही धर्म के इतने भेद और उपभेद हैं, धार्मिक शिक्षण का प्रबन्ध करना कठिन होगा। लेकिन अगर हिन्दुस्तान को आध्यात्मिकता का दिवाला नहीं निकालना है, तो उसे धार्मिक शिक्षा को भी विषयों के शिक्षण के बराबर ही महत्त्व देना पड़ेगा। यह सच है कि धार्मिक पुस्तकों के ज्ञान की तुलना धर्म से नहीं की जा सकती। मगर जब हमें धर्म नहीं मिल सकता तो हमें अपने लड़कों और लड़कियों को उस से दूसरे नम्बर की बस्तु देने में ही संतोष मानना पड़ेगा।

और फिर स्कूलों में ऐसी शिक्षा दी जाए या नहीं, मगर सयाने लड़कों को तो जैसे और विषयों में वैसे धामिक विषय में भी स्वावलम्बन की आदत डालनी ही पड़ेगी। जैसे आज उनकी वाद-विवाद या चरखा-समितियां हैं वैसे ही वे धार्मिक वर्ग भी खोलें।

—हिन्दी नवजीवन, 25–8–27

मैं नहीं मानता कि सरकार मज़हबी तालीम से सम्बन्ध रख सकती है या उस तालीम को निभा सकती है। मेरा विश्वास है कि मज़हबी तालीम पूरी तरह से सिर्फ मज़हबी अंजुमनों का ही विषय होनी चाहिए। धर्म और नीति को मिलाना नहीं चाहिए। मेरे विश्वास के मुताबिक बुनियादी नीति सब धर्मों में एक ही है। बुनियादी नीति की तालीम देना बेशक सरकार का काम है। धर्म से मेरा मतलब बुनियादी नीति नहीं, बल्कि वह है जिसका सिक्का लगाकर अलग-अलग जमातें बनाई जाती हैं। हमने सरकारी मदद पानेवाले मज़हब और सरकारी मज़हब के बहुत नतीजे सहे हैं। जो समाज या समूह अपने धर्म की हिफाज़त के लिए किसी हद तक या पूरी तौर पर सरकारी मदद पर निर्भर रहता है, वह धर्म जैसी कोई चीज़ रखने का अधिकारी नहीं है, या यह कहना ज़्यादा ठीक होगा कि उसका कोई धर्म नहीं होता।

— हरिजनसेवक, 23--3--47

धार्मिक शिक्षा के पाठ्यक्रम में अपने सिवा दूसरे धर्मों के सिद्धांतों का अध्ययन भी शामिल होना चाहिए। इसके लिए विद्यार्थियों को ऐसी तालीम दी जानी चाहिए जिससे वे संसार के विभिन्न महान धर्मों के सिद्धान्तों को आदर और उदारतापूर्ण सहनशीलता की भावना रखकर समझने और उनकी कदर करने की आदत डालें। यह काम ठीक ढंग से किया जाए तो इससे उनकी आध्यात्मिक निष्ठा दृढ़ होगी और स्वयं अपने धर्म को अधिक अच्छी समझ प्राप्त करने में मदद मिलेगी। परन्तु एक नियम ऐसा है, जिसे सब महान धर्मों का अध्ययन करते समय हमेशा ध्यान में रखना चाहिए ; और वह यह है कि अलग-अलग धर्मों का अध्ययन उनके माने हुए भक्तों की रचनाओं के द्वारा ही करना चाहिए।

—यंग इंडिया, 6–12–28

स्वावलम्बी शिक्षा

यह सुझाव अकसर दिया गया है...कि यदि शिक्षा अनिवार्य करनी हो या

शिक्षाप्राप्ति की इच्छा रखनेवाले सब लड़के-लड़कियों के लिए उसे सुलभ बनाना हो, तो हमारे स्कूल और कालेज पूरे नहीं तो करीब-करीब स्वावलम्बी हो जाने चाहिए। दान, राजकीय सहायता अथवा विद्यार्थियों से ली जानेवाली फीस के द्वारा भी उन्हें स्वावलम्बी बनाया जा सकता है, लेकिन यहां वैसा स्वावलंबन इष्ट नहीं है। विद्यार्थियों को खुद कुछ वैसा काम करते रहना चाहिए, जिससे आर्थिक प्राप्ति हो और इस तरह स्कूल तथा कालेज स्वावलम्बी बनें। औद्योगिक तालीम को अनिवार्य बनाकर ही वैसा किया जा सकता है। विद्यार्थियों को साहित्यिक तालीम के साथ-साथ औद्योगिक तालीम भी मिलनी चाहिए, इस आवश्यकता के सिवा—और आजकल इस बात का महत्त्व अधिका-धिक स्वीकार किया जा रहा है—हमारे देश में तो औद्योगिक तालीम की आवश्यकता शिक्षा को स्वावलम्बी बनाने के लिए भी है। लेकिन यह तभी हो सकता है जब हमारे विद्यार्थी श्रम का गौरव अनुभव करना सीखें और हाथ-उद्योग के अज्ञान को अप्रतिष्ठा का चिह्न माना जाने लगे। अमरीका में, जो कि दुनिया का सबसे धनी देश है और इसलिए जहां शिक्षा को स्वावलम्बी बनाने की आवश्यकता कम से कम है, विद्यार्थी प्रायः अपनी पढ़ाई का पूरा अथवा आंशिक खर्च खुद कोई उद्योग करके निकालते हैं।...अगर अमरीका अपने स्कूल और कालेज इस तरह चलाता है कि विद्यार्थी अपनी पढ़ाई का खर्च खुद निकाल लिया करें, तो हमारे स्कूलों और कालेजों में तो इस बात की आवश्यकता और अधिक मानी जानी चाहिए। हम गरीब विद्यार्थियों को फीस की माफी आदि की सुविधा दें, उससे क्या यह ज़्यादा अच्छा नहीं होगा कि हम उनके लिए वैसा कोई काम दें जिसे करके वे अपना खर्च खुद निकाल लें ? भारतीय युवकों के मन में यह वहम भरकर कि अपनी जीविका अथवा पढ़ाई का खर्च कमाने के लिए हाथ-पांवों की मेहनत करना भद्रोचित नहीं है, हम उनका अपार अहित करते हैं। यह अहित नैतिक भी है और भौतिक भी है; तथा भौतिक की अपेक्षा नैतिक ज़्यादा है। फीस आदि की माफी धर्मबुद्धि रखनेवाले विद्यार्थी के मन पर आजीवन बोझ की तरह पड़ी रहती है, और ऐसा होना भी चाहिए। अपने उत्तर-जीवन में कोई इस बात का स्मरण करना पसन्द नहीं करता कि उसे अपनी शिक्षा के लिए दान का आधार लेना पड़ा था। लेकिन यदि उसने अपनी शिक्षा के लिए परिश्रमपूर्वक उद्योग किया हो और इस तरह अपनी पढ़ाई का खर्च निकालने के साथ-साथ अपनी बुद्धि, शरीर और आत्मा का विकास भी सिद्ध किया हो, तो ऐसा कौन है

जो अपने उन दिनों को गर्व से याद न करेगा ?

—यंग इंडिया, 2–8–28

पाठ्य पुस्तकें

इसमें कोई संदेह नहीं है कि आम स्कूलों में जो पुस्तकें खास तौर पर बच्चों के लिए इस्तेमाल की जाती हैं, वे जब हानिकारक नहीं होती हैं तो अधिकांश में निकम्मी अवश्य होती हैं। इससे इनकार नहीं किया जा सकता कि उनमें से बहुत-सी होशियारी के साथ लिखी जाती हैं। जिन लोगों और जिन परिस्थितियों के लिए वे लिखी जाती हैं, उनके लिए वे सबसे अच्छी भी हो सकती हैं। परन्तु वे भारतीय लड़कों और लड़कियों के लिए और भारतीय परिस्थितियों के लिए नहीं लिखी जातीं। जब वे इस तरह लिखी जाती हैं तो वे आम तौर पर अधकचरी नकल होती हैं और उनसे विद्यार्थियों की आवश्यकताएं पूरी नहीं होतीं।

इसलिए मैं इस नतीजे पर पहुंचा हूं कि पुस्तकों की आवश्यकता विद्यार्थियों की अपेक्षा शिक्षकों के लिए अधिक है। प्रत्येक शिक्षक को, यदि अपने विद्यार्थियों के प्रति वह पूरा न्याय करना चाहता है, उपलब्ध सामग्री से अपना दैनिक पाठ खुद तैयार करना होगा। इसे भी उसे अपनी कक्षा की विशेष आवश्यकताओं के अनुकूल बनाना होगा। सच्ची शिक्षा का काम शिक्षा पानेवाले लड़कों और लड़कियों के उत्तम गुणों को बाहर लाना है। यह काम विद्यार्थियों के दिमाग में अनाप-शनाप और अनचाही जानकारी ठूंस देने से कभी नहीं हो सकता। इस तरह की जानकारी एक जड़ बोझ बन जाती है, जो उनकी सारी मौलिकता को कुचल डालती है और उन्हें निरी मशीनें बना देती है।

—हरिजन, 1–12–33

अध्यापक

अध्यापक कैसे हों इस सम्बन्ध में मैं पुराने विचार का माननेवाला हूं कि उन्हें अध्यापन, अध्यापन-कार्य के लिए अपने अनिवार्य प्रेम के कारण ही करना चाहिए और इस कार्य से अपने जीवन-निर्वाह के लिए जितना आवश्यक हो उतना ही लेकर संतुष्ट रहना चाहिए। रोमन कैथलिकों में यह विचार अभी तक बचा रहा है और वे दुनिया की कुछ सर्वोत्तम संस्थाएं चला रहे हैं। प्राचीन भारतीय ऋषियों ने तो और भी ऊंचा आदर्श स्वीकार किया

था। वे विद्यार्थियों को अपने परिवार में ही शामिल कर लेते थे। लेकिन जो शिक्षा वे उन दिनों दिया करते थे वह सामान्य जनता के लिए नहीं थी। उन्होंने तो मनुष्य-जाति के सच्चे शिक्षकों की एक पूरी जाति का ही निर्माण कर दिया। सामान्य जनता को उसकी तालीम घरों में और अपने परम्परागत उद्योग-धंधों में मिलती थी। उन दिनों के लिए वह काफी अच्छी व्यवस्था थी। अब परिस्थितियां बदल गई हैं। साहित्यिक तालीम के लिए आम मांग है और यह मांग ज़ोरदार भी है। विशिष्ट वर्गों की शिक्षा पर जैसा ध्यान दिया जाता था, सामान्य लोग भी अब अपनी शिक्षा पर वैसा ही ध्यान चाहते हैं। यह बात कहां तक सम्भव है और मनुष्य-जाति के लिए कहां तक कल्याणकारी है, इस प्रश्न की चर्चा यहां नहीं हो सकती। लोगों में ज्ञान की इच्छा पैदा हो और वे उसकी मांग करें, इसमें कोई बुराई नहीं है। अगर इस इच्छा को उचित दिशा में मोड़ा गया तो उससे लाभ ही होगा। इसलिए अब हमें जो अनिवार्य है उसे टालने के लिए उपाय ढूंढ़ना छोड़कर इस स्थिति का अच्छे से अच्छा उपयोग करना चाहिए। इस काम के लिए हज़ारों शिक्षकों की आवश्यकता होगी और वे महज़ कहने से नहीं मिल जाएंगे। और न वे अपना जीवन-निर्वाह भीख मांगकर करेंगे। हमें उन्हें एक निश्चित वेतन देने की पूरी व्यवस्था करनी होगी। हमें शिक्षकों की मानो एक पूरी सेना ही लगेगी। उनके कार्य के महत्त्व और मूल्य के अनुसार उन्हें पैसा दिया जाए यह तो अशक्य है। राष्ट्र अपनी आर्थिक क्षमता के अनुसार ही उन्हें यथाशक्ति देगा। अलबत्ता, यह आशा रखी जा सकती है कि ज्यों-ज्यों लोग दूसरे धंधों के मुकाबले में इस कार्य के महत्व को समझेंगे, त्यों-त्यों वे उन्हें ज़्यादा पैसा देने को भी तैयार होंगे। लेकिन सम्भव है उनकी आय में यह अपेक्षित वृद्धि बहुत धीरे-धीरे हो। इसलिए ऐसे अनेक पुरुषों और स्त्रियों को आगे आना चाहिए, जो आर्थिक लाभ की परवाह न करके शुद्ध देश-सेवा के भाव से अध्यापन का धंधा अपनाएं। यदि ऐसा हो तो राष्ट्र शिक्षक के धंधे को छोटा नहीं समझेगा, बल्कि इन त्यागी स्त्रियों और पुरुषों को अपना प्रेम और आदर प्रदान करेगा। और इस तरह विचार करने पर हम इस नतीजे पर पहुंचते हैं कि जिस तरह स्वराज्य हमें मुख्यतः अपने ही प्रयत्नों से मिलेगा, उसी तरह शिक्षकों के दर्जे की वृद्धि भी मुख्यतः उनके ही प्रयत्नों से संभव होगी।

—यंग इंडिया, 6–8–25

विद्यार्थी

1. विद्यार्थी को दलबन्दी वाली राजनीति में कभी शामिल नहीं होना चाहिए। विद्यार्थी विद्या के खोजी और ज्ञान की शोध करने वाले हैं, राजनीति के खिलाड़ी नहीं।

2. उन्हें राजनीतिक हड़तालें न करनी चाहिए। विद्यार्थी वीरों की पूजा चाहे करें, उन्हें करनी चाहिए: लेकिन जब उनके वीर जेलों में जाएं, या मर जाएं, या यों कहिए कि उन्हें फांसी पर लटकाया जाए, तब उनके प्रति अपनी भक्ति प्रकट करने के लिए उनको उन वीरों के उत्तम गुणों का अनुकरण करना चाहिए, हड़ताल नहीं। ऐसे मौकों पर विद्यार्थियों का शोक असह्य हो जाए और हरएक विद्यार्थी की वैसी भावना बन जाए, तो अपनी संस्था के अधिकारी की सम्मति से स्कूल और कालेज बन्द रखे जाएं। संस्था के अधिकारी विद्यार्थियों की बात न सुनें, तो उन्हें छूट है कि वे उचित रीति से, सभ्यतापूर्वक, अपनी-अपनी संस्थाओं से बाहर निकल आएं और तब तक वापस न जाएं जब तक संस्था के व्यवस्थापक पछताकर उन्हें वापस न बुलाएं। किसी भी हालत में और किसी भी विचार से उन्हें अपने से भिन्न मत रखनेवाले विद्यार्थियों या स्कूल-कालेज के अधिकारियों के साथ ज़बरदस्ती न करनी चाहिए। उन्हें यह विश्वास होना चाहिए कि अगर वे अपनी मर्यादा के अनुरूप व्यवहार करेंगे और मिलकर रहेंगे तो जीत उन्हीं की होगी।

3. सब विद्यार्थियों को सेवा की खातिर शास्त्रीय तरीके से कातना चाहिए। कताई के अपने साधनों और दूसरे औज़ारों को उन्हें हमेशा साफ-सुथरा, सुव्यवस्थित और अच्छी हालत में रखना चाहिए। संभव हो तो वे अपने हथियारों, औज़ारों या साधनों को खुद ही बनाना सीख लें। अलबत्ता उनका काता हुआ सूत सबसे बढ़िया होगा। कताई-सम्बन्धी सारे साहित्य का और उसमें छिपे आर्थिक, सामाजिक, नैतिक और राजनीतिक सब रहस्यों का उन्हें अध्ययन करना चाहिए।

4. अपने पहनने-ओढ़ने के लिए वे हमेशा खादी का ही उपयोग करें, और गांवों में बनी चीज़ों के बदले परदेश की या यंत्रों की बनी वैसी चीज़ों को कभी न बरतें।

5. वन्देमातरम् गाने या राष्ट्रीय झण्डा फहराने के मामले में वे दूसरों पर ज़बरदस्ती न करें। राष्ट्रीय झण्डे के बिल्ले वे खुद अपने बदन पर लगाएं, लेकिन दूसरे को उसके लिए मजबूर न करें।

6. तिरंगे झण्डे के संदेश को अपने जीवन में उतारकर दिल में

साम्प्रदायिकता या अस्पृश्यता को घुसने न दें। दूसरे धर्मोंवाले विद्यार्थियों और हरिजनों को अपने भाई समझकर उनके साथ सच्ची दोस्ती कायम करें।

7. अपने दुःख-दर्दी पड़ोसियों की सहायता के लिए वे तुरन्त दौड़ जाएं ; आसपास के गांवों में सफाई का और भंगी का काम करें और गांव के बड़ी उमरवाले स्त्री-पुरुषों व बच्चों को पढ़ाएं।

8. आज हिन्दुस्तान का जो दोहरा स्वरूप तय हुआ है, उसके अनुसार उसकी दोनों शैलियों और दोनों लिपियों के साथ वे राष्ट्रभाषा हिन्दुस्तानी सीख लें, ताकि जब हिन्दी या उर्दू बोली जाए अथवा नागरी या उर्दू लिपि लिखी जाए, तब उन्हें वह नई न मालूम हो।

9. विद्यार्थी जो भी कुछ नया सीखें, उस सबको अपनी मातृभाषा में लिख लें ; और जब वे हर हफ्ते अपने आसपास के गांवों में दौरा करने निकलें, तो उसे अपने साथ ले जाएं और लोगों तक पहुंचाएं।

10. वे लुक-छिपकर कुछ न करें ; जो करें खुल्लमखुल्ला करें। अपने हर काम में उनका व्यवहार बिलकुल शुद्ध हो। वे अपने जीवन को संयमी और निर्मल बनाएं। किसी चीज़ से न डरें और निर्भय रहकर अपने कमज़ोर साथियों की रक्षा करने में मुस्तैद रहें ; और दंगों के अवसर पर अपनी जान की परवाह न करके अहिंसक रीतियों से उन्हें मिटाने को तैयार रहें। और, जब स्वराज्य की आखिरी लड़ाई छिड़ जाए, तब अपनी शिक्षण-संस्थाएं छोड़कर लड़ाई में कूद पड़े और ज़रूरत पड़ने पर देश की आज़ादी के लिए अपनी जान कुरबान कर दें।

11. अपने साथ पढ़ने वाली विद्यार्थिनी बहनों के प्रति वे अपना व्यवहार बिलकुल शुद्ध और सभ्यतापूर्ण रखें।

ऊपर विद्यार्थियों के लिए मैंने जो कार्यक्रम सुझाया है, उस पर अमल करने के लिए उन्हें समय निकालना होगा। मैं जानता हूं कि वे अपना बहुत-सा समय यों ही बरबाद कर देते हैं। अपने समय में सख्त काट-कसर करके वे मेरे द्वारा सुझाए गए काम के लिए कई घण्टों का समय निकाल सकते हैं। लेकिन किसी भी विद्यार्थी पर मैं बेजा बोझा लादना नहीं चाहता। इसलिए देश से प्रेम रखनेवाले विद्यार्थियों को मेरी यह सलाह है कि वे अपने अभ्यास के समय में एक साल का समय इस काम के लिए अलग निकाल लें। मैं यह नहीं कहता कि एक ही बार में वे सारा साल दे दें ; मेरी सलाह यह है कि वे अपने समूचे अभ्यास-काल में इस साल को बांट लें और थोड़ा-थोड़ा करके पूरा करें। उन्हें यह जानकर आश्चर्य होगा

कि इस तरह बिताया हुआ साल व्यर्थ नहीं गया। इस समय में की गई मेहनत के ज़रिये वे देश की आज़ादी की लड़ाई में अपना ठोस हिस्सा अदा करेंगे, और साथ ही अपनी मानसिक, नैतिक और शारीरिक शक्तियां भी बहुत कुछ बढ़ा लेंगे।

—रचनात्मक कार्यक्रम, पृष्ठ 52-56

पश्चिम की भद्दी नकल और शुद्ध तथा परिष्कृत अंग्रेज़ी बोलने व लिखने की योग्यता से स्वतन्त्रता देवी के मन्दिर की रचना में एक भी ईंट नहीं जुड़ेगी। विद्यार्थी-जगत् को आज जो शिक्षा मिल रही है, वह भूखे-नंगे भारत के लिए बेहद महंगी है। उसे बहुत ही थोड़े लोग प्राप्त करने की आशा रख सकते हैं। इसलिए विद्यार्थियों से यह आशा रखी जाती है कि वे राष्ट्र के लिए अपना जीवन तक न्यौछावर करके अपने को उस शिक्षा के योग्य बनाएंगे। विद्यार्थियों को समाज की रक्षा करनेवाले सुधार-कार्य में तो अगुआ बनना ही चाहिए। वे राष्ट्र में जो कुछ अच्छा है उसकी रक्षा करें और समाज में जो बेशुमार बुराइयां घुस गई हैं उनसे निर्भयतापूर्वक समाज को मुक्त करें।

विद्यार्थियों को देश के करोड़ों मूक लोगों पर असर डालना होगा। उन्हें किसी प्रान्त, नगर, वर्ग या जाति की दृष्टि से नहीं, बल्कि एक महाद्वीप और करोड़ों मनुष्यों की दृष्टि से सोचना-सीखना चाहिए। इन करोड़ों लोगों में अछूत, शराबी, गुंडे और वेश्याएं भी शामिल हैं, हमारे बीच, जिनके अस्तित्व के लिए हम सभी ज़िम्मेदार हैं। प्राचीन काल में विद्यार्थी ब्रह्मचारी अर्थात् ईश्वर के साथ और उससे डरकर चलनेवाले कहलाते थे। राजा और बड़े-बड़े लोग उनकी इज़्ज़त करते थे। राष्ट्र खुशी-खुशी उनका खर्च बरदाश्त करता था और बदले में राष्ट्र को सौ गुनी बलवान आत्माएं, सौ गुने बलवान मस्तिष्क और सौ गुनी बलिष्ठ भुजाएं देते थे। आधुनिक संसार में गिरे हुए राष्ट्रों के विद्यार्थी उन राष्ट्रों के आशादीप समझे जाते हैं और जीवन के हर क्षेत्र में वे सुधार के त्यागी नेता बन गए हैं। भारत में भी ऐसे विद्यार्थियों के उदाहरण मौजूद हैं। परन्तु वे इने-गिने हैं। मेरा कहना इतना ही है कि विद्यार्थी-सम्मेलनों को इस प्रकार के संगठित कार्यों की हिमायत करनी चाहिए, जो ब्रह्मचारियों की प्रतिष्ठा के योग्य हों।

—यंग इंडिया, 9--6--27

विद्यार्थियों को अपनी सारी छुट्टियां ग्रामसेवा में लगानी चाहिए। इसके लिए उन्हें मामूली रास्तों पर घूमने जाने के बजाय उन गांवों में जाना चाहिए, जो उनकी संस्थाओं के पास हों। वहां जाकर उन्हें गांव के लोगों की हालत

का अध्ययन करना चाहिए और उनसे दोस्ती करनी चाहिए। इस आदत से वे देहातवालों के सम्पर्क में आएंगे। और जब विद्यार्थी सचमुच उनमें जाकर रहेंगे तब पहले के कभी-कभी के संपर्क के कारण गांववाले उन्हें अपना हितैषी समझकर उनका स्वागत करेंगे, न कि अजनबी मानकर उनपर सन्देह करेंगे। लम्बी छुट्टियों में विद्यार्थी देहातों में ठहरे, प्रौढ़ शिक्षा के वर्ग चलाएं, ग्रामवासियों को सफाई के नियम सिखाएं और मामूली बीमारियों के बीमारों की दवा-दारू और देखभाल करें। वे उनमें चरखा भी जारी करें और उन्हें अपने फालतू समय का उपयोग करना सिखाएं। यह काम कर सकने के लिए विद्यार्थियों और शिक्षकों को छुट्टियों के उपयोग के बारे में अपने विचार बदलने होंगे। अकसर विचारहीन शिक्षक छुट्टियों में घर करने के लिए विद्यार्थियों को पढ़ाई का काम दे देते हैं। मेरी राय में यह आदत हर तरह से बुरी है। छुट्टियों का समय ही तो ऐसा होता है, जब विद्यार्थियों का मन पढ़ाई के रोज़मर्रा के कामकाज से मुक्त रहना चाहिए और स्वावलम्बन तथा मौलिक विकास के लिए स्वतन्त्र रहना चाहिए। मैंने जिस ग्रामसेवा का ज़िक्र किया है, वह मनोरंजन का और बोझ न मालूम होनेवाली शिक्षा का उत्तम रूप है। स्पष्ट ही यह सेवा पढ़ाई पूरी करने के बाद केवल ग्रामसेवा के काम में लग जाने की सबसे अच्छी तैयारी है।

—यंग इंडिया, 26–12–26

अपनी योग्यताओं को रुपया-आना-पाई में भुनाने की बजाय देश की सेवा में अर्पित करो। यदि तुम डाक्टर हो तो देश में इतनी बीमारी है कि उसे दूर करने में तुम्हारी सारी डाक्टरी काम आ सकती है। यदि तुम वकील हो तो देश में लड़ाई-झगड़ों की कमी नहीं है। उन्हें बढ़ाने के बजाय तुम लोगों में आपसी समझौता कराओ और इस तरह विनाशक मुकदमेबाज़ी को दूर करके लोगों की सेवा करो। यदि तुम इंजीनियर हो तो अपने देशवासियों की आवश्यकताओं के अनुरूप आदर्श घरों का निर्माण करो। ये घर उनके साधनों की सीमा के अन्दर होने चाहिए, और फिर भी शुद्ध हवा और प्रकाश से भरपूर तथा स्वास्थ्यप्रद होने चाहिए। तुमने जो भी सीखा है उसमें ऐसा कुछ नहीं, जिसका देश की सेवा के काम में सदुपयोग न हो सके।

—यंग इंडिया, 5–11–31

विद्यार्थियों को अपनी राय रखने और उसे प्रकट करने की पूरी आज़ादी होनी चाहिए। उन्हें जो भी राजनीतिक दल अच्छा लगता हो उसके साथ वे खुले तौर

पर सहानुभूति रख सकते हैं। लेकिन मेरी राय में जब तक वे अध्ययन कर रहे हैं, तब तक उन्हें कार्य की स्वतंत्रता नहीं दी जा सकती। कोई विद्यार्थी अपना अध्ययन भी करता रहे और साथ ही सक्रिय राजनीतिक कार्यकर्ता भी हो, यह शक्य नहीं है।

—हरिजन, 2–10–37

विद्यार्थियों का दलगत राजनीति में पड़ने से काम नहीं चल सकता। जैसे वे सब प्रकार की पुस्तकें पढ़ते हैं, वैसे सब दलों की बात सुन सकते हैं। परन्तु उनका काम यह है कि सबकी सच्चाई को हज़म करें और बाकी को फेंक दें। यही एकमात्र उचित रवैया है जिसे वे अपना सकते हैं।

सत्ता की राजनीति विद्यार्थी-संसार के लिए अपरिचित होनी चाहिए। वे ज्यों ही इस तरह के काम में पड़ेंगे, त्यों ही विद्यार्थी के पद से च्यूत हो जाएंगे और इसलिए देश के संकट-काल में उसकी सेवा करने में असफल होंगे।

—विद्यार्थियों से, पृष्ठ 86

भारत और विश्वशांति

दुनिया के सुविचारशील लोग आज ऐसे पूर्ण स्वतंत्र राज्यों को नहीं चाहते जो एक-दूसरे से लड़ते हों बल्कि एक-दूसरे के प्रति मित्रभाव रखनेवाले अन्योन्याश्रित राज्यों के संघ को चाहते हैं। भले ही इस उद्देश्य की सिद्धि का दिन बहुत दूर हो। मैं अपने देश के लिए कोई भारी दावा नहीं करना चाहता। लेकिन यदि हम पूर्ण स्वतन्त्रता के बजाय अन्योन्याश्रित राज्यों के विश्वसंघ की तैयारी ज़ाहिर करें, तो इसमें हम न तो कोई बहुत भारी बात ही कहते हैं और न वह असम्भव ही है।

—यंग इंडिया, 16--12--24

मेरी आकांक्षा का लक्ष्य स्वतंत्रता से ज़्यादा ऊंचा है। भारत की मुक्ति के द्वारा मैं पश्चिम के भीषण शोषण से दुनिया के कई निर्बल देशों का उद्धार करना चाहता हूं। भारत के अपनी सच्ची स्थिति को प्राप्त करने का अनिवार्य परिणाम यह होगा कि हरएक देश वैसा ही कर सकेगा और करेगा।

—यंग इंडिया, 12--1--28

मेरा दृढ़ विश्वास है कि यदि भारत अपनी स्वतन्त्रता अहिंसक उपायों से प्राप्त करे, तो फिर वह बड़ी स्थल सेना, उतनी ही बड़ी जल-सेना और उससे भी बड़ी वायुसेना रखने की इच्छा नहीं करेगा। यदि आज़ादी की

अपनी लड़ाई में अहिंसक विजय प्राप्त करने के लिए उसकी आत्म-चेतना को जितनी ऊंचाई तक उठना चाहिए उतनी ऊंचाई तक वह उठ सकी, तो दुनिया के माने हुए मूल्यों में परिवर्तन हो जाएगा और लड़ाइयों के साज-सामान का अधिकांश निरर्थक सिद्ध हो जाएगा। ऐसा भारत भले महज़ एक सपना हो, बच्चों की जैसी कल्पना हो ; लेकिन मेरी राय में अहिंसा के द्वारा भारत के स्वतन्त्र होने का फलितार्थ तो बेशक यही होना चाहिए। ऐसी स्वतन्त्रता, वह जब भी आएगी तब...ब्रिटेन के साथ सज्जनोचित समझौते के ज़रिये आएगी। लेकिन तब जिस ब्रिटेन से हमारा समझौता होगा वह दुनिया में सर्वश्रेष्ठ स्थान लेने के लिए तरह-तरह की कोशिशें करनेवाला आज का साम्राज्यवादी और घमण्डी ब्रिटेन नहीं होगा, बल्कि मानव-जाति की सुख-शान्ति के लिए नम्रतापूर्वक प्रयत्न करनेवाला ब्रिटेन होगा।

—यंग इंडिया, 6--5--29

तब भारत को ब्रिटेन के साथ आज की तरह लाचार होकर नहीं घिसटना होगा। तब उसकी आवाज़ दुनिया के सारे हिंसक बलों को नियन्त्रण में रखने की कोशिश करनेवाले एक शक्तिशाली देश की आवाज़ होगी।

—यंग इंडिया, 6--5--29

मैं अत्यन्त नम्रतापूर्वक यह सुझाने का साहस करता हूं कि यदि भारत ने अपना लक्ष्य सत्य और अहिंसा की राह से प्राप्त करने में सफलता पाई, तो उसकी यह सफलता जिस विश्वशांति के लिए दुनिया के तमाम राष्ट्र तड़प रहे हैं उसे नज़दीक लाने में एक मूल्यवान कदम सिद्ध होगी ; और तब यह भी कहा जा सकेगा कि ये राष्ट्र उसे स्वेच्छा-पूर्वक जो सहायता पहुंचा रहे हैं, उस सहायता का उसने थोड़ा-बहुत मूल्य अवश्य चुका दिया है।

—यंग इंडिया, 12--3--31

जब भारत स्वावलम्बी और स्वाश्रयी बन जाएगा और इस तरह न तो खुद किसी की सम्पत्ति का लोभ करेगा और न अपनी सम्पत्ति का शोषण होने देगा, तब वह पश्चिम या पूर्व के किसी भी देश के लिए—उसकी शक्ति कितनी भी प्रबल क्यों न हो—लालच का विषय नहीं रह जाएगा और तब वह खर्चीले शस्त्रास्त्रों का बोझ उठाए बिना ही अपने को सुरक्षित अनुभव करेगा। उसकी यह भीतरी स्वाश्रयी अर्थव्यवस्था बाहरी आक्रमण के खिलाफ सुदृढ़तम ढाल होगी।

यंग इंडिया, 2--7--31

यदि मैं अपने देश के लिए आज़ादी की मांग करता हूं, तो आप विश्वास कीजिए कि मैं यह आज़ादी इसलिए नहीं चाहता कि मेरा बड़ा देश, जिसकी आबादी सम्पूर्ण मानव-जाति का पांचवां हिस्सा है, दुनिया की किसी भी दूसरी जाति का, या किसी भी व्यक्ति का शोषण करे। आप विश्वास कीजिए कि मैं अपनी शक्ति-भर अपने देश को ऐसा अनर्थ नहीं करने दूंगा। यदि मैं अपने देश के लिए आज़ादी चाहता हूं तो मुझे यह मानना ही चाहिए कि प्रत्येक दूसरी सबल या निर्बल जाति को भी उस आज़ादी का वैसा ही अधिकार है। यदि मैं ऐसा नहीं मानता हूं और ऐसी इच्छा नहीं करता हूं तो उसका यह अर्थ है कि मैं उस आज़ादी का पात्र नहीं हूं।

—यंग इंडिया, 1--10--31

मैं अपने हृदय की गहराई में यह महसूस करता हूं...कि दुनिया रक्तपात से बिल्कुल ऊब गई है दुनिया इस असह्य स्थिति से बाहर निकलने का रास्ता खोज रही है और मैं विश्वास करता हूं तथा उस विश्वास में सुख और गर्व अनुभव करता हूं कि शायद मुक्ति के प्यासे जगत् को यह रास्ता दिखाने का श्रेय भारत की प्राचीन भूमि को ही मिलेगा।

—इण्डियाज़ केस फॉर स्वराज, पृष्ठ 209

हिन्दुस्तान की राष्ट्रीय सरकार क्या नीति अख्तियार करेगी सो मैं नहीं कह सकता। सम्भव है कि अपनी प्रबल इच्छा के रहते हुए भी मैं तब तक जीवित न रहूं। लेकिन अगर उस वक्त तक मैं ज़िन्दा रहा, तो अपनी अहिंसक नीति को यथासम्भव सम्पूर्णता के साथ अमल में लाने की सलाह दूंगा। विश्व की शांति और नई विश्व-व्यवस्था की स्थापना में यही हिन्दुस्तान का सबसे बड़ा हिस्सा भी होगा। मुझे आशा तो यह है कि चूंकि हिन्दुस्तान में इतनी लड़ाकू जातियां हैं और चूंकि स्वतन्त्र हिन्दुस्तान की सरकार के निर्णय में उन सबका हिस्सा होगा, इसलिए हमारी राष्ट्रीय नीति का झुकाव मौजूदा सैन्यवाद से भिन्न किसी अन्य प्रकार के सैन्यवाद की तरफ होगा। मैं यह उम्मीद तो ज़रूर रखूंगा कि एक राजनीतिक शस्त्र की हैसियत से अहिंसा की व्यावहारिक उपयोगिता का हमारा पिछला सारा...प्रयोग बिल्कुल विफल नहीं जाएगा और सच्चे अहिंसावादियों का एक मज़बूत दल हिन्दुस्तान में पैदा हो जाएगा।

—हरिजनसेवक, 21--6--42

आज के प्रश्न

भारत, पाकिस्तान और काश्मीर

हमारे देश की बदकिस्मती से हिन्दुस्तान और पाकिस्तान नाम से जो दो टुकड़े हुए, उसमें धर्म को ही कारण बनाया गया है। उसके पीछे आर्थिक और दूसरे कारण भले रहे हों, मगर उनकी वजह से यह बंटवारा नहीं हुआ होता। आज हवा में जो ज़हर फैला हुआ है, वह भी उन्हीं साम्प्रदायिक कारणों से पैदा हुआ है। धर्म के नाम पर लूट-मार होती है, अधर्म होता है। ऐसा न हुआ होता तो अच्छा होता, ऐसा कहना अच्छा तो लगता है मगर इससे हकीकत को बदला नहीं जा सकता।

यह सवाल कई बार पूछा गया है कि दोनों के बीच लड़ाई होने पर क्या पाकिस्तान के हिन्दू हिन्दुस्तान के हिन्दुओं के साथ और हिन्दुस्तान के मुसलमान पाकिस्तान के मुसलमानों के साथ लड़ेंगे? मैं मानता हूं कि ऊपर बतलाई हुई हालत में वे ज़रूर लड़ेंगे। मुसलमानों की वफादारी के वचनों पर भरोसा करने में जितना खतरा है, उसके बजाय भरोसा न करने में ज़्यादा खतरा है। भरोसा करने में भूल हो और खतरे का सामना करना पड़े, तो बहादुरों के लिए यह एक मामूली बात होगी।

मौज़ूं ढंग पर इस सवाल को दूसरी तरह से यों रखा जा सकता है कि क्या सत्य और न्याय की खातिर हिन्दू हिन्दू के खिलाफ और मुसलमान मुसलमान के खिलाफ लड़ेगा ? इसका जवाब एक उलट-सवाल पूछकर यह दिया जा सकता है कि क्या इतिहास में ऐसे उदाहरण नहीं मिलते ?

इस सवाल को हल करने में सबसे बड़ी उलझन यह है कि सत्य की दोनों ही राज्यों में उपेक्षा की गई है, मानो सत्य की कोई कीमत ही न हो। ऐसी विषम स्थिति में भी हम उम्मीद करें कि सत्य पर अटल श्रद्धा रखनेवाले कुछ लोग हमारे देश में ज़रूर हैं।

—हरिजनसेवक, 26--10--47

धर्म के नाम पर पाकिस्तान कायम हुआ। इसलिए उसको सब तरह से पाक और साफ रहना चाहिए। गलतियां दोनों तरफ काफी हुई। मगर क्या अब भी हम गलतियां करते ही रहें ? अगर हम दोनों लड़ेंगे तो दोनों तीसरी ताकत के हाथ में चले जाएंगे। इससे बुरी बात और क्या होगी ?

—दिल्ली-डायरी, पृष्ठ 322

अगर (हिन्दुस्तान और पाकिस्तान के बीच) लड़ाई छिड़ जाए, तो पाकिस्तान के हिन्दू वहां पांचवीं कतारवाले नहीं बन सकते। कोई भी इसे बरदाश्त नहीं करेगा। अगर वे पाकिस्तान के प्रति वफादार नहीं हैं, उनको पाकिस्तान छोड़ देना चाहिए। इसी तरह जो मुसलमान पाकिस्तान के प्रति वफादार हैं, उन्हें हिन्दुस्तानी संघ में नहीं रहना चाहिए। सरकार का फर्ज़ है कि वह हिन्दुओं और सिखों के लिए इन्साफ हासिल करे। जनता सरकार से अपना मनचाहा करा सकती है।...मुसलमान लोग यह कहते सुने जाते हैं कि 'हंसके लिया पाकिस्तान लड़के लेंगे हिन्दुस्तान'।...कुछ मुसलमान सारे हिन्दुस्तान को मुसलमान बनाने की बात सोच रहे हैं। यह काम लड़ाई के ज़रिये कभी नहीं हो सकेगा। पाकिस्तान हिन्दू धर्म को कभी बरबाद नहीं कर सकेगा। सिर्फ हिन्दू ही अपने-आपको और अपने धर्म को बरबाद कर सकते हैं। इसी तरह अगर पाकिस्तान बरबाद हुआ, तो वह पाकिस्तान के मुसलमानों द्वारा ही बरबाद होगा, हिन्दुस्तान के हिन्दुओं द्वारा नहीं।

—दिल्ली-डायरी, पृष्ठ 43-44

दोनों राज्यों के लिए ठीक-ठीक समझौता करने का आम रास्ता यह है कि दोनों राज्य साफ दिल से अपना पूरा-पूरा दोष स्वीकार करें और समझौता कर लें। अगर दोनों में कोई समझौता न हो सके, तो वे सामान्य तरीके से पंच-फैसले का सहारा लें। इससे दूसरा और जंगली रास्ता लड़ाई का है।...लेकिन आपसी समझौते या पंच-फैसले के अभाव में लड़ाई के सिवा कोई चारा नहीं रह जाएगा।

—दिल्ली-डायरी, पृष्ठ 20

हिन्दुस्तान से हरएक मुसलमान को भगाने और पाकिस्तान से हरएक हिन्दू और सिख को भगाने का नतीजा यह होगा कि दोनों उपनिवेशों में लड़ाई होगी और देश हमेशा के लिए बर्बाद हो जाएगा। अगर दोनों उपनिवेशों में यह आत्मघाती नीति बरती गई, तो उससे पाकिस्तान और हिन्दुस्तान दोनों में इस्लाम और हिन्दू धर्म का नाश हो जाएगा। भलाई सिर्फ भलाई से ही पैदा होती है। प्यार से प्यार पैदा होता है। जहां तक बदला लेने की बात है, इन्सान को यही शोभा देता है कि वह बुराई करनेवाले को भगवान के हाथ में छोड़ दे।

—दिल्ली-डायरी, पृष्ठ 28

हिन्दुस्तान का, हिन्दू धर्म का, सिख धर्म का और इस्लाम का बेबस

बनकर नाश होते देखने की बनिस्बत मृत्यु मेरे लिए सुन्दर रिहाई होगी। अगर पाकिस्तान में दुनिया के सब धर्मों के लोगों को समान हक न मिले, उनकी जान और माल सुरक्षित न रहें और यूनियन भी पाकिस्तान की नकल करे, तो दोनों का नाश निश्चित है। उस हालत में इस्लाम का तो हिन्दुस्तान और पाकिस्तान में ही नाश होगा—बाकी दुनिया में नहीं ; मगर हिन्दू धर्म और सिख धर्म तो हिन्दुस्तान के बाहर हैं ही नहीं।

—दिल्ली-डायरी, पृष्ठ 347

बहुमतवाले लोग अगर अल्पमतवालों को इस डर से मार डालें या यूनियन से निकाल दें कि वे सब दगाबाज़ साबित होंगे, तो यह बहुमतवालों की बुज़दिली होगी। अल्पमत के हकों का सावधानी से खयाल रखना ही बहुमतवालों को शोभा देता है। जो बहुमतवाले अल्पमतवालों की परवाह नहीं करते वे हंसी के पात्र बनते हैं। पक्का आत्मविश्वास और अपने नामधारी या सच्चे विरोधी में बहादुरी-भरा विश्वास ही बहुमतवालों का सच्चा बचाव है।

—दिल्ली-डायरी, पृष्ठ 33

जो यह महसूस करते हैं कि पाकिस्तान से उन्हें निकाल दिया गया है, उन्हें यह जानना चाहिए कि वे सारे हिन्दुस्तान के नागरिक हैं, न कि सिर्फ पंजाब, सरहदी सूबे या सिन्ध के। शर्त यह है कि वे जहां कहीं जाएं, वहां के रहनेवालों में दूध में शक्कर की तरह घुल-मिल जाएं। उन्हें मेहनती बनना और अपने व्यवहार में ईमानदार रहना चाहिए। उन्हें यह महसूस करना चाहिए कि वे हिन्दुस्तान की सेवा करने और उसके यश को बढ़ाने के लिए पैदा हुए हैं, न कि उनके नाम पर कालिख पोतने या उसे दुनिया की आंखों से गिराने के लिए।

—दिल्ली-डायरी, पृष्ठ 86

अगर पाकिस्तान पूरी तरह मुस्लिम राज्य हो जाए और हिन्दुस्तानी संघ पूरी तरह हिन्दू और सिख राज्य बन जाए और दोनों तरफ अल्पमतवालों को कोई हक न दिए जाएं, तो दोनों राज्य बरबाद हो जाएंगे।

—दिल्ली-डायरी, पृष्ठ 95

क्या कायदे आज़म ने यह नहीं कहा है कि पाकिस्तान मज़हबी राज्य नहीं है और उसमें धर्म को कानून का रूप नहीं दिया जाएगा ? लेकिन बदकिस्मती से यह बिलकुल सच है कि इस दावे को हमेशा अमल में सच साबित नहीं किया जाता। क्या हिन्दुस्तानी संघ मज़हबी राज्य बनेगा और क्या हिन्दू धर्म के उसूल

गैर-हिन्दुओं पर लादे जाएंगे ?...ऐसा हुआ तो हिन्दुस्तानी संघ आशा और उजले भविष्य का देश नहीं रह जाएगा। तब वह ऐसा देश नहीं रह जाएगा, जिसकी तरफ सारी एशियाई और अफ्रीकन जातियां ही नहीं, बल्कि सारी दुनिया आशा-भरी नज़र से देखती है। दुनिया यूनियन या पाकिस्तान के रूप में हिन्दुस्तान से ओछेपन और धार्मिक पागलपन की उम्मीद नहीं करती। वह हिन्दुस्तान से बड़प्पन, भलाई और उदारता की आशा करती है, जिससे सारी दुनिया सबक ले सके और आज के फैले हुए अंधेरे में प्रकाश पा सके।

—दिल्ली-डायरी, पृष्ठ 145

न तो काश्मीर के महाराजा साहब और न हैदराबाद के निज़ाम को अपनी प्रजा की सम्पति के बगैर किसी भी उपनिवेश में शामिल होने का अधिकार है। जहां तक मैं जानता हूं, यह बात काश्मीर के मामले में साफ कर दी गई थी। अगर अकेले महाराजा संघ में शामिल होना चाहते, तो मैं उनके ऐसे काम का कभी समर्थन नहीं कर सकता था। संघ सरकार काश्मीर को थोड़े समय के लिए संघ में शामिल करने पर सिर्फ इसलिए राज़ी हुई कि महाराजा और काश्मीर व जम्मू की जनता की नुमाइन्दगी करनेवाले शेख अब्दुल्ला दोनों यह बात चाहते थे। शेख अब्दुल्ला इसलिए सामने आए कि वे काश्मीर और जम्मू के सिर्फ मुसलमानों के ही नहीं, बल्कि सारी जनता के नुमाइन्दे होने का दावा करते हैं।

मैंने यह कानाफूसी सुनी है कि काश्मीर को दो हिस्सों में बांटा जा सकता है। इनमें से जम्मू हिन्दुओं के हिस्से आएगा और काश्मीर मुसलमानों के हिस्से। मैं ऐसी बंटी हुई वफादारी की और हिन्दुस्तान की रियासतों के कई हिस्सों में बंटने की कल्पना नहीं कर सकता। इसलिए मुझे उम्मीद है कि सारा हिन्दुस्तान समझदारी से काम लेगा और कम से कम उन लाखों हिन्दुस्तानियों के लिए, जो लाचार शरणार्थी बने के लिए बाध्य हुए हैं, तुरन्त ही इस गन्दी हालत को टाला जाएगा।

—दिल्ली-डायरी, पृष्ठ 166

अल्पसंख्यक

अगर हिन्दू लोग विविध जातियों के बीच एकता चाहते हैं, तो उनमें अल्पसंख्यक जातियों का विश्वास करने की हिम्मत होनी चाहिए। किसी भी दूसरी बुनियाद पर आधारित मेल सच्चा मेल नहीं होगा। करोड़ों सामान्य जन न तो

विधान-सभा के सदस्य होना चाहते हैं और न म्युनिसिपल कौंसलर बनना चाहते हैं। और यदि हम सत्याग्रह का सही उपयोग करना सीख गए हैं, तो हमें जानना चाहिए कि उसका उपयोग किसी भी अन्यायी शासक के खिलाफ—वह हिन्दू, मुसलमान या अन्य किसी भी कौम का हो—किया जा सकता है और किया जाना चाहिए। इसी तरह न्यायी शासक या प्रतिनिधि हमेशा और समान रूप से अच्छा होता है, फिर वह हिन्दू हो या मुसलमान। हमें साम्प्रदायिक भावना छोड़नी चाहिए। इसलिए इस प्रयत्न में बहुसंख्यक समाज को पहल करके अल्पसंख्यक जातियों में अपनी ईमानदारी के विषय में विश्वास पैदा करना चाहिए। मेल और समझौता तभी हो सकता है जबकि ज़्यादा बलवान पक्ष दूसरे पक्ष के जवाब की राह देखे बिना सही दिशा में बढ़ना शुरू कर दे।

जहां तक सरकारी महकमों में नौकरियों का सवाल है, मेरी राय है कि यदि हम साम्प्रदायिक भावना को यहां भी दाखिल करेंगे, तो यह चीज़ सुशासन के लिए घातक सिद्ध होगी। शासन सुचारु रूप से चले, इसके लिए यह ज़रूरी है कि वह सबसे योग्य आदमियों के हाथ में रहे। उसमें किसी तरह का पक्षपात तो होना ही नहीं चाहिए। अगर हमें पांच इंजीनियरों की ज़रूरत है तो पांच सबसे सुयोग्य इंजीनियर चुन लेने चाहिए, भले वे सब मुसलमान हों या पारसी हों। सबसे निचले दरजे की जगहें, यदि ज़रूरी मालूम हो तो, परीक्षा के जरिये भरी जाएं और यह परीक्षा किसी ऐसी समिति की निगरानी में हो जिसमें विविध जातियों के लोग हों। लेकिन नौकरियों का यह बंटवारा विविध जातियों की संख्या के अनुपात में नहीं होना चाहिए। राष्ट्रीय सरकार बनेगी तब शिक्षा में पिछड़ी हुई जातियों को शिक्षा के मामले में ज़रूर दूसरों की अपेक्षा विशेष सुविधाएं पाने का अधिकार होगा। ऐसी व्यवस्था करना कठिन नहीं होगा। लेकिन जो लोग देश के शासन-तन्त्र में बड़े-बड़े पदों को पाने की आकांक्षा रखते हैं, उन्हें उसके लिए ज़रूरी परीक्षा अवश्य पास करनी चाहिए।

—यंग इंडिया, 26--5--24

स्वतन्त्र भारत साम्प्रदायिक प्रतिनिधित्व की प्रथा को कोई प्रश्रम नहीं दे सकता। लेकिन यदि अल्पसंख्यकों पर ज़ोर-ज़बरदस्ती नहीं करना है, तो उसे सब जातियों को पूरा सन्तोष देना पड़ेगा।

—यंग इंडिया, 19--1--30

हिन्दुस्तान उन सब लोगों का है, जो यहां पैदा हुए और पले हैं और जो

दूसरे किसी देश का आसरा नहीं ताक सकते। इसलिए वह जितना हिन्दुओं का है उतना ही पारसियों, बेनी इज़रायलों, हिन्दुस्तानी ईसाइयों, मुसलमानों और दीगर गैर-हिन्दुओं का भी है। आज़ाद हिन्दुस्तान में राज्य हिन्दुओं का नहीं, बल्कि हिन्दुस्तानियों का होगा ; और उसका आधार किसी धार्मिक पंथ या सम्प्रदाय के बहुमत पर नहीं बल्कि बिना किसी धार्मिक भेदभाव के समूचे राष्ट्र के प्रतिनिधियों पर होगा। मैं एक ऐसे मिश्रित बहुमत की कल्पना कर सकता हूं, जो हिन्दुओं को अल्पमत बना दे। स्वतन्त्र हिन्दुस्तान में लोग अपनी सेवा और योग्यता के आधार पर ही चुने जाएंगे। धर्म एक निजी विषय है, जिसका राजनीति में कोई स्थान नहीं होना चाहिए। विदेशी हुकूमत की वजह से देश में जो अस्वाभाविक परिस्थिति पाई जाती है, उसकी बदौलत हमारे यहां धर्म के अनुसार इतने बनावटी फिरके बन गए हैं। जब देश से विदेशी हुकूमत उठ जाएगी, तो हम इन झूठे नारों और आदर्शों से चिपके रहने की अपनी इस बेवकूफी पर खुद ही हंसेगे।

—हरिजनसेवक, 9–8–42

अपने धर्म पर मेरा अटूट विश्वास है। मैं उसके लिए अपने प्राण दे सकता हूं। लेकिन वह मेरा निजी मामला है। राज्य को उससे कुछ लेना-देना नहीं है। राज्य हमारे लौकिक कल्याण की—स्वास्थ्य, आवागमन, विदेशों से सम्बन्ध, करेंसी (मुद्रा) आदि की देखभाल करेगा, लेकिन हमारे या तुम्हारे धर्म की नहीं। धर्म हरएक का निजी मामला है।

—हरिजन, 22–1–46

सब विदेशियों को यहां रहने और बसने की पूरी आज़ादी है ; बशर्ते कि वे अपने को इस देश की जनता से अभिन्न समझें। जो विदेशी यहां अपने अधिकारों के लिए विशेष संरक्षण चाहते हों, उन्हें भारत आश्रय नहीं दे सकता। अधिकारों के लिए संरक्षण मांगने का अर्थ यह होगा कि वे यहां ऊंचे दरजे के आदमियों की तरह रहना चाहते हैं। लेकिन उन्हें ऐसा नहीं करने दिया जा सकता, क्योंकि उससे संघर्ष पैदा होगा।

—हरिजन, 29--9--46

अस्पृश्यता का अभिशाप

आजकल हिन्दू धर्म में जो अस्पृश्यता देखने में आती है, वह उसका एक अमिट कलंक है। मैं यह मानने से इनकार करता हूं कि वह हमारे समाज

में स्मरणातीत काल से चली आई है। मेरा खयाल है कि अस्पृश्यता की यह घृणित भावना हम लोगों में तब आई होगी जब हम अपने पतन की चरम सीमा पर रहे होंगे। और तब से यह बुराई हमारे साथ लग गई और आज भी लगी हुई है। मैं मानता हूं कि यह एक भयंकर अभिशाप है। और यह अभिशाप जब तक हमारे साथ रहेगा तब तक मुझे लगता है कि इस पावन भूमि में हमें जब जो भी तकलीफ सहनी पड़े वह हमारे इस अपराध का, जिसे हम आज भी कर रहे हैं, उचित दण्ड होगी।

—स्पीचेज़ एण्ड राइटिंग्ज़ ऑफ महात्मा गांधी, पृष्ठ 387

मेरी राय में हिन्दू धर्म में दिखाई पड़नेवाला अस्पृश्यता का वर्तमान रूप ईश्वर और मनुष्य के खिलाफ किया गया भयंकर अपराध है और इसलिए वह एक ऐसा विष है जो धीरे-धीरे हिन्दू धर्म के प्राण को ही निःशेष किए दे रहा है। मेरी राय में शास्त्रों में, यदि हम सब शास्त्रों को मिलाकर पढ़ें तो, इस बुराई का कहीं कोई समर्थन नहीं है। शास्त्रों में एक तरह की हितकारी अस्पृश्यता का विधान ज़रूर है, लेकिन उस तरह की अस्पृश्यता तो सब धर्मों में पाई जाती है। वह अस्पृश्यता तो स्वच्छता के नियम का ही एक अंग है। वह तो सदा रहेगी। लेकिन भारत में हम आज जैसी अस्पृश्यता देख रहे हैं वह एक भयंकर चीज़ है और उसके हरएक प्रांत में यहां तक कि हरएक ज़िले में अलग-अलग कितने ही रूप हैं। उसने अस्पृश्यों और स्पृश्यों, दोनों को नीचे गिराया है। उसने लगभग चार करोड़ मनुष्यों का विकास रोक रखा है। उन्हें जीवन की सामान्य सुविधाएं भी नहीं दी जातीं। इसलिए इस बुराई को जितनी जल्दी निर्मूल कर दिया जाए, उतना ही हिन्दू धर्म, भारत और शायद समग्र मानव-जाति के लिए वह कल्याणकारी सिद्ध होगा।

—हरिजन, 11--2--33

यदि हम भारत की आबादी के पांचवें हिस्से को स्थायी गुलामी की हालत में रखना चाहते हैं और उन्हें जान-बूझकर राष्ट्रीय संस्कृति के फलों से वंचित रखना चाहते हैं, तो स्वराज्य एक अर्थहीन शब्दमात्र होगा। आत्मशुद्धि के इस महान आंदोलन में हम भगवान की मदद की आकांक्षा रखते हैं, लेकिन उसकी प्रजा के सबसे ज़्यादा सुपात्र अंश को हम मानवता के अधिकारों से वंचित रखते हैं। यदि हम स्वयं मानवीय दया से शून्य हैं ; तो उसके सिंहासन के निकट दूसरों की निष्ठुरता से मुक्ति पाने की याचना हम नहीं कर सकते।

—यंग इंडिया, 25--5--21

इस बात से कभी किसी ने इनकार नहीं किया है कि अस्पृश्यता एक पुरानी प्रथा है। लेकिन यदि वह एक अनिष्ट वस्तु है, तो उसकी प्राचीनता के आधार पर उसका बचाव नहीं किया जा सकता। यदि अस्पृश्य लोग आर्यों के समाज के बाहर हैं, तो इसमें उस समाज की ही हानि है। और यदि यह कहा जाए कि आर्यों ने अपनी प्रगति-यात्रा में किसी मंज़िल पर किसी वर्ग विशेष को दण्ड के तौर पर समाज से बहिष्कृत कर दिया था, तो उनके पूर्वजों को किसी भी कारण से दण्डित किया गया हो, परन्तु वह दण्ड उस वर्ग की सन्तान को देते रहने का कोई कारण नहीं हो सकता। अस्पृश्य लोग भी आपस में अस्पृश्यता का जो पालन करते हैं, उससे इतना ही सिद्ध होता है कि किसी अनिष्ट वस्तु को सीमित नहीं रखा जा सकता और उसका घातक प्रभाव सर्वत्र फैल जाता है। अस्पृश्यों में भी अस्पृश्यता का होना इस बात के लिए एक अतिरिक्त कारण है कि सुसंस्कृत हिन्दू समाज को इस अभिशाप से जल्दी से जल्दी मुक्त हो जाना चाहिए। यदि अस्पृश्यों को अस्पृश्य इसलिए माना जाता है कि वे जानवरों को मारते हैं और मांस, रक्त, हडिड्यां और मैला आदि छूते हैं, तब तो हर एक नर्स और डाक्टर को भी अस्पृश्य माना जाना चाहिए ; और इसी तरह मुसलमानों, ईसाइयों और तथाकथित ऊंचे वर्गों के इन हिन्दुओं को भी अस्पृश्य माना जाना चाहिए, जो आहार अथवा बलि के लिए जानवरों की हत्या करते हैं। कसाईखाने, शराब की दुकानें, वेश्यालय आदि बस्ती से अलग होते हैं या होने चाहिए, इसलिए अस्पृश्यों को भी समाज से दूर और अलग रखा जाना चाहिए—यह दलील अस्पृश्यों के खिलाफ लोगों के मन में चले आ रहे उत्कट पूर्व-ग्रह को ही बताती है। कसाईखाने और ताड़ी-शराब की दुकानें आदि ज़रूर बस्ती से दूर तथा अलग होते हैं और होने चाहिए। लेकिन कसाइयों और ताड़ी अथवा शराब के विक्रेताओं को शेष समाज से अलग नहीं रखा जाता।

—यंग इंडिया, 29–7–26

हम आन्तरिक प्रलोभनों तथा मोह में लिप्त हैं और अत्यन्त अस्पृश्य और पापपूर्ण विचारों के प्रवाह हमारे मन में चलते हैं और उसे कलुषित करते हैं। हमें समझना चाहिए कि हमारी कसौटी हो रही है। ऐसी स्थिति में हम अभिमान के आवेश में अपने उन भाइयों के स्पर्श के प्रभाव के बारे में, जिन्हें हम अक्सर अज्ञानवश और ज़्यादातर तो दुरभिमान के कारण अपने से नीचा समझते हैं, अत्युक्ति न करें। भगवान के दरबार में हमारी अच्छाई-बुराई का निर्णय इस बात से नहीं किया जाएगा कि हम क्या खाते-पीते रहे हैं या कि हमें

किस-किसने छुआ है ; उसका निर्णय तो इस आधार पर किया जाएगा कि हमने किन-किन की सेवा की है और किस तरह की है। यदि हमने एक भी दीन-दुखी आदमी की सेवा की होगी, तो हमें भगवान की कृपा-दृष्टि प्राप्त होगी।...अमुक वस्तुएं न खाने की बात का उपयोग हम कपट-जाल, पाखण्ड और उससे भी अधिक पापपूर्ण कार्यों को छिपाने के लिए नहीं कर सकते। इस आशंका से कि कहीं उनका स्पर्श हमारी आध्यात्मिक उन्नति में बाधक न हो, हम किसी पतित अथवा गंदे रहन-सहनवाले भाई-बहन की सेवा से इनकार नहीं कर सकते।

—यंग इंडिया, 5--1--22

जिस समाज में भंगी का अलग पेशा माना गया है वहां कोई बड़ा दोष पैठ गया है, ऐसा मुझे तो बरसों से लगता रहा है। इस ज़रूरी और तन्दुरुस्ती बढ़ानेवाले काम को सबसे नीच काम पहले-पहल किसने माना, इसका इतिहास हमारे पास नहीं है। जिसने भी माना उसने हम-पर उपकार तो नहीं ही किया। हम सब भंगी हैं, यह भावना हमारे मन में बचपन से ही जम जानी चाहिए ; और उसका सबसे आसान तरीका यह है कि जो समझ गए हैं वे जात-मेहनत का आरम्भ पाखाना-सफाई से करें। जो समझ-बूझकर ज्ञानपूर्वक यह करेगा, वह उसी क्षण से धर्म को निराले ढंग से और सही तरीके से समझने लगेगा।

—मंगल प्रभात, प्रक० 9, पृष्ठ 43–44

प्रारम्भ में अस्पृश्यता स्वच्छता के नियमों में से एक थी और भारत के बाहर दुनिया के कई हिस्सों में आज भी उसका यही रूप है। वह नियम यह है कि चीज़ गन्दी हो गई हो या आदमी किसी कारण गन्दा हो गया हो तो उसे छूना नहीं चाहिए, लेकिन ज्योंही उसका गंदापन दूर हो जाए या कर दिया जाए त्योंही उसे छू सकते हैं। इसलिए भंगी का काम करनेवाले व्यक्ति—फिर चाहे वह भंगी हो जिसे कि उस काम का पैसा मिलता है या मां हो जिसे अपने इस काम को कोई पैसा नहीं मिलता—तब तक गन्दे और अस्पृश्य न माने जाएंगे, जब तक वे नहा-धोकर इस गन्दगी को दूर नहीं कर देते। इसलिए भंगी हमेशा के लिए अस्पृश्य न माना जाए, बल्कि उसे हम अपना भाई मानें। वह समाज की एक ऐसी सेवा करता है, जिसमें उसका शरीर गन्दा हो जाता है ; हमें चाहिए कि हम उसे इस गन्दगी को साफ करने का मौका दें, बल्कि उस कार्य में उसकी सहायता करें और फिर उसे समाज के किसी भी सदस्य की तरह स्वीकार करें।

—हरिजन, 11–2–33

साम्प्रदायिक एकता

कौमी या साम्प्रदायिक एकता की ज़रूरत को सब कोई मंज़ूर करते हैं। लेकिन सब लोगों को अभी यह बात जंची नहीं कि एकता का मतलब सिर्फ राजनीतिक एकता नहीं है। राजनीतिक एकता तो ज़ोर-ज़बरदस्ती से भी लादी जा सकती है। मगर एकता के सच्चे माने तो हैं वह दिली दोस्ती, जो किसी के तोड़े न टूटे। इस तरह की एकता पैदा करने के लिए सबसे पहली ज़रूरत इसी बात की है कि कांग्रेसजन, फिर वे किसी भी धर्म के माननेवाले हों, अपने को हिन्दू, मुसलमान, ईसाई, पारसी, यहूदी, वगैरा सभी कौमों के नुमाइन्दा, समझें। हिन्दुस्तान के करोड़ों बाशिन्दों में से हरएक के साथ वे अपनेपन का—आत्मीयता का—अनुभव करें ; यानी वे उनके सुख-दुःख में अपने को उनका साथी समझें। इस तरह की आत्मीयता सिद्ध करने के लिए हरएक कांग्रेसी को चाहिए कि वह अपने धर्म से भिन्न धर्म का पालन करनेवाले लोगों के साथ निजी दोस्ती कायम करे, और अपने धर्म के लिए उसके मन में जैसा प्रेम हो, ठीक वैसा ही प्रेम वह दूसरे धर्म से भी करे।

—रचनात्मक कार्यक्रम, पृष्ठ 11-12

हिन्दू, मुसलमान, ईसाई, सिख, पारसी आदि को अपने मतभेद हिंसा का आश्रय लेकर और लड़ाई-झगड़ा करके नहीं निपटाने चाहिए।

हिन्दू और मुसलमान मुंह से तो कहते हैं कि धर्म में ज़बरदस्ती को कोई स्थान नहीं है। लेकिन यदि हिन्दू गाय को बचाने के लिए मुसलमान की हत्या करें, तो यह ज़बरदस्ती के सिवा और क्या है ? यह तों मुसलमान को बलात् हिन्दू बनाने जैसी ही बात है। और इसी तरह यदि मुसलमान ज़ोर-ज़बरदस्ती से हिन्दुओं को मसजिदों के सामने बाजा बजाने से रोकने की कोशिश करते हैं, तो यह भी ज़बरदस्ती के सिवा और क्या है ? धर्म तो इस बात में है कि आसपास चाहे जितना शोरगुल होता रहे, फिर भी हम अपनी प्रार्थना में तल्लीन रहें। यदि हम एक-दूसरे को अपनी धार्मिक इच्छाओं का सम्मान करने के लिए बाध्य करने की बेकार कोशिश करते रहे, तो भावी पीढ़ियां हमें धर्म के तत्त्व से बेखबर जंगली ही समझेंगी।

यदि अपने अन्तर का आदेश मानकर कोई आर्यसमाजी प्रचारक अपने धर्म का और मुसलमान प्रचारक अपने धर्म का उपदेश करता है, और

उनसे हिन्दू-मुस्लिम-एकता खतरे में पड़ जाती है, तो कहना चाहिए कि यह एकता बिलकुल ही ऊपरी है। ऐसी प्रचार-प्रवृत्तियों से हमें विचलित क्यों होना चाहिए ? अलबत्ता ये प्रवृत्तियां सचाई से प्रेरित होनी चाहिए। यदि मलकाना जाति के लोग हिन्दू धर्म में वापस आना चाहते हैं, तो उन्हें इसका पूरा अधिकार है ; वे जब भी आना चाहें आ सकते हैं। लेकिन इस सिलसिले में ऐसे किसी प्रचार को अनुमति नहीं दी जा सकती, जिसमें दूसरे धर्मों को गालियां दी जाती हों। कारण, दूसरे धर्मों की निन्दा में परमत-सहिष्णुता के सिद्धान्त का भंग होता है। ऐसे प्रचार से निपटने का सबसे अच्छा उपाय यह है कि उसकी सार्वजनिक रीति से निन्दा की जाए। हरएक आन्दोलन सामाजिक प्रतिष्ठा का जामा पहनकर आगे आने की कोशिश करता है। यदि लोग उसके इस नकली आवरण को फाड़ दें, तो प्रतिष्ठा के अभाव में वह मर जाता है।

अब हिन्दू-मुसलमानों के झगड़ों के दो न्यायी कारणों का क्या इलाज हो सकता है, इसकी जांच करें।

पहले गोवध को लीजिए। गोरक्षा को मैं हिन्दू धर्म की प्रधान अंग मानता हूं। प्रधान इसलिए कि उच्च वर्गों और आम जनता दोनों के लिए यह समान है। फिर भी इस बारे में हम जो केवल मुसलमानों पर ही रोष करते हैं, यह बात किसी भी तरह मेरी समझ में नहीं आती। अंग्रेज़ों के लिए रोज़ कितनी ही गायें कटती हैं। परन्तु इस बारे में तो हम कभी ज़बान तक भी शायद ही हिलाते होंगे। केवल जब कोई मुसलमान गाय की हत्या करता है, तभी हम क्रोध के मारे लाल-पीले हो जाते हैं। गाय के नाम से कितने झगड़े हुए हैं, उनमें से प्रत्येक में निरा पागलपन-भरा शक्तिक्षय हुआ है। इससे एक भी गाय नहीं बची। उलटे, मुसलमान ज़्यादा ज़िद्दी बने हैं और इस कारण ज़्यादा गायें कटने लगी हैं।

गोरक्षा का प्रारम्भ तो हमी को करना है। हिन्दुस्तान में ढोरों की जो दुर्दशा है वैसी दुनिया के किसी भी दूसरे हिस्से में नहीं है। हिन्दू गाड़ीवानों को थककर चूर हुए बैलों को लोहे की तेज़ आरवाली लकड़ी से निर्दयता के साथ हांकते देखकर मैं कई बार रोया हूं। हमारे अधभूखे रहने वाले जानवर हमारी जीती-जागती बदनामी के प्रतीक हैं। हम हिन्दू गाय को बेचते हैं इसलिए गायों की गर्दन कसाई की छुरी का शिकार होती है।

ऐसी हालत में एकमात्र सच्चा और शोभास्पद उपाय यही है कि

मुसलमानों के दिल हम जीत लें और गाय का बचाव करना उनकी शराफत पर छोड़ दें। गोरक्षा-मंडलों को ढोरों को खिलाने-पिलाने, उन पर होनेवाली निर्दयता को रोकने, गोचर-भूमि के दिन-दिन होनेवाले लोप को रोकने, पशुओं की नसल सुधारने, गरीब ग्वालों से उन्हें खरीद लेने और मौजूद पिंजरापोलों को दूध की आदर्श स्वावलंबी डेरियां बनाने की तरफ ध्यान देना चाहिए। ऊपर बताई हुई बातों में से एक के भी करने में हिन्दू चूकेंगे, तो वे ईश्वर और मनुष्य दोनों के सामने अपराधी ठहरेंगे। मुसलमानों के हाथ से होनेवाले गोवध को वे रोक न सकें, तो इसमें उनके मत्थे पाप नहीं चढ़ता। लेकिन जब वे गाय को बचाने के लिए मुसलमानों के साथ झगड़ा करने लगते हैं, तब वे ज़रूर भारी पाप करते हैं।

मसजिदों के सामने बाजे बजने के सवाल पर—अब तो मन्दिरों के भीतर होनेवाली आरती का भी विरोध किया जाता है—मैं ने गम्भीरतापूर्वक सोचा है। जिस तरह हिन्दू गोवध से दुखी होते हैं, उसी तरह मुसलमानों को मसजिदों के सामने बाजा बजने पर बुरा लगता है। लेकिन जिस तरह हिन्दू मुसलमानों को गोवध न करने के लिए बाध्य नहीं कर सकते, उसी तरह मुसलमान भी हिन्दुओं को डरा-धमकाकर बाजा या आरती बन्द करने के लिए बाध्य नहीं कर सकते। उन्हें हिन्दुओं की सदिच्छा का विश्वास करना चाहिए। हिन्दू के नाते मैं हिन्दुओं को यह सलाह ज़रूर दूंगा कि वे सौदेबाज़ी की भावना रखे बिना अपने मुसलमान पड़ोसियों के भावों को समझें और जहां सम्भव हो वहां उनका खयाल रखें। मैंने सुना है कि कई जगह हिन्दू लोग जान-बूझकर और मुसलमानों का जी दुखाने के इरादे से ही आरती ठीक उस समय करते हैं जबकि मुसलमानों की नमाज़ शुरू होती है। यह एक हृदयहीन और शत्रुतापूर्ण कार्य है। मित्रता में मित्र के भावों का पूरा-पूरा खयाल रखा ही जाना चाहिए। इसमें तो कुछ सोच-विचार की भी बात नहीं है। लेकिन मुसलमानों को हिन्दुओं से डरा-धमकाकर बाजा बंद करवाने की आशा नहीं रखनी चाहिए। धमकियों अथवा वास्तविक हिंसा के आगे झुक जाना अपने आत्मसम्मान और धार्मिक विश्वासों का हनन है। लेकिन जो आदमी धमकियों के आगे नहीं झुकेगा, वह जिनसे प्रतिपक्षी को चिढ़ होती हो ऐसे मौके हमेशा यथासंभव कम वरने की और संभव हो तो टालने की भी पूरी कोशिश करेगा।

मुझे इस बात का पूरा निश्चय है कि यदि नेता न लड़ना चाहे तो आम जनता को लड़ना पसंद नहीं है। इसलिए यदि नेता लोग इस बात पर राज़ी हो

जाएं कि दूसरे सभ्य देशों की तरह हमारे देश में भी आपसी लड़ाई-झगड़ों का सार्वजनिक जीवन से पूरा उच्छेद कर दिया जाना चाहिए और वे जंगलीपन और अधार्मिकता के चिह्न माने जाने चाहिए, तो मुझे इसमें कोई सन्देह नहीं कि आम जनता शीघ्र ही उनका अनुकरण करेगी।

जब ब्रिटिश शासन नहीं था और अंग्रेज़ लोग यहां दिखाई नहीं पड़ते थे, तब क्या हिन्दू, मुसलमान और सिख हमेशा एक-दूसरे से लड़ते ही रहते थे ? हिन्दू इतिहासकारों और मुसलमान इतिहासकारों ने उदाहरण देकर यह सिद्ध किया है कि उस समय में हम बहुत हद तक हिल-मिलकर और शांतिपूर्वक ही रहते थे। और गांवों में तो हिन्दू-मुसलमान आज भी नहीं लड़ते। उन दिनों वे बिलकुल ही नहीं लड़ते थे।

—यंग इंडिया, 24–12–31

सत्याग्रह और दुराग्रह

मेरी यह दृढ़ धारणा है कि सविनय कानून-भंग वैधानिक आन्दोलन का शुद्धतम रूप है। बेशक, उसमें विनय और अहिंसा की जिस विशिष्टता का दावा किया जाता है वह यदि दूसरों को धोखा देने के लिए ओढ़ लिया गया झूठा आवरण-मात्र हो, तो वह लोगों को गिराता है और निंदनीय बन जाता है।

—यंग इंडिया, 15–12–21

कानून की अवज्ञा सच्चे भाव से और आदरपूर्वक की जाए, उसमें किसी प्रकार की उद्धतता न हो और वह किसी ठोस सिद्धान्त पर आधारित हो तथा उसके पीछे द्वेष या तिरस्कार का लेश भी न हो—यह आखिरी कसौटी सबसे ज़्यादा महत्त्व की है—तो ही उसे शुद्ध सत्याग्रह कहा जा सकता है।

—यंग इंडिया, 24–3–20

कानून की सविनय अवज्ञा में केवल वे लोग ही हिस्सा ले सकते हैं, जो राज्य द्वारा लादे गए कष्टप्रद कानूनों का—अगर वे उनकी धर्मबुद्धि या अन्तःकरण को चोट न पहुंचाते हों तो—स्वेच्छापूर्वक पालन करते हैं और जो इस तरह की गई अवज्ञा का दण्ड भी उतनी ही खुशी से भोगने के लिए तैयार हों। कानून की अवज्ञा सविनय तभी कही जा सकती है, जब वह पूरी तरह अहिंसक हो। सविनय अवज्ञा के पीछे सिद्धांत यह है कि प्रतिपक्षी को

खुद कष्ट सहकर यानी प्रेम के द्वारा जीता जाए।

—यंग इंडिया, 3-11-21

सविनय अवज्ञा नागरिक का जन्मसिद्ध अधिकार है। वह अपने इस अधिकार को अपना मनुष्यत्व खोकर ही छोड़ सकता है। सविनय अवज्ञा का परिणाम कभी भी अराजकता में नहीं आ सकता। दुष्ट हेतु से की गई अवज्ञा से ही अराजकता पैदा हो सकती है। दुष्ट हेतु से की जानेवाली अवज्ञा को हरएक राज्य बलपूर्वक अवश्य दबाएगा। यदि वह उसे नहीं दबाएगा, तो वह खुद नष्ट हो जाएगा। किन्तु सविनय अवज्ञा को दबाने का अर्थ तो अन्तरात्मा की आवाज़ को दबाने की कोशिश करना है।

—यंग इंडिया, 5-1-22

चूंकि सत्याग्रह सीधी कार्रवाई के अत्यन्त बलशाली उपायों में से एक है, इसलिए सत्याग्रही सत्याग्रह का आश्रय लेने से पहले और सब उपाय आज़माकर देख लेता हैं। इसके लिए वह सदा और निरन्तर सत्ताधारियों के पास जाएगा, लोकमत को प्रभावित और शिक्षित करेगा, जो उसकी सुनना चाहते हैं उन सबके सामने अपना मामला शांति और ठंडे दिमाग से रखेगा और जब ये सब उपाय वह आज़मा चुकेगा तभी सत्याग्रह का आश्रय लेगा। परन्तु जब उसे अन्तर्नाद की प्रेरक पुकार सुनाई देती है और वह सत्याग्रह छेड़ देता है, तब वह अपना सब कुछ दावं पर लगा देता है और पीछे कदम नहीं हटाता।

—यंग इंडिया, 20-10-27

सत्याग्रह शब्द का उपयोग अकसर बहुत शिथिलतापूर्वक किया जाता है और छिपी हुई हिंसा को भी यह नाम दे दिया जाता है। लेकिन इस शब्द के रचयिता के नाते मुझे यह कहने की अनुमति मिलनी चाहिए कि उसमें छिपी हुई अथवा प्रकट सभी प्रकार की हिंसा का, फिर वह कर्म की हो या मन और वाणी की हो, पूरा बहिष्कार है। प्रतिपक्षी का बुरा चाहना या उसे हानि पहुंचाने के इरादे से उससे या उसके बारे में बुरा बोलना सत्याग्रह का उल्लंघन है। सत्याग्रह एक सौम्य वस्तु है, वह कभी चोट नहीं पहुंचाता। उसके पीछे क्रोध या द्वेष नहीं होना चाहिए। उसमें शोरगुल, प्रदर्शन या उतावली नहीं होती। वह ज़बरदस्ती से बिलकुल उलटी चीज़ है। उसकी कल्पना हिंसा से उलटी परन्तु हिंसा का स्थान पूरी तरह भर सकनेवाली चीज़ के रूप में की गई है।

—हरिजन, 15-4-33

सत्याग्रह में हिंसा, लूटमार, आगज़नी आदि के लिए कोई स्थान नहीं है ; लेकिन इसके बावजूद हमने मकान जलाए हैं, बलपूर्वक हथियार छीने हैं, लोगों को डरा-धमकाकर उनसे पैसा लिया है, रेलगाड़ियां रोकी हैं, तार काटे हैं, निर्दोष आदमियों की हत्या की है और दूकानें तथा लोगों के निजी घरों में लूटमार की है। इस तरह के कामों से मुझे जेल या फांसी के तख्ते से बचाया जा सकता हो तो भी मैं इस तरह बचाया जाना पसन्द नहीं करूंगा।

—स्पीचेज़ एण्ड राइटिंग्ज़ ऑफ महात्मा गांधी, पृष्ठ 476

हिंसा के उपायों के प्रयोग से मुझे तो भारत के लिए नाश के सिवा और कुछ नज़र नहीं आता। अगर मज़दूर लोग अपना गुस्सा देश में प्रचलित कानून को दुष्ट भाव से तोड़कर प्रकट करें तो मैं कहूंगा कि वे आत्मघात कर रहे हैं और भारत को उसके फलस्वरूप अवर्णनीय कष्ट भोगने पड़ेंगे। जब मैंने सत्याग्रह और सविनय अवज्ञा का प्रचार शुरू किया, तो उसका यह उद्देश्य कदापि नहीं था कि उसमें कानूनों की दुष्ट भाव से की जानेवाली उद्धत अवज्ञा का भी समावेश होगा। मेरा अनुभव मुझे सिखाता है कि सत्य का प्रचार हिंसा के द्वारा कभी नहीं किया जा सकता। जिन्हें अपने ध्येय के औचित्य में विश्वास है, उनमें असीम धीरज होना चाहिए। और कानून की सविनय अवज्ञा के लिए केवल वे ही व्यक्ति योग्य माने जा सकते हैं, जो अविनय अवज्ञा (क्रिमिनल डिसओबीडियन्स) या हिंसा किसी तरह कर ही न सकते हों। जिस तरह कोई आदमी एक ही समय में संयत और कुपित नहीं हो सकता, उसी तरह कोई सविनय अवज्ञा और अविनय अवज्ञा, दोनों एकसाथ नहीं कर सकता। और जिस तरह आत्मसंयम की शक्ति अपने मनोविकारों पर पूरा नियंत्रण पा चुकने के बाद ही आती है उस तरह जब हम देश के कानूनों का खुशी से और पूरा-पूरा पालन करना सीख चुके हों, तभी हम उनकी सविनय अवज्ञा करने की योग्यता प्राप्त करते हैं। फिर, जिस तरह किसी आदमी को हम प्रलोभनों की पहुंच के ऊपर तभी कह सकते हैं जबकि वह प्रलोभन से घिरा रहा हो और फिर भी उनका निवारण कर सका हो, उसी तरह हमने क्रोध को जीत लिया है ऐसा तभी कहा जा सकता है जब क्रोध का काफी कारण होने पर भी हम अपने ऊपर काबू रखने में सिद्ध हों।

—यंग इंडिया, 28–4–20

कुछ विद्यार्थियों ने धरना देने के पुराने जंगलीपन को फिर से ज़िन्दा किया है। मैं इसे 'जंगलीपन' इसलिए कहता हूं कि यह दबाव डालने का भद्दा ढंग है।

इसमें कायरता भी है, क्योंकि जो धरना देता है वह जानता है कि उसे कुचलकर कोई नहीं जाएगा। इस कृत्य को हिंसात्मक कहना तो कठिन है, मगर वह इससे भी बदतर ज़रूर है। अगर हम अपने विरोधी से लड़ते हैं तो कम से कम उसे बदले में वार करने का मौका तो देते हैं, लेकिन जब हम उसे अपने को कुचलकर निकलने की चुनौती देते हैं—यह जानते हुए कि वह ऐसा नहीं करेगा—तब हम उसे एक अत्यन्त विषम और अपमानजनक स्थिति में रख देते हैं। मैं जानता हूं कि धरना देने के अत्यधिक जोश में विद्यार्थियों ने कभी सोचा भी नहीं होगा कि यह कृत्य जंगलीपन है परन्तु जिससे यह आशा कि जाती है कि वह अन्तःकरण की आवाज़ पर चलेगा और भारी विपत्तियों का अकेला ही सामना करेगा वह विचारहीन नहीं बन सकता। इसलिए असहयोगियों को हर काम में पहले से ही सचेत रहना चाहिए। उनके काम में कोई अधीरता, कोई जंगलीपन, कोई गुस्ताखी और कोई अनुचित दबाव नहीं होना चाहिए।

यदि हम लोकशाही की सच्ची भावना का विकास करना चाहते हैं, तो हम असहिष्णु नहीं हो सकते। असहिष्णुता से अपने ध्येय में हमारे विश्वास की कमी प्रगट होती है।

—यंग इंडिया, 2–2–21

शासन के खिलाफ विवेकरहित विरोध चलाया जाए, तो उससे अराजकता की, अनियंत्रित स्वच्छंदता की स्थिति पैदा होगी और समाज अपने ही हाथों अपना नाश कर डालेगा।

—यंग इंडिया, 2–4–31

कानून की सविनय अवज्ञा की पूर्ववर्ती अनिवार्य शर्त यह है कि उसमें इस बात का पूरा आश्वासन होना चाहिए कि अवज्ञा-आन्दोलन में भाग लेनेवालों की ओर से या आम जनता की ओर से कहीं कोई हिंसा नहीं होगी। हिंसक उपद्रव होने पर यह कहना कि उसके पीछे राज्य का या अवज्ञाकारियों का विरोध करनेवाले दूसरे दलों का हाथ है, उचित उत्तर नहीं है। ज़ाहिर है कि सविनय अवज्ञा का आन्दोलन हिंसा के वातावरण में नहीं पनप सकता। इसका यह मतलब नहीं कि ऐसी स्थिति में सत्याग्रही के पास फिर कोई उपाय ही नहीं रह जाता। उसे सविनय अवज्ञा से भिन्न दूसरे उपायों की खोज करनी चाहिए।

—हरिजन, 18–3–39

उपवास सत्याग्रह के शस्त्रागार का एक अत्यन्त शक्तिशाली अस्त्र है।

उसे हर कोई नहीं कर सकता। केवल शारीरिक योग्यता इसके लिए कोई योग्यता नहीं है। ईश्वर में जीती-जागती श्रद्धा न हो, तो दूसरी योग्यताएं निरुपयोगी हैं। वह निरा यांत्रिक प्रयत्न या अनुकरण कभी नहीं होना चाहिए। उसकी प्रेरणा अपनी अन्तरात्मा की गहराई से आनी चाहिए। इसलिए वह बहुत विरल होता है।

—हरिजनसेवक, 18–3–39

शुद्ध उपवास में स्वार्थ, क्रोध, अविश्वास या अधीरता के लिए कोई जगह नहीं हो सकती।...अपार धीरज, दृढ़ता, ध्येय में एकाग्र निष्ठा, और पूर्ण शान्ति तो उपवास करनेवाले में होनी ही चाहिए। ये सब गुण किसी व्यक्ति में एकाएक नहीं आ सकते। इसलिए जिसने यम-नियमादि का पालन करके अपना जीवन शुद्ध न कर लिया हो, उसे सत्याग्रह के हेतु से किया जानेवाला उपवास नहीं करना चाहिए।

—हरिजन, 13–10–40

सत्याग्रही को उपवास अन्तिम उपवास के तौर पर ही करना चाहिए। यानी तब जबकि अपनी शिकायत दूर करवाने के और सब उपाय विफल हो गए हों। उपवास में अनुकरण के लिए कोई गुंजाइश नहीं है। जिसमें आन्तरिक शक्ति न हो उसे उपवास का विचार भी नहीं करना चाहिए। उपवास सफलता की आसक्ति रखकर कभी न किया जाए।...जिनमें उपवास का तत्त्व नहीं होता ऐसे उपहासास्पद उपवास बीमारी की तरह फैलते हैं और हानिकारक सिद्ध होते हैं।

—हरिजन, 21–4–46

बेकारी का सवाल

जब तक एक भी सशक्त आदमी ऐसा हो जिसे काम न मिलता हो। या भोजन न मिलता हो, तब तक हमें आराम करने या भरपेट भोजन करने में शर्म महसूस होनी चाहिए।

—यंग इंडिया, 6–10–21

ऐसे देश की कल्पना कीजिए जहां लोग प्रतिदिन औसतन पांच ही घण्टे काम करते हों और वह भी स्वेच्छा से नहीं बल्कि परिस्थितियों की लाचारी के कारण ; बस, आपको भारत की सही तसवीर मिल जाएगी। यदि पाठक इस तसवीर को देखना चाहता हो तो उसे अपने मन से शहरी जीवन में पाई जानेवाली दौड़-धूप को, या कारखानों के मज़दूरों के शरीर को दूर कर देनेवाली थकावट को या चाय-बागानों में दिखाई पड़नेवाली गुलामी को दूर कर देना चाहिए। ये तो

भारत की आबादी के समुद्र की कुछ बूंदें ही हैं। अगर उसे कंकाल-मात्र रह गए भूखे भारतीयों की तसवीर देखना हो, तो उसे उस अस्सी प्रतिशत आबादी की बात सोचना चाहिए, जो अपने खेतों में काम करती है, जिसके पास साल में करीब चार महीने तक कोई धन्धा नहीं होता और इसलिए जो लगभग भुखमरी की ज़िन्दगी जीती है। यह उसकी सामान्य स्थिति है। इस विवश बेकारी में बार-बार पड़नेवाले अकाल काफी बड़ी वृद्धि करते हैं।

—यंग इंडिया, 3–11–21

हमारी औसत आय इतनी कम है कि सोचकर दुःख होता है। इसी तरह हम दिन-दिन अधिकाधिक गरीब होते जा रहे हैं। इसका कारण यह है कि हमने अपने सात लाख गांवों की उपेक्षा की है। उनका खयाल नहीं रखा। उनसे जितने पैसे मिल सकें उतने लेने की हम कोशिश करते हैं, उन्हें कंगाल करके हम स्वयं कंगाल हो रहे हैं। यह हिन्दुस्तान पहले सुवर्ण-भूमि कहलाता था। वह किसकी बदौलत कंगाल हुआ ? हमारी ही बदौलत। हमारे पास तमाम ऐश-आराम की चीज़ें हैं। मोटरें हैं, सोने को गद्दे हैं और अन्य सुविधाएं हैं ; परन्तु सच पूछा जाए तो हमको इनमें से एक भी चीज़ का अधिकार नहीं है।

हिन्दुस्तान की सभ्यता पश्चिम की सभ्यता से निराली है। जहां ज़मीन ज़्यादा हो और लोग कम, और जहां ज़मीन कम हो और लोग ज़्यादा उसमें तो फर्क होना ही चाहिए। मशीनें या कलें अमरीकावालों के लिए ज़रूरी होंगी ही जहां लोग कम और काम ज़्यादा है। किन्तु हिन्दुस्तान में जहां एक काम के लिए अनेक लोग खाली हैं, मशीनरी की ज़रूरत नहीं और न इस प्रकार भूखों मरकर समय बचाना ही ठीक है। यदि हम खाना भी यंत्र द्वारा खाएं तो मैं समझता हूं कि आप कभी वह पसन्द न करेंगे। इसीलिए हमें उस खाली या बेकार जनता का उपयोग कर लेना चाहिए। हिन्दुस्तान की आबादी इतनी बढ़ गई है कि उसके भरण-पोषण के लिए उसकी ज़मीन बहुत कम है, ऐसा बहुत-से अर्थशास्त्रज्ञ कहते हैं। पर मैं इसे नहीं मानता। हम यदि उद्योग करें तो दूना पैदा कर सकते हैं। इसमें मुझे पूरा विश्वास है। यह हमारे सोचने की बात है कि हम सच्चा उद्योग करें और देहातियों के साथ सम्पर्क बढ़ाएं और उनके सच्चे सेवक बन जाएं तो मुझे पूर्ण विश्वास है कि हम हिन्दुस्तान के छोटे-छोटे उद्योगों से करोड़ों रुपये का धन पैदा कर सकते हैं। उसमें पैसे की भी विशेष आवश्यकता नहीं, ज़रूरत है लोगों की, मेहनत की। यदि हम विचारशील जीवन रखें, तो हमारा बड़ा फायदा हो सकता है।

हम लोग जो आटा खाते हैं वह आटा नहीं, ज़हर खाते हैं। हमारे लिए आस्ट्रेलिया से खाने को आटा आता है, वह ज़हर ही है। ऐसा मैं नहीं कहता डाक्टर लोग कहते हैं। यहां हम अमृत को भी ज़हर बनाकर खाते हैं। जो आटा हम कल से पिसाकर खाते हैं, उसका सब द्रव्य निकल जाता है और हम निःसत्त्व भोजन खाते हैं। इससे हम दिनोंदिन क्षीण हो रहे हैं। आटा तो रोज़ घर की चक्की में पीसकर ताज़ा खाना चाहिए। मनों आटा पीसकर नहीं रख छोड़ना चाहिए, क्योंकि कुछ दिन के बाद वह दूषित हो जाता है। इस प्रकार घर में आटा पीस लेने से दो फायदे हैं। पहला तो शुद्ध, शक्तियुक्त भोजन खाने को मिलता है, जिससे हम दीर्घजीवी हो सकते हैं; और दूसरे, उस बहाने हमारी बहिनों का, जो निकम्मी-सी हो गई हैं, व्यायाम हो जाएगा, जिससे वे भी स्वास्थ्यलाभ कर सकेंगी। यदि इतना पैसा जिसे हम कल में पिसवाने के लिए देते हैं बच रहे, तो सब मिलाकर देश का कितना फायदा हो सकता है ? इससे तो आम के आम और गुठली के दाम भी मिल जाते हैं। हमारी इससे कितनी बचत हो सकती है ? धन भी बचे और स्वास्थ्यलाभ भी हो। यह अर्थशास्त्र की बात नहीं अनुभव की बात है।

इसी प्रकार चावल के साथ भी हम अत्याचार करते हैं। आज मैं यह दुःख की बात सुनता हूं। चावल की भूसी कलों द्वारा न निकलवानी चाहिए। उससे चावल का पोषक द्रव्य नष्ट हो जाता है। उसे तो घर में ही हाथों से कूटकर साफ करना चाहिए। यही बात तेल और गुड़ के लिए है। हमें शक्कर का प्रयोग न करके गुड़ खाना चाहिए। गुड़ की ललाई ही खून को बढ़ाती है, शक्कर की सफेदी नहीं। वह तो ज़हर है। लेकिन आजकल तो शुद्ध गुड़ भी नहीं मिलता। उसे हमें स्वयं तैयार करना चाहिए। इससे भी दूना लाभ होगा। शहद जैसी कीमती चीज़ भी इसी प्रकार पैदा की जा सकती है। अभी तो शहद इतना कीमती है कि या तो बड़े-बड़े लोग उसे काम में ला सकते हैं या वैद्यराज अपनी गोलियां बनाने में, सर्व-साधारण नहीं।

शहद भी मधुमक्खियों को पालकर पैदा किया जा सकता है। हमें गुड़ और शहद के लिए देखना होगा कि वह सफाई से बनाया और निकाला जाए। इन छोटे-छोटे उद्योगों से आगे बढ़े तो हमारा जीवन ही कलामय हो जाए और हम करोड़ों रुपया पैदा कर सके। हम आरोग्यशास्त्र भी नहीं जानते। इससे तो हमें स्वयं ही आरोग्यशास्त्र का सामान्य ज्ञान हो सकता है। मल भी अशुद्ध नहीं है। उससे भी हम सोना बना सकते हैं, अर्थात् अच्छी खाद बनाने के उपयोग में वह आ

सकता है। उसका प्रयोग न करके हम उसका दुरुपयोग करते हैं और बाहर दरिया वगैरा में फेंककर अनेक रोग पैदा करते हैं, जो हमारे प्राणघातक हैं।

संक्षेप में मेरा यही निवेदन है कि मैंने आपका ध्यान इधर खींचने की कोशिश की है। यदि आप इससे लाभ न उठाएं तो मैं लाचार हूं। आप इन छोटी-छोटी बातों से बहुत कुछ कर सकते हैं लेकिन एक शर्त है कि इन्हें चन्द लोग करें और बाकी उनपर निर्भर रहें तो वे अवश्य भूखे मरेंगे। किन्तु यदि सब मिलकर करेंगे तो करोड़ों रुपये का फायदा हो सकता है, ऐसा मेरा पूर्ण विश्वास है। सबको अपना हिस्सा देना चाहिए। यह बात उद्यमशील के लिए है, अनुद्यमी के लिए नहीं। मैं उम्मीद करता हूं कि आप लोग इसपर अवश्य विचार करके इसे अमल में लायेंगे।

इन्दौर की एक आम सभा में दिए गए मूल हिन्दी भाषण से संक्षिप्त :

—हरिजनसेवक, 10–5–35

एक तरह से देखें तो हमारे देश में बेकारी का सवाल उतना कठिन नहीं है जितना दूसरे देशों में है। इस सवाल का रहन-सहन के तरीके से घनिष्ठ सम्बन्ध है। पश्चिम के बेकार मज़दूरों को गरम कपड़े चाहिए, दूसरे लोगों की ही तरह जूते और मोज़े चाहिए, गरम घर चाहिए और ठंडी आबहवा में आवश्यक अन्य वस्तुएं चाहिए। हमें इन सब चीज़ों की ज़रूरत नहीं है। अपने देश में जो भयानक गरीबी और बेकारी है, उसे देखकर मुझे रोना आया है। लेकिन मुझे स्वीकार करना चाहिए कि इस स्थिति के लिए हमारी अपनी उपेक्षा और अज्ञान ही ज़िम्मेदार हैं। शरीर-श्रम करने में जो गौरव है उसे हम नहीं जानते। उदाहरण के लिए, मोची जूते बनाने के सिवा कोई दूसरा काम नहीं करता ; वह ऐसा समझता है कि दूसरे काम उसकी प्रतिष्ठा के अनुकूल नहीं हैं। यह गलत खयाल दूर होना चाहिए। उन सब लोगों के लिए, जो अपने हाथों और पांवों से ईमानदारी के साथ मेहनत करना चाहते हैं, हिन्दुस्तान में काफी धन्धा है। ईश्वर ने हरएक को काम करने की और अपनी रोज़ की रोटी से ज़्यादा कमाने की क्षमता दी है। और जो भी इस क्षमता का उपयोग करने के लिए तैयार हो, उसे काम अवश्य मिल सकता है। ईमान की कमाई करने की इच्छा रखनेवाले को चाहिए कि वह किसी भी काम को नीचा न माने। ज़रूरत इस बात की है कि ईश्वर ने हमें हाथ-पांव दिए हैं, उनका उपयोग करने के लिए हम तैयार रहें।

—हरिजन, 19-12-36

मैं मानता हूं कि मेहनत-मज़दूरी करके अपनी जीविका कमानेवालों के लिए विविध धन्धों के पर्याप्त ज्ञान की वही कीमत है, जो कि पैसे की पूंजीपति के लिए है। मज़दूर का कौशल ही उसकी ऊंची पूंजी है। जिस तरह पूंजीपति अपनी पूंजी को मज़दूरों के सहयोग के बिना फलप्रद नहीं बना सकता, उसी तरह मज़दूर भी अपनी मेहनत को पूंजी के सहयोग के बिना फलप्रद नहीं बना सकते। और मज़दूरों तथा पूंजीवालों दोनों की बुद्धि का विकास समान रूप से हुआ हो और दोनों को एक-दूसरे से न्यायोचित व्यवहार हासिल करने की क्षमता में विश्वास हो, तो वे एक-दूसरे को किसी समान कार्य में लगे हुए समान दर्जे के सहकारी मानना सीखेंगे, और एक-दूसरे का वैसा ही आदर करने लगेंगे। ज़रूरत इस बात की है कि वे एक-दूसरे को अपना ऐसा विरोधी समझना बन्द कर दें जिनमें मेल कभी हो ही नहीं सकता। कठिनाई यह है कि आज पूंजीवालों में तो संगठन है और ऐसा भी मालूम होता है कि उन्होंने अपने पैर मज़बूती से जमा रखे हैं; लेकिन मज़दूरों का ऐसा नहीं है। इसके सिवा मज़दूर अपने जड़ और यांत्रिक व्यवसाय से भी जकड़ा हुआ है। इस व्यवसाय के कारण उसे अपनी बुद्धि का विकास करने के लिए मौका ही नहीं मिलता। इसीलिए वह अपनी स्थिति की शक्ति को और उसके गौरव को पूरी तरह समझने में असमर्थ रहा है। उसे यह मानना सिखाया गया है कि उसका वेतन तो पूंजीवाले ही तय करेंगे; उसके सम्बन्ध में वह खुद अपनी कोई मांग नहीं कर सकता। उपाय यह है कि वे सही ढंग से अपना संगठन करें, अपनी बुद्धि का विकास करें और एक से अधिक धन्धों में निपुणता प्राप्त करें। ज्यों ही वे ऐसा करेंगे त्यों ही वे अपना सिर ऊंचा रखकर चलने में समर्थ हो जाएंगे और अपनी जीविका के बारे में फिर उन्हें डरने की कोई आवश्यकता नहीं रहेगी।

—हरिजन, 3--7--37

हड़तालें

आजकल हड़तालों का दौरदौरा है। वे वर्तमान असंतोष की निशानी हैं। तरह-तरह के अनिश्चित विचार हवा में फैल रहे हैं। सबके दिलों में एक धुंधली-सी आशा बंधी हुई है। और यदि वह आशा निश्चित रूप धारण नहीं करेगी, तो लोगों को बड़ी निराशा होगी। और देशों की तरह भारत में भी मज़दूर-जगत् उन लोगों की दया पर निर्भर है, जो सलाहकार और पथदर्शक बन जाते हैं। ये लोग सदा सिद्धान्त-पालक नहीं होते और सिद्धान्त-पालक

होते भी हैं तो हमेशा बुद्धिमान नहीं होते। मज़दूरों को अपनी हालत पर असन्तोष है। असन्तोष के लिए उनके पास पूरे कारण हैं। उन्हें यह सिखाया जा रहा है, और ठीक सिखाया जा रहा है, कि अपने मालिकों को धनवान बनाने का मुख्य साधन वे ही हैं। राजनीतिक स्थिति भी भारत के मज़दूरों को प्रभावित करने लगी है। और ऐसे मज़दूर-नेताओं का अभाव नहीं है, जो समझते हैं कि राजनीतिक हितों के लिए हड़तालें कराई जा सकती हैं।

मेरी राय में ऐसे हितों के लिए मज़दूर-हड़तालों का उपयोग करना अत्यन्त गम्भीर भूल होगी। मैं इससे इनकार नहीं करता कि ऐसी हड़तालों से राजनीतिक गरज़ पूरी की जा सकती है। परन्तु वे अहिंसक असहयोग की योजना में नहीं आतीं। यह समझने के लिए बुद्धि पर बहुत ज़ोर डालने की ज़रूरत नहीं है कि जब तक मज़दूर देश की राजनीतिक स्थिति को समझ न लें और सबकी भलाई के लिए काम करने को तैयार न हों, तब तक मज़दूरों का राजनीतिक उपयोग करना बहुत ही खतरनाक बात होगी। इस व्यवहार को उनसे अचानक आशा रखना कठिन है। यह आशा उस वक्त तक नहीं रखी जा सकती, जब तक वे अपनी खुद की हालत इतनी अच्छी न बना लें कि शरीर और आत्मा की ज़रूरतें पूरी करके सभ्य और शिष्ट जीवन व्यतीत कर सकें।

—स्पीचेज एण्ड राइटिंग्ज़ ऑफ महात्मा गांधी, पृष्ठ 1049

इसलिए सबसे बड़ी राजनीतिक सहायता मज़दूर यह कर सकते हैं कि वे अपनी स्थिति सुधार लें, अधिक जानकार हो जाएं, अपने अधिकारों का आग्रह रखें और जिस माल के तैयार करने में उनका इतना महत्त्वपूर्ण हाथ होता है उसके उचित उपयोग की भी मालिकों से मांग करें। इसलिए मज़दूरों के लिए सही विकास यह होगा कि वे अपना दरजा बढ़ाएं और आंशिक मालिकों का दरजा प्राप्त करें।

अतः अभी तो हड़तालें मज़दूरों की हालत के सीधे सुधार के लिए ही होनी चाहिए और जब उनमें देशभक्ति की भावना पैदा हो जाए, तब अपने तैयार किए हुए माल की कीमतों के नियन्त्रण के लिए भी हड़ताल की जा सकती है।

सफल हड़तालों की शर्तें सीधी-सादी हैं और जब वे पूरी हो जाती हैं तो हड़तालें कभी असफल सिद्ध होनी ही नहीं चाहिए :

1. हड़ताल का कारण न्यायपूर्ण होना चाहिए।
2. हड़तालियों में व्यावहारिक एकमत होना चाहिए।

3. हड़ताल न करनेवालों के विरुद्ध हिंसा काम में नहीं लेनी चाहिए।

4. हड़तालियों में यह शक्ति होनी चाहिए कि संघ के कोष का आश्रय लिए बिना वे हड़ताल के दिनों में अपना पालन-पोषण कर सकें। इसके लिए उन्हें किसी उपयोगी और उत्पादक अस्थायी धन्धे में लगना चाहिए।

5. जब हड़तालियों की जगह लेने के लिए दूसरे मज़दूर काफी हों तब हड़ताल का उपाय बेकार साबित होता है। उस सूरत में अन्यायपूर्ण व्यवहार हो, नाकाफी मज़दूरी मिले या ऐसा ही और कोई कारण हो, तो त्यागपत्र ही उसका एकमात्र उपाय है।

6. उपरोक्त सारी शर्तें पूरी न होने पर भी सफल हड़तालें हुई हैं। परन्तु इससे तो इतना ही सिद्ध होता है कि मालिक कमज़ोर थे और उनका अन्तःकरण अपराधी था।

—यंग इंडिया 16–2–21

ज़ाहिर है कि बिना वज़नदार कारण के हड़ताल होनी ही न चाहिए। नाजायज़ हड़ताल को न तो कामयाबी हासिल होनी चाहिए और न ही किसी हालत में उसे आम जनता की हमदर्दी मिलनी चाहिए। आम तौर पर लोगों को यह मालूम ही नहीं हो सकता कि हड़ताल जायज़ है या नाजायज़, सिवा इसके कि हड़ताल का समर्थन कोई ऐसे लोग करें, जो निष्पक्ष हों और जिनपर आप लोगों का पूरा विश्वास हो। हड़ताली खुद अपने मामले में राय देने के हकदार नहीं। इसलिए या तो मामला ऐसे पंच के सुपुर्द करना चाहिए, जो दोनों तरफ के लोगों को मंज़ूर हो, या उसे अदालती फैसले पर छोड़ना चाहिए।...

जब इस तरीके से काम किया जाता है, तो आम तौर पर पब्लिक के सामने हड़ताल का मामला पेश करने की नौबत ही नहीं आती। अलबत्ता, कभी-कभी यह ज़रूर होता है कि मगरूर मालिक पंच के या अदालत के फैसले को ठुकरा देते हैं, या गुमराह मज़दूर अपनी ताकत के बल मालिक से ज़बरदस्ती और भी रियायतें पाने के लिए फैसले को मंज़ूर करने से इनकार कर देते हैं। ऐसी हालत में मामला आम जनता के सामने आता है।

—हरिजनसेवक, 11-8-46

जो हड़ताल माली हालत की बेहतरी के लिए की जाती है, उसमें कभी अंकित ध्येय के तौर पर राजनीतिक मकसद की मिलावट नहीं होनी चाहिए। ऐसा करने से राजनीतिक तरक्क़ी कभी नहीं हो सकती। बल्कि होता यह है कि अकसर

हड़तालियों को ही इसका नतीजा भुगतना पड़ता है चाहे उन हड़तालों का असर आम लोगों की ज़िन्दगी पर पड़े या न पड़े। सरकार के सामने कुछ दिक़्क़तें ज़रूर खड़ी हो सकती हैं, लेकिन उनकी वजह से हुकूमत का काम रुक नहीं सकता। अमीर लोग रुपया खर्च करके अपनी डांक का बन्दोबस्त खुद कर लेंगे, लेकिन असल मुसीबत तो गरीबों को झेलनी पड़ती है। ऐसी हड़तालें तो तभी करना चाहिए, जब इन्साफ कराने के बाद दूसरे सब उचित साधन असफल साबित हो चुके हों।...

ऊपर की इन बातों से यह ज़ाहिर है कि राजनीतिक हड़तालों की अपनी अलग जगह है और उनको आर्थिक हड़तालों के साथ न तो मिलाना चाहिए और न दोनों का आपस में वैसा कोई रिश्ता रखा जाना चाहिए। अहिंसक लड़ाई में राजनीतिक हड़ताल की अपनी एक खास जगह होती है। वे चाहे जब और चाहे जैसे ढंग से नहीं की जानी चाहिए। ऐसी हड़तालें बिल्कुल खुली होनी चाहिए और गुण्डाशाही की कोई गुंजाइश न रहनी चाहिए। उनकी वजह से कहीं किसी तरह की हिंसा नहीं होनी चाहिए।

—हरिजनसेवक, 11–8–46

सन्तति-नियमन

सन्तति के जन्म को मर्यादित करने की आवश्यकता के बारे में दो मत हो ही नहीं सकते। परन्तु इसका एकमात्र उपाय है आत्मसंयम या ब्रह्मचर्य, जो कि युगों से हमें प्राप्त है। यह रामबाण और सर्वोपरि उपाय है, और जो इसका सेवन करते हैं उन्हें लाभ ही लाभ होता है।

कृत्रिम साधनों की सलाह देना मानो बुराई का हौसला बढ़ाना है। उससे पुरुष और स्त्री दोनों उच्छृंखल हो जाते हैं और इन कृत्रिम साधनों को जो प्रतिष्ठा दी जा रही है, उससे उस संयम के ह्रास की गति बढ़े बिना न रहेगी, जो कि लोकमत के कारण हमपर रहता है। कृत्रिम साधनों के अवलंबन का कुफल होगा नपुंसकता और क्षीणवीर्यता। यह दवा रोग से भी ज़्यादा बदतर साबित हुए बिना न रहेगी।

केवल नैतिक संयम के द्वारा ही हमें नैतिक फल मिल सकता है। संयम के दूसरे तमाम साधन अपने हेतु के ही विनाशक सिद्ध होंगे।

—हिन्दी नवजीवल, 12–3–25

विषय-भोग करते हुए भी कृत्रिम उपायों के द्वारा प्रजोत्पत्ति रोकने की

प्रथा पुरानी हैं। मगर पूर्वकाल में वह गुप्त रूप से चलती थी। आधुनिक सभ्यता के इस ज़माने में उसे ऊंचा स्थान मिल गया है, और कृत्रिम उपायों की रचना भी व्यवस्थित तरीके से की गई है। इस प्रथा को परमार्थ का जामा पहनाया गया है। इन उपायों के हिमायती कहते हैं कि भोगेच्छा स्वाभाविक वस्तु है, शायद उसे ईश्वर का वरदान भी कहा जा सकता है। उसे निकाल फेंकना अशक्य है। उसपर संयम का अंकुश रखना कठिन है। और अगर संयम के सिवा दूसरा कोई उपाय न ढूंढा जाए, तो असंख्य स्त्रियों के लिए प्रजोत्पत्ति बोझरूप हो जाएगी; और भोग से उत्पन्न होने वाली प्रजा इतनी बढ़ जाएगी कि मनुष्य-जाति के लिए पूरी खुराक ही नहीं मिल सकेगी। इन दो आपत्तियों को रोकने के लिए कृत्रिम उपायों की योजना करना मनुष्य का धर्म हो जाता है।

मुझपर इस दलील का असर नहीं हुआ क्योंकि इन उपायों के द्वारा मनुष्य अनेक दूसरी मुसीबतें मोल लेता है। मगर सबसे बड़ा नुकसान तो यह है कि कृत्रिम उपायों के प्रचार से संयम-धर्म का लोप हो जाने का भय पैदा होगा। इस रत्न को बेचकर चाहे जैसा तात्कालिक लाभ मिले, तो भी यह सौदा करने योग्य नहीं है।...कठिनाई आत्म-वंचना से पैदा होती है। इसमें त्याग का आरम्भ विचार-शद्धि से नहीं होता, केवल बाह्याचार को रोकने के निष्फल प्रयत्न से होता है। विचार की दृढ़ता के साथ आचार का संयम शुरू से हो, तो सफलता मिले बिना रह ही नहीं सकती। स्त्री-पुरुष की जोड़ी विषय-सेवन के लिए हरगिज़ नहीं बनी है।

—आरोग्य की कुंजी, पृष्ठ 37-38;

मुझे मालूम है कि गुप्त पाप ने पाठशाला के लड़के-लड़कियों का कैसा भयंकर विनाश किया है। विज्ञान के नाम पर कृत्रिम साधनों के प्रचलित होने और समाज के प्रसिद्ध नेताओं की उसपर मुहर लग जाने से समस्या और बढ़ गई है; और जो सुधारक सामाजिक जीवन की शुद्धि का काम करते हैं, उनका कार्य आज असंभव-सा हो गया है। मैं पाठकों को यह सूचना देते हुए कोई विश्वासघात नहीं कर रहा हूं कि ऐसी कुंवारी लड़कियां हैं, जिनपर आसानी से किसी भी बात का प्रभाव पड़ सकता है और जो स्कूल-कालेजों में पढ़ती हैं, परन्तु जो बड़ी उत्सुकता से संतति-निग्रह के साहित्य और पत्रिकाओं का अध्ययन करती हैं और जिनके पास उनके साधन भी मौजूद हैं। इन साधनों के प्रयोग को विवाहित स्त्रियों तक सीमित रखना असंभव है। जब विवाह के उद्देश्य और उच्चतम उपयोगों की

कल्पना ही पाशविक विकार की तृप्ति हो और यह विचार तक न किया जाए कि इस प्रकार की तृप्ति का कुदरती नतीजा क्या होगा, तब विवाह की सारी पवित्रता नष्ट हो जाती है।

मुझे इसमें ज़रा भी शक नहीं कि जो विद्वान पुरुष और स्त्रियां मिशनरी उत्साह के साथ कृत्रिम साधनों के पक्ष में आन्दोलन कर रहे हैं, वे देश के युवकों की अपार हानि कर रहे हैं। उनका यह विश्वास झूठा है कि ऐसा करके वे उन गरीब स्त्रियों को संकट से बचा लेंगे, जिन्हें अपनी इच्छा के विरुद्ध मजबूरन बच्चे पैदा करने पड़ते हैं। जिन्हें बच्चों की संख्या मर्यादित करने की ज़रूरत है, उनके पास तो इनकी आसानी से पहुंच नहीं होगी। हमारी गरीब औरतों के पास न तो वह ज्ञान होता है और न वह तालीम होती है, जो पश्चिम की स्त्रियों के पास होती है। अवश्य ही यह आन्दोलन मध्यम श्रेणी की स्त्रियों की तरफ से किया जा रहा है, क्योंकि उन्हें इस ज्ञान की उतनी ज़रूरत नहीं है जितनी निर्धन वर्गों की स्त्रियों को है।

परन्तु सबसे बड़ी हानि जो आन्दोलन कर रहा है, यह है कि पुराना आदर्श छोड़कर यह उसके स्थान पर एक ऐसा आदर्श स्थापित कर रहा है, जिसपर अमल हुआ तो मानव-जाति का नैतिक और शारीरिक विनाश निश्चित है। वीर्य के व्यर्थ व्यय को प्राचीन साहित्य में जो इतना भयंकर कृत्य माना गया है, वह कोई अज्ञानजन्य अन्ध-विश्वास नहीं था। कोई किसान अगर अपने पास का बढ़िया से बढ़िया बीज पथरीली ज़मीन में बोए या कोई खेत का मालिक बढ़िया ज़मीन वाले अपने खेत में ऐसी परिस्थितियों में बीज डाले जिनमें उसका उगना असम्भव हो, तो उसके लिए क्या कहा जाएगा? भगवान ने पुरुष को ऊंची से ऊंची शक्तिवाला बीज प्रदान किया है और स्त्री को ऐसा खेत दिया है जिसके बराबर उपजाऊ धरती इस दुनिया में और कहीं नहीं है। अवश्य ही पुरुष की यह भयंकर मूर्खता है कि वह अपनी इस सबसे कीमती सम्पत्ति को व्यर्थ जाने देता है। उसे अपने अत्यन्त मूल्यवान जवाहरात और मोतियों से भी अधिक सावधानी के साथ इसकी रक्षा करनी चाहिए। इसी तरह वह स्त्री भी अक्षम्य मूर्खता करती है, जो अपने जीवोत्पादक क्षेत्र में बीज को नष्ट होने देने के इरादे से ही ग्रहण करती है। वे दोनों ईश्वर-प्रदत्त प्रतिभा के दुरुपयोग के अपराधी माने जाएंगे और जो चीज़ उन्हें दी गई है वह उनसे छीन ली जाएगी। काम की प्रेरणा एक सुन्दर और उदात्त वस्तु है। उसमें लज्जित होने की कोई बात नहीं है। परन्तु वह संतानोत्पत्ति के लिए ही बनाई गई है। उसका कोई और उपयोग करना ईश्वर और मानवता दोनों के प्रति पाप है।

सन्तति-निग्रह के कृत्रिम साधन पहले भी थे और आगे भी रहेंगे। परन्तु पहले उन्हें काम में लेना पाप समझा जाता था।

—हरिजन, 28-3-36

मैं यह नहीं मानता कि स्त्री काम-विकार की उतनी ही शिकार बनती है जितना पुरुष। पुरुष के बनिस्बत स्त्री के लिए आत्मसंयम पालना ज़्यादा आसान होता है। मैं मानता हूं कि इस देश में स्त्री को दी जाने लायक सही शिक्षा यह होगी कि उसे अपने पति को भी 'नहीं' कहने की कला सिखाई जाए; उसे यह सिखाया जाए कि पति के हाथों में केवल विषय-भोग का साधन या गुड़िया बनकर रहना उसका कर्तव्य बिलकुल नहीं है। यदि स्त्री के कर्तव्य हैं तो उसके अधिकार भी हैं।

पहली बात है उसे मानसिक गुलामी से मुक्त करना, उसे अपने शरीर को पवित्र मानने की शिक्षा देना और राष्ट्र तथा मानव-जाति की सेवा की प्रतिष्ठा और गौरव सिखाना। यह मान लेना अनुचित होगा कि भारत की स्त्रियां इस गुलामी से कभी छूट ही नहीं सकतीं और इसलिए प्रजोत्पत्ति को रोकने तथा अपनी बची-खुची तन्दुरुस्ती की रक्षा करने के लिए उन्हें कृत्रिम साधनों का उपयोग सिखाने के सिवा दूसरा कोई रास्ता नहीं है।

जिन बहनों का पुण्य-प्रकोप ऐसी स्त्रियों के कष्टों को देखकर, जिन्हें इच्छा या अनिच्छा से बच्चे पैदा करने पड़ते हैं—जाग्रत् हुआ है, वे उतावली न बनें। कृत्रिम साधनों के पक्ष में किया जानेवाला प्रचार भी वांछित हेतु को एक दिन में सिद्ध नहीं कर देगा। हर पद्धति के लिए लोगों को शिक्षा देना ज़रूरी होगा। मेरा कहना इतना ही है कि यह शिक्षा सही रास्ते ले जानेवाली होनी चाहिए।

—हरिजन, 2–5–36

लोगों पर वन्ध्यीकरण (वह क्रिया जिससे पुरुषों के वीर्य में निहित प्रजनन-शक्ति का नाश कर दिया जाता है) का कानून लादने को मैं अमानुषिक मानता हूं, परन्तु जो व्यक्ति पुराने रोगों के मरीज़ हों वे यदि स्वीकार कर लें तो उनका वन्ध्यीकरण वांछनीय होगा। वन्ध्यीकरण एक प्रकार का कृत्रिम साधन है। यद्यपि मैं पुरुषों के सम्बन्ध में कृत्रिम साधनों के उपयोग के खिलाफ हूं, फिर भी मैं पुरुषों के सम्बन्ध में स्वेच्छा से किए जानेवाले वन्ध्यीकरण के खिलाफ नहीं हूं, क्योंकि पुरुष आक्रामक है।

—अमृतबाज़ार पत्रिका, 12–1–35

यदि यह कहा जाए कि जनसंख्या की अतिवृद्धि के कारण कृत्रिम साधनों द्वारा सन्तति-नियमन की राष्ट्र के लिए आवश्यकता है, तो मुझे इस बात में पूरा शक है। यह बात अब तक साबित ही नहीं की गई है। मेरी राय में तो यदि ज़मीन-सम्बन्धी कानूनों में समुचित सुधार कर दिया जाए, खेती की दशा सुधारी जाए और एक सहायक धन्धे की तजवीज़ कर दी जाए तो हमारा यह देश अपनी जनसंख्या से दूने लोगों का भरण-पोषण कर सकता है।

—यंग इंडिया, 2–4–25

शराब और अन्य मादक द्रव्य

जैसाकि कहा जाता है शराब शैतान की ईज़ाद है। इस्लाम की किताबों में कहा गया है कि जब शैतान ने पुरुषों और स्त्रियों को ललचाना शुरू किया, तो उसने उन्हें शराब दिखाई थी। मैंने कितने ही मामलों में यह देखा है कि शराब आदमियों से न सिर्फ उनका पैसा छीन लेती है, बल्कि उनकी बुद्धि भी हर लेती है। उसके नशे में वे कुछ क्षणों के लिए उचित और अनुचित का, पुण्य और पाप का, यहां तक कि मां और स्त्री का भेद भी भूल जाते हैं। मांसाहार और शराब दोनों के बारे में उत्तम नियम तो यह है कि 'हमें खाने, पीने और आमोद-प्रमोद के लिए नहीं जीना चाहिए, बल्कि इसलिए खाना और पीना चाहिए कि हमारे शरीर ईश्वर के मन्दिर बन जाएं और हम उनका उपयोग मनुष्य की सेवा में कर सकें।' औषधि के रूप में कभी-कभी शराब की आवश्यकता हो सकती है और मुमकिन है कि जब आदमी मरने के करीब हो तो शराब का घूंट उसकी ज़िन्दगी को थोड़ा और बढ़ा दे। लेकिन शराब के पक्ष में इससे अधिक और कुछ नहीं कहा जा सकता।

—इंडियाज़ केस फॉर स्वराज्य, पृष्ठ 403

आपको ऊपर से ठीक दिखाई देनेवाली इस दलील के भुलावे में नहीं आना चाहिए कि शराबबन्दी ज़ोर-ज़बरदस्ती के आधार पर नहीं होनी चाहिए और जो लोग शराब पीना चाहते हैं उन्हें उसकी सुविधाएं मिलनी ही चाहिए। राज्य का यह कोई कर्तव्य नहीं है कि वह अपनी प्रजा की कुटेवों के लिए अपनी ओर से सुविधाएं दे। हम वेश्यालयों को अपना व्यापार चलाने के लिए अनुमति-पत्र नहीं देते। इसी तरह हम चोरों को अपनी चोरी की प्रवृत्ति पूरी करने की सुविधाएं नहीं देते। मैं शराब को चोरी और व्यभिचार, दोनों से ज़्यादा निंद्य मानता हूं। क्या वह अक्सर इन दोनों बुराइयों की जननी नहीं होती ?

—यंग इंडिया, 8-6-21

शराब की लत कुटेव तो है ही, लेकिन कुटेव से भी ज़्यादा वह एक बीमारी है। मैं ऐसे बीसियों आदमियों को जानता हूं जिन्होंने यह कहा है कि शराब उनके सामने न लाई जाए। और जब उनके कहने के अनुसार शराब उनके सामने न लाई गई, तो मैंने उन्हें लाचार होकर शराब की चोरी करते हुए देखा है। लेकिन इसलिए मैं यह नहीं मानता कि शराब उनके पास से हटा लेना गलत था। बीमारों को अपने-आपसे यानी अपनी अनुचित इच्छाओं से लड़ने में हमें मदद देनी ही चाहिए।

मज़दूरों के साथ अपनी आत्मीयता के फलस्वरूप मैं जानता हूं कि शराब की लत में फंसे हुए मज़दूरों के घरों का शराब ने कैसा नाश किया है। मैं जानता हूं कि शराब आसानी से न मिल सकती होती तो वे शराब छूते भी नहीं। इसके सिवा, हमारे पास हाल के ऐसे प्रमाण मौजूद हैं कि शराबियों में से ही कई खुद शराबबन्दी की मांग कर रहे हैं।

—यंग इंडिया 3-6-39

शराब की आदत मनुष्य की आत्मा का नाश कर देती है और उसे धीरे-धीरे पशु बना डालती है, जो मां और बहन में भेद करना भूल जाता है। शराब के नशे में यह भेद भूल जानेवाले लोगों को मैंने खुद देखा है।

—हरिजन, 9-3-34

शराब और अन्य मादक द्रव्यों से होनेवाली हानि कई अंशों में मलेरिया आदि बीमारियों से होनेवाली हानि की अपेक्षा असंख्य गुनी ज़्यादा है। कारण, बीमारियों से तो केवल शरीर को हानि पहुंचती है जबकि शराब आदि से शरीर और आत्मा दोनों का नाश हो जाता है।

—यंग इंडिया, 3-3-27

मैं भारत का गरीब होना पसन्द करूंगा, लेकिन मैं यह बरदाश्त नहीं कर सकता कि हमारे हज़ारों लोग शराबी हों। अगर भारत में शराबबन्दी जारी करने के लिए लोगों को शिक्षा देना बन्द करना पड़े तो कोई परवाह नहीं; मैं यह कीमत चुकाकर भी शराबखोरी बन्द करूंगा।

—यंग इंडिया, 15-9-27

जो राष्ट्र शराब की आदत का शिकार है, कहना चाहिए कि उसके सामने विनाश मुंह बाए खड़ा है। इतिहास में इस बात के कितने ही प्रमाण हैं कि इस बुराई के कारण कई साम्राज्य मिट्टी में मिल गए हैं। प्राचीन भारतीय

इतिहास में, हम जानते हैं कि वह पराक्रमी जाति जिसमें श्रीकृष्ण ने जन्म लिया था इसी बुराई के कारण नष्ट हो गई। रोम साम्राज्य के पतन का एक सहायक कारण निस्सन्देह यह बुराई ही थी।

—यंग इंडिया, 4--4--29

यदि मुझे एक घण्टे के लिए भारत का डिक्टेटर बना दिया जाए, तो मेरा पहला काम यह होगा कि शराब की दुकानों को बिना मुआवज़ा दिए बन्द करवा दिया जाए और कारखानों के मालिकों को अपने मज़दूरों के लिए मनुष्योचित परिस्थितियां निर्माण करने तथा उनके हित में ऐसे उपहार-गृह और मनोरंजन-गृह खोलने के लिए मजबूर किया जाए, जहां मज़दूरों को ताज़गी देनेवाले निर्दोष पेय और उतने ही निर्दोष मनोरंजन प्राप्त हो सकें।

—यंग इंडिया, 25--6--31

एक पक्ष ऐसा है जो निश्चित (मर्यादित) मात्रा में शराब पीने का समर्थन करता है और कहता है कि इससे फायदा होता है। मुझे इस दलील में कुछ सार नहीं लगता। पर घड़ी-भर के लिए इस दलील को मान लें तो भी अनेक ऐसे लोगों की खातिर, जो कि मर्यादा में रह नहीं सकते, इस चीज़ का त्याग करना चाहिए।

फारसी भाइयों ने ताड़ी का बहुत समर्थन किया है। वे कहते हैं कि ताड़ी में मादकता तो है मगर ताड़ी एक खुराक है और दूसरी खुराक को हज़म करने में मदद पहुंचाती है। इस दलील पर मैंने खूब विचार किया है और इस बारे में काफी पढ़ा भी है। मगर ताड़ी पीनेवाले बहुत-से गरीबों की मैंने जो दुर्दशा देखी है, उसपर से मैं इस निर्णय पर पहुंचा हूं कि ताड़ी को मनुष्य की खुराक में स्थान देने की कोई आवश्यकता नहीं है।

ताड़ी में जो गुण माने गए हैं, वे हमें सब दूसरी खुराक में मिल जाते हैं। ताड़ी खजूरी के रस से बनती है। खजूरी के शुद्ध रस में मादकता बिलकुल नहीं होती। उसे नीरा कहते हैं। ताज़ी नीरा को ऐसी की ऐसी पीने से कई लोगों को दस्त साफ आता है। मैंने खुद नीरा पीकर देखी है। मुझपर उसका ऐसा असर नहीं हुआ। परन्तु वह खुराक का काम तो अच्छी तरह से देती है। चाय इत्यादि के बदले सवेरे नीरा पी ले, तो उसे दूसरा कुछ पीने या खाने की आवश्यकता नहीं रहनी चाहिए।

नीरा को गन्ने के रस की तरह पकाया जाए तो उससे बहुत अच्छा गुड़ तैयार होता है। खजूरी ताड़ की एक किस्म है। हमारे देश में अनेक प्रकार

के ताड़ कुदरती तौर पर उगते हैं। उन सबमें से नीरा निकल सकती है। नीरा ऐसी चीज़ है जिसे निकालने की जगह पर ही तुरन्त पीना अच्छा है। नीरा में मादकता जल्दी पैदा हो जाती है। इसलिए जहां उसका तुरन्त उपयोग न हो सके, वहां उसका गुड़ बना लिया जाए तो वह गन्ने के गुड़ की जगह ले सकता है। कई लोग कहते हैं कि ताड़-गुड़ गन्ने के गुड़ से अधिक गुणकारी है। उसमें मिठास कम होती है, इसलिए वह गन्ने के गुड़ की अपेक्षा अधिक मात्रा में खाया जा सकता है। जिन ताड़ों के रस से ताड़ी बनाई जाती है उन्हींसे गुड़ बनाया जाए, तो हिन्दुस्तान में गुड़ और खांड की कभी तंगी पैदा न हो और गरीबों को सस्ते दाम में अच्छा गुड़ मिल सके।

ताड़-गुड़ की मिश्री और शक्कर भी बनाई जा सकती है। मगर गुड़, शक्कर या चीनी से बहुत अधिक गुणकारी है। गुड़ में जो क्षार होते हैं वे शक्कर या चीनी में नहीं होते। जैसे बिना भूसी का आटा और बिना भूसी का चावल होता है वैसे ही बिना क्षार की शक्कर को समझना चाहिए। अर्थात् यह कहा जा सकता है कि खुराक जितनी अधिक स्वाभाविक स्थिति में खाई जाए, उतना ही अधिक पोषण उसमें से हमें मिलता है।

—आरोग्य की कुंजी, पृष्ठ 22–24

शराब की तरह बीड़ी और सिगरेट के लिए भी मेरे मन में गहरा तिरस्कार है। बीड़ी और सिगरेट को मैं कुटेव ही मानता हूं। वह मनुष्य की विवेक-बुद्धि को जड़ बना देती है और अकसर शराब से ज़्यादा बुरी सिद्ध होती है, क्योंकि उसका परिणाम अप्रत्यक्ष रीति से होता है। यह आदत आदमी को एक बार लग भर जाए फिर उससे पिंड छुड़ाना बहुत कठिन होता है। इसके सिवा वह खर्चीली भी है। वह मुंह को दुर्गन्ध-युक्त बनाती है, दांतों का रंग बिगाड़ती है और कभी-कभी कैंसर जैसी भयानक बीमारी को जन्म देती है। वह एक गन्दी आदत है।

—यंग इंडिया, 12–1–21

एक दृष्टि से बीड़ी और सिगरेट पीना शराब से भी ज़्यादा बड़ी बुराई है, क्योंकि इस व्यसन का शिकार उससे होनेवाली हानि को समय रहते अनुभव नहीं करता। वह जंगलीपन का चिह्न नहीं मानी जाती, बल्कि सभ्य लोग तो उसका गुणगान भी करते हैं। मैं इतना कहूंगा कि जो लोग छोड़ सकते हैं वे उसे छोड़ दें और दूसरों के लिए उदाहरण पेश करें।

—यंग इंडिया, 4–2–26

तम्बाकू ने तो गज़ब ही ढाया है। इसके पंजे से भाग्य से ही कोई छूटता है। टाल्स्टाय ने इसे व्यसनों में सबसे खराब व्यसन माना है।

हिन्दुस्तान में हम लोग तम्बाकू केवल पीते ही नहीं, सूंघते भी हैं और ज़रदे के रूप में खाते भी हैं।...आरोग्य का पुजारी दृढ़ निश्चय करके सब व्यसनों की गुलामी से छूट जाएगा। बहुतों को इसमें से एक या दो या तीनों व्यसन लगे होते हैं। इसलिए उन्हें इससे घृणा नहीं होती। मगर शांत चित्त से विचार किया जाए तो तम्बाकू फूंकने की क्रिया में या लगभग सारा दिन ज़रदे या पान के बीड़े से गाल भर रखने में या नसवार की डिबिया खोलकर सूंघते रहने में कोई शोभा नहीं है। ये तीनों व्यसन गन्दे हैं।

—आरोग्य की कुंजी, पृष्ठ 28–30

राष्ट्रभाषा और लिपि

अगर हमें एक राष्ट्र होने का अपना दावा सिद्ध करना है, तो हमारी अनेक बातें एक-सी होनी चाहिए। भिन्न-भिन्न धर्म और सम्प्रदायों को एक सूत्र में बाधनेवाली हमारी एक सामान्य संस्कृति है। हमारी त्रुटियां और बाधाएं भी एक-सी हैं। मैं यह बताने की कोशिश कर रहा हूं कि हमारी पोशाक के लिए एक ही तरह का कपड़ा न केवल वांछनीय है, बल्कि आवश्यक भी है। हमें एक सामान्य भाषा की भी ज़रूरत है—देशी भाषाओं की जगह पर नहीं परन्तु उनके सिवा। इस बात में साधारण सहमति है कि यह माध्यम हिन्दुस्तानी ही होना चाहिए, जो हिन्दी और उर्दू के मेल से बने और जिसमें न तो संस्कृत की और न फारसी या अरबी की ही भरमार हो। हमारे रास्ते की सबसे बड़ी रुकावट हमारी देशी भाषाओं की कई लिपियां हैं। अगर एक सामान्य लिपि अपनाना सम्भव हो, तो एक सामान्य भाषा का हमारा जो स्वप्न है—अभी तो वह स्वप्न ही है—उसे पूरा करने के मार्ग की एक बड़ी बाधा दूर हो जाएगी।

भिन्न-भिन्न लिपियों का होना कई तरह से बाधक है। वह ज्ञान की प्राप्ति में एक कारगर रुकावट है। आर्य भाषाओं में इतनी समानता है कि अगर भिन्न-भिन्न लिपियां सीखने में बहुत-सा समय बरबाद न करना पड़े, तो हम सब किसी बड़ी कठिनाई के बिना कई भाषाएं जान लें। उदाहरण के लिए, जो लोग संस्कृति का थोड़ा भी ज्ञान रखते हैं, उनमें से अधिकांश रवीन्द्रनाथ ठाकुर की अद्वितीय कृतियों को समझने में कोई कठिनाई न हो, अगर वे सब

देवनागरी लिपि में छपें। इसी तरह यदि बंगाली लोग देवनागरी लिपि जानते हों तो वे तुलसीदास की रचनाओं की अद्भुत सुन्दरता और आध्यात्मिकता का तथा अन्य अनेक हिन्दुस्तानी लेखकों का आनन्द अनायास लूट सकते हैं।...समस्त भारत के लिए एक सामान्य लिपि एक दूर का आदर्श है। परन्तु जो भारतीय संस्कृति से उत्पन्न भाषाएं और दक्षिण की भाषाएं बोलते हैं, उन सबके लिए एक सामान्य लिपि एक व्यावहारिक आदर्श है, अगर हम सिर्फ अपनी-अपनी प्रान्तीयता को छोड़ दें।

मैं मानता हूं कि इस बात का कोई प्रत्यक्ष प्रमाण देने की ज़रूरत नहीं कि देवनागरी ही सर्व-सामान्य लिपि होनी चाहिए, क्योंकि उसके पक्ष में निर्णायक बात यह है कि उसे भारत के अधिकांश भाग के लोग जानते हैं। अगर हमें सुसंस्कृत भारत के लिए एक सामान्य भाषा बनानी हो, तो हमें भाषाओं और लिपियों की संख्या बढ़ानेवाली या देश की शक्तियों को छिन्न-भिन्न करनेवाली किसी भी क्रिया का बढ़ना रोकना होगा। हमें एक सामान्य भाषा की वृद्धि करनी होगी।... अगर मेरी चले तो जमी हुई प्रान्तीय लिपि के साथ-साथ मैं सब प्रांतों में देवनागरी लिपि और उर्दू लिपि का सीखना अनिवार्य कर दूं और विभिन्न देशी भाषाओं की मुख्य-मुख्य पुस्तकों को उनके शब्दशः हिन्दुस्तानी अनुवाद के साथ देवनागरी में छपवा दूं।

—यंग इंडिया, 27–8–25

हमें राष्ट्रभाषा का भी विचार करना चाहिए। यदि अंग्रेज़ी राष्ट्रभाषा बननेवाली हो, तो उसे हमारे स्कूलों में अनिवार्य स्थान मिलना चाहिए। तो अब हम पहले यह सोचें कि क्या अंग्रेज़ी हमारी राष्ट्रभाषा हो सकती है ?

कुछ स्वदेशाभिमानी विद्वान ऐसा कहते हैं कि अंग्रेज़ी राष्ट्रभाषा हो सकती है या नहीं, यह प्रश्न ही अज्ञान का द्योतक है। उसकी राय में अंग्रेज़ी तो राष्ट्रभाषा बन ही चुकी है।

हमारे पढ़े-लिखे लोगों की दशा को देखते हुए ऐसा लगता है कि अंग्रेज़ी के बिना हमारा कारबार बन्द हो जाएगा। ऐसा होने पर भी ज़रा गहरे जाकर देखेंगे, तो पता चलेगा कि अंग्रेज़ी राष्ट्रभाषा न तो हो सकती है और न होनी चाहिए।

तब फिर हम देखें कि राष्ट्रभाषा के क्या लक्षण होने चाहिए :

1. वह भाषा सरकारी नौकरों के लिए आसान होनी चाहिए।

2. उस भाषा के द्वारा भारत का आपसी धार्मिक, आर्थिकऔर

राजनीतिक कामकाज हो सकना चाहिए।

3. उस भाषा को भारत के ज़्यादातर लोग बोलते हों।

4. वह भाषा राष्ट्र के लिए आसान हो।

5. उस भाषा का विचार करते समय क्षणिक या कुछ समय तक रहनेवाली स्थिति पर ज़ोर न दिया जाए।

अंग्रेज़ी भाषा में इनमें से एक भी लक्षण नहीं है।

पहला लक्षण मुझे अन्त में रखना चाहिए था। परन्तु मैंने उसे पहले इसलिए रखा है कि वह लक्षण अंग्रेज़ी भाषा में दिखाई पड़ सकता है। ज़्यादा सोचने पर हम देखेंगे कि आज भी राज्य के नौकरों के लिए वह भाषा आसान नहीं है। यहां के शासन का ढांचा इस तरह सोचा गया है कि उसमें अंग्रेज़ कम होंगे, यहां तक कि अन्त में वाइसराय और दूसरे अंगुलियों पर गिनने लायक अंग्रेज़ ही उसमें रहेंगे। अधिकतर कर्मचारी आज भी भारतीय हैं और वे दिन-दिन बढ़ते ही जाएंगे। यह तो सभी मानेंगे कि इस वर्ग के लिए भारत की किसी भी भाषा से अंग्रेज़ी ज़्यादा कठिन है।

दूसरा लक्षण विचारते समय हम देखते हैं कि जब तक आम लोग अंग्रेज़ी बोलनेवाले न हो जाएं, तब तक हमारा धार्मिक व्यवहार अंग्रेज़ी में नहीं हो सकता। इस हद तक अंग्रेज़ी भाषा का समाज में फैल जाना असम्भव मालूम होता है।

तीसरा लक्षण अंग्रेज़ी में नहीं हो सकता, क्योंकि वह भारत के अधिकतर लोगों की भाषा नहीं है।

चौथा लक्षण भी अंग्रेज़ी में नहीं है क्योंकि सारे राष्ट्र के लिए वह इतनी आसान नहीं है।

पांचवें लक्षण पर विचार करते समय हम देखते हैं कि अंग्रेज़ी भाषा की आज की सत्ता क्षणिक है। सदा बनी रहनेवाली स्थिति तो यह है कि भारत में जनता के राष्ट्रीय काम में अंग्रेज़ी भाषा की ज़रूरत थोड़ी ही रहेगी। अंग्रेज़ी साम्राज्य के कामकाज में उसकी ज़रूरत रहेगी। यह दूसरी बात है कि वह साम्राज्य के राजनीतिक कामकाज (डिप्लोमेसी) की भाषा होगी। उस काम के लिए अंग्रेज़ी की ज़रूरत रहेगी। हमें अंग्रेज़ी भाषा से कुछ भी वैर नहीं है। हमारा आग्रह तो इतना ही है कि उसे हद से बाहर न जाने दिया जाए। साम्राज्य की भाषा तो अंग्रेज़ी ही होगी और इसलिए हम अपने मालवीयजी, शास्त्रीजी, बेनर्जी आदि को यह भाषा सीखने के लिए मजबूर करेंगे और यह विश्वास रखेंगे कि वे लोग भारत की

कीर्ति विदेशों में फैलाएंगे। परन्तु राष्ट्र की भाषा अंग्रेज़ी नहीं हो सकती। अंग्रेज़ी को राष्ट्रभाषा बनाना 'एस्पेरेण्टो' दाखिल करने जैसी बात है। यह कल्पना ही हमारी कमज़ोरी को प्रकट करती है कि अंग्रेज़ी राष्ट्रभाषा हो सकती है। 'एस्पेरेण्टो' के लिए प्रयत्न करना हमारी अज्ञानता का और निर्बलता का सूचक होगा।

तो फिर कौन-सी भाषा इन पांच लक्षणोंवाली है ? यह माने बिना काम नहीं चल सकता कि हिन्दी भाषा में ये सारे लक्षण मौजूद है।

हिन्दी भाषा पहले से ही राष्ट्रभाषा बन चुकी है। हमने वर्षों पहले उसका राष्ट्रभाषा के रूप में उपयोग किया है। उर्दू भी हिन्दी को इस शक्ति से ही पैदा हुई है।

मुसलमान बादशाह भारत में फारसी-अरबी को राष्ट्रभाषा नहीं बना सके। उन्होंने हिन्दी के व्याकरण को मानकर उर्दू लिपि काम में ली और फारसी शब्दों का ज़्यादा उपयोग किया। परन्तु आम लोगों के साथ अपना व्यवहार वे विदेशी भाषा के द्वारा नहीं चला सके। यह हालत अंग्रेज अधिकारियों से छिपी हुई नहीं है। जिन्हें लड़ाकू वर्गों का अनुभव है, वे जानते हैं कि सैनिकों के लिए चीज़ों के नाम हिन्दी या उर्दू में रखने पड़ते हैं।

इस तरह हम देखते हैं कि हिन्दी ही राष्ट्रभाषा हो सकती है। फिर भी मद्रास के पढ़े-लिखों के लिए यह सवाल कठिन है। लेकिन दक्षिणी, बंगाली, सिंधी और गुजराती लोगों के लिए तो वह बड़ा आसान है। कुछ महीनों में वे हिन्दी पर अच्छा काबू करके राष्ट्रीय कामकाज उस में चला सकते हैं। तमिल भाइयों के बारे में यह उतना आसान नहीं। तमिल आदि द्राविड़ी हिस्सों की अपनी भाषाएं हैं और उनकी बनावट और उनका व्याकरण संस्कृत से अलग है। शब्दों की एकता के सिवा और कोई एकता संस्कृत भाषाओं और द्राविड़ भाषाओं में नहीं पाई जाती।

परन्तु यह कठिनाई सिर्फ आज के पढ़े-लिखे लोगों के लिए ही है। उनके स्वदेशाभिमान पर भरोसा करने और विशेष प्रयत्न करके हिन्दी सीख लेने की आशा रखने का हमें अधिकार है। भविष्य में यदि हिन्दी को उसका राष्ट्रभाषा का पद मिले, तो हर मद्रासी स्कूल में हिन्दी पढ़ाई जाएगी और मद्रास तथा दूसरे प्रान्तों के बीच विशेष परिचय होने की सम्भावना बढ़ जाएगी। अंग्रेज़ी भाषा द्राविड़ जनता में नहीं घुस सकी। पर हिन्दी को घुसने में देर नहीं लगेगी। तेलुगु जाति तो आज भी यह प्रयत्न कर रही है।

—भड़ौंच में हुई दूसरी गुजरात शिक्षा-परिषद् के अध्यक्ष-पद से दिए गए भाषण से : 20 अक्तूबर, 1917

जितने साल हम अंग्रेज़ी सीखने में बरबाद करते हैं, उतने महीने भी अगर हम हिन्दुस्तानी सीखने की तकलीफ न उठाएं, तो सचमुच कहना होगा कि जन-साधारण के प्रति अपने प्रेम की जो डींगें हम हांका करते हैं वे निरी डींगें ही हैं।

—रचनात्मक कार्यक्रम, पृष्ठ 39

युवकों को आह्वान

मेरी आशा देश के युवकों पर है। उनमें से जो बुरी आदतों के शिकार हैं, वे स्वभाव से बुरे नहीं हैं। वे उनमें लाचारी से और बिना सोचे-समझे फंस जाते हैं। उन्हें समझना चाहिए कि इससे उनका और देश के युवकों का कितना नुकसान हुआ है। उन्हें यह भी समझना चाहिए कि कठोर अनुशासन द्वारा नियमित जीवन ही उन्हें और राष्ट्र को सम्पूर्ण विनाश से बचा सकता है; कोई दूसरी चीज़ नहीं।

—यंग इंडिया, 9–7–25

सबसे बड़ी बात तो यह है कि उन्हें ईश्वर की खोज करनी चाहिए और प्रलोभनों से बचने के लिए उसकी मदद मांगनी चाहिए। उसके बिना यंत्र की तरह केवल अनुशासन का पालन करने से विशेष लाभ नहीं होगा। ईश्वर की खोज का, उसके ध्यान और दर्शन का अर्थ यह है कि जिस तरह बालक बिना किसी प्रदर्शन की आवश्यकता के अपनी मां के प्रेम को महसूस करता है, उसी तरह हम भी यह महसूस करें कि ईश्वर हमारे हृदयों में विराजमान है।

—यंग इंडिया, 9--7--25

युवकों को, जो भविष्य के विधाता होने का दावा करते हैं, राष्ट्र का नमक—रक्षक तत्त्व—होना चाहिए। यदि यह नमक ही अपना खारापन छोड़ दे तो उसे खारा कैसे बनाया जाए ?

—यंग इंडिया 22--12--27

युवक तो सर्वत्र भावना के प्रवाह में बह जानेवाले होते हैं। इसीलिए अध्ययन-काल में, यानी कम से कम 25 वर्ष की आयु तक, प्रतिज्ञा-पूर्वक ब्रह्मचर्य का पालन करने की आवश्यकता है।

—हरिजन, 6--5--33

युवावस्था की निर्दोष पवित्रता एक अमूल्य निधि है। इन्द्रियों की क्षणिक तृप्ति के लिए, जिसे भूल से सुख का नाम दिया जाता है, उसे खोना नहीं चाहिए।

—हरिजन, 21--9--35

अपना सारा ज्ञान और पांडित्य तराज़ू के एक पलड़े पर और सत्य तथा

पवित्रता को दूसरे पलड़े पर रखकर देखो। सत्य और पवित्रतावाला पलड़ा पहले पलड़े से कहीं भारी पड़ेगा। नैतिक अपवित्रता की विषैली हवा आज हमारे विद्यार्थियों में भी जा पहुंची है और किसी छिपी हुई महामारी की तरह उनकी भयंकर बरबादी कर रही है। इस लिए मैं तुम लोगों से, लड़कों से और लड़कियों से, अनुरोध करता हूं कि तुम अपने मन और शरीर पवित्र रखो। तुम्हारा सारा पांडित्य और शास्त्रों का तुम्हारा सारा अध्ययन बिलकुल बेकार होगा, यदि तुम उनकी शिक्षाओं को अपने दैनिक जीवन में न उतार सको। मैं जानता हूं कि शिक्षक भी ऐसे हैं, जो पवित्र और स्वच्छ जीवन नहीं बिताते। उनसे मैं कहूंगा कि वे अपने छात्रों को दुनिया का सारा ज्ञान सिखा दें, परन्तु यदि वे उनमें सत्य और पवित्रता की लगन पैदा न करें, तो यही कहना होगा कि उन्होंने अपने छात्रों का द्रोह किया है और उन्हें ऊपर उठाने के बजाय आत्मनाश के मार्ग की ओर प्रवृत्त किया है। चरित्र के अभाव में ज्ञान बुराई को ही बढ़ानेवाली शक्ति है, जैसाकि हम ऊपर से भले दिखाई देनेवाले किन्तु भीतर से चोरी और बेईमानी का धन्धा करनेवाले अनेक लोगों के मामले में देखते हैं।

—यंग इंडिया, 21–2–29

मैं चाहता हूं कि तुम (नवयुवक) गांवों में जाओ और वहां जमकर बैठ जाओ—उनके मालिकों या उपकारकर्ताओं की तरह नहीं बल्कि उनके विनम्र सेवकों की तरह। तुम्हारी दैनिक चर्या से और तुम्हारे रहन-सहन से उन्हें समझने दो कि उन्हें खुद क्या करना है और अपना रहने का ढंग किस तरह बदलना है। महज़ भावना का कोई उपयोग नहीं है, ठीक उसी तरह जैसे कि भाप का अपने-आपमें कोई उपयोग नहीं। भाप को उचित नियंत्रण में रखा जाए तभी उसमें ताकत पैदा होती है। यही बात भावना की है। मैं चाहता हूं कि तुम भारत की आहत आत्मा के लिए शान्तिदायी लेप लेकर जानेवाले भगवान के दूतों की तरह उनके बीच में जा पहुंचो।

—यंग इंडिया, 29–12–27

अनेक लड़कों और लड़कियों के या तुम चाहो तो कह सकते हो कि हज़ारों लड़कों और लड़कियों के पिता के नाते मैं तुमसे कहना चाहता हूं कि आखिर तुम्हारा भाग्य तुम्हारे ही हाथों में है। यदि तुम केवल दो शर्तों का पालन करो तो तुम पाठशाला में क्या सीखते हो या क्या नहीं सीखते, इसकी मैं बिलकुल परवाह नहीं करता। एक शर्त तो यह कि परिस्थिति कुछ भी क्यों न हो, तुम्हें भारी से भारी कठिनाइयों में भी पूरी निर्भयता के साथ सत्य का ही पालन करना चाहिए।

सत्यनिष्ठ लड़का—सच्चा वीर अपने मन में कभी किसी चींटी को भी चोट पहुंचाने का खयाल नहीं आने देगा। वह अपनी पाठशाला के सारे कमज़ोर लड़कों का रक्षक बनकर रहेगा और पाठशाला के भीतर या बाहर उन सब लोगों की मदद करेगा जिन्हें उनकी मदद की आवश्यकता है। जो लड़का मन, शरीर और कार्य की पवित्रता की रक्षा नहीं करता, उसका पाठशाला में कोई काम नहीं, उसे पाठशाला से निकाल देना चाहिए। शूर-वीर लड़का हमेशा अपना मन पवित्र रखेगा और अपने हाथ पवित्र रखेगा। जीवन के इन बुनियादी उसूलों को सीखने के लिए तुम्हें किसी स्कूल में जाने की आवश्यकता नहीं। और यदि तुमने इस त्रिविध पवित्रता को प्राप्त कर लिया, तो तुम यह मान लो कि तुम्हारे जीवन का निर्माण सुदृढ़ नींव पर होगा।

—विद गांधीजी इन सीलोन, पृष्ठ 109

हम एक ऊंची ग्राम-सभ्यता के उत्तराधिकारी हैं। हमारे देश की विशालता, आबादी की विशालता और हमारी भूमि की स्थिति तथा आवहवा ने, मेरी राय में, मानो यह तय कर दिया है कि उसकी सभ्यता ग्राम-सभ्यता ही होगी। उसके दोष मशहूर हैं, लेकिन उनमें कोई ऐसा नहीं है जिसका इलाज न हो सकता हो। इस सभ्यता को मिटाकर उसकी जगह शहरी सभ्यता को जमाना मुझे तो अशक्य मालूम होता हैं। हां, हम लोग किन्हीं कठोर उपायों के द्वारा अपनी आबादी 30 करोड़ से घटाकर 3 करोड़ या 30 लाख करने को तैयार हो जाएं तो दूसरी बात है। इसलिए यह मानकर कि हम लोगों को मौजूदा ग्राम-सभ्यता ही कायम रखना है और उसके माने हुए दोषों को दूर करने का प्रयत्न करना है, मैं उन दोषों के इलाज सुझा सकता हूं। लेकिन इन इलाजों का उपयोग तभी हो सकता है जबकि देश का युवक-वर्ग ग्राम-जीवन को अपना ले। और अगर वे ऐसा करना चाहते हों तो उन्हें अपने जीवन का तौर-तरीका बदलना चाहिए और अपनी छुट्टियों का हरएक दिन अपने कालेज या हाईस्कूल के आसपास वाले गांवों में बिताना चाहिए; और जो अपनी शिक्षा पूरी कर चुके हों या जो शिक्षा ले ही न रहे हों, उन्हें गांवों में बसने का इरादा कर लेना चाहिए।

—यंग इंडिया, 7–11–29

अगर शारीरिक श्रम के साथ अकारण ही जो शर्म की भावना जुड़ गई है वह दूर की जा सके, तो सामान्य बुद्धिवाले हरएक युवक और युवती के लिए उन्हें जितना चाहिए उससे कहीं अधिक काम पड़ा हुआ

—हरिजन, 1–3–35

परिशिष्ट

गांधीजी का जीवन-क्रम

1869—2 अक्तूबर को पोरबंदर में जन्म।

1876—राजकोट में शिक्षारम्भ; कस्तूरबाई से सगाई।

1883—कस्तूरबाई से विवाह।

1885—पिताजी की मृत्यु।

1887—मैट्रिक परीक्षा पास की; भावनगर के सामलदास कालेज में दाखिला।

1888—4 सितम्बर को शिक्षा के लिए विलायत रवाना।

1889—पहला सार्वजनिक भाषण—इंग्लैंड की निरामिषहारियों की सभा में।

1891—10 जून को बैरिस्टर हुए; 7 जुलाई को बम्बई पहुंचे; माताजी की मृत्यु का समाचार।

1892—राजकोट तथा बम्बई में वकालत।

1893—अप्रैल में मुकदमे के लिए दक्षिण अफ्रीका रवाना।

1894—जिस मुकदमे के लिए दक्षिण अफ्रीका गए थे, उसका पंच फैसला हुआ।

1895—नेटाल सुप्रीम कोर्ट के एडवोकेट हुए; नेटाल भारतीय कांग्रेस का संगठन।

1896—छः मास के लिए भारत-आगमन; तिलक, गोखले आदि नेताओं से भेंट; 28 नवम्बर को वापसी।

1897—डर्बन लौटने पर विरोधी प्रदर्शन; जीवन में महान परिवर्तन।

1899—बोअर-युद्ध में अंग्रेज़ों की सहायता।

1901—राजकोट में महामारी-कमेटी द्वारा सेवा; भारत-आगमन; कलकत्ता में कांग्रेस में शामिल।

1902—बर्मा-यात्रा; रेल के तीसरे दर्जे में भारत-प्रवास। जुलाई में बम्बई में आफिस; तीन महीने बाद दक्षिण अफ्रीका के लिए पुनः प्रस्थान।

1903—ट्रांसवाल ब्रिटिश इंडिया एसोसिएशन की स्थापना; 'इंडियन ओपीनियन' की स्थापना।

1904—गीताध्ययन, रस्किन 'अंटू दिस लास्ट' (सर्वोदय) को पढ़ कर जीवन में क्रांतिकारी परिवर्तन; फिनिक्स-आश्रम की स्थापना।

1906—जुलू-विद्रोह; घायलों की सेवा; ब्रह्मचर्य से रहने की प्रतिज्ञा; 'सत्याग्रह' शब्द का आविष्कार। शिष्टमण्डल के सदस्य के तौर पर इंग्लैंड रवाना।

1907—खूनी कनून के विरुद्ध सत्याग्रह।

1908—अंतरिमा समझौता; पठान द्वारा आक्रमण; पुनः सत्याग्रह प्रारम्भ; गिरफ्तारी।

1909—टाल्स्टाय को प्रथम पत्र; दूसरी बार शिष्टमण्डल में इंग्लैंड रवाना; वापसी में जहाज़ पर 'हिन्द-स्वराज्य' लिखा।

1910—जोहान्सबर्ग में टाल्स्टाय-फार्म की स्थापना।

1912—गोखले की दक्षिण अफरीका की यात्रा; 'नीति धर्म' प्रकाशित; 'आरोग्य-विषयक सामान्य ज्ञान' पुस्तक लिखी।

1913—सत्याग्रह फिर आरम्भ; गिरफ्तारी व रिहाई; सात दिन का उपवास तथा साढे चार मास तक एक समय भोजन।

1914—चौदह दिन का उपवास; समझौता व सत्याग्रह की सफलता; 18 जुलाई को इंग्लैंड रवाना; 4 अगस्त से प्रथम महा युद्ध; सरोजिनी नायडू से परिचय और महायुद्ध में सेवा।

1915—भारत-आगमन और 'कैसरे हिन्द' मैडल की प्राप्ति; भारत भ्रमण; काका कालेलकर व आचार्य कृपलानी से परिचय; 19 फरवरी को गोखले की मृत्यु; 25 मई को आश्रम की स्थापना।

1916—काशी विश्वविद्यालय की स्थापना के अवसर पर प्रसिद्ध भाषण; लखनऊ-कांग्रेस में जवाहरलाल नेहरू से पहली बार भेंट।

1917—राजेन्द्र बाबू से पहली बार भेंट; 19 अप्रैल को चम्पारन-सत्याग्रह;

31 मई को गिरमिटिया कानून रद्द; 30 जून को दादाभाई नवरोजी की मृत्यु; और महादेवभाई देसाई से सम्पर्क।

1918—अहमदाबाद में मिल-मज़दूरों की हड़ताल; तीन दिन का उपवास; खेड़ा-सत्याग्रह; चर्खे का पुनरुद्धार।

1919—रौलट-कानून; 6 अप्रैल को प्रार्थना और उपवास-दिवस; 13 अप्रैल को जलियांवाला-बाग-काण्ड, 'यंग इंडिया' व 'नवजीवन' का सम्पादन शुरू; खिलाफत द्वारा असहयोग; अमृतसर-कांग्रेस।

1920—1 अगस्त को लोकमान्य तिलक की मृत्यु; 2 अक्तूबर को तिलक स्वराज्य फंड की स्थापना; गांधीजी द्वारा तैयार किया हुआ कांग्रेस का संविधान स्वीकृत; असहयोग आन्दोलन आरम्भ; गुजरात विद्यापीठ की स्थापना।

1921—अन्य राष्ट्रीय विद्यापीठों की स्थापना; प्रिंस ऑफ वेल्स के आगमन के बहिष्कार के कारण दंगा; अशान्ति; पांच दिन का उपवास; अहमदाबाद-कांग्रेस।

1922—5 फरवरी को चौरीचौराकाण्ड; सत्याग्रह आन्दोलन स्थगित; पांच दिन का उपवास; 1० मार्च को गिरफ्तारी; छः वर्ष की सज़ा।

1924—अपेंडिसाइटिस का आपरेशन; 5 फरवरी को रिहाई; 24 सितम्बर को हिन्दू-मुस्लिम एकता के लिए 21 दिन का उपवास; बेलगांव कांग्रेस के अध्यक्ष।

1925—6 जून को देशबन्धु चित्तरंजनदास की मृत्यु; एक सप्ताह का उपवास; कानपुर-कांग्रेस; चर्खा-संघ की स्थापना।

1926—स्वामी श्रद्धानन्द का बलिदान।

1927—खादी यात्रा; 19 दिसम्बर को हकीम अजमलखां की मृत्यु।

1928—साइमन-कमीशन; बारडोली-सत्याग्रह; मगनलाल गांधी की 22 अप्रैल को पटना में मृत्यु; 17 नवम्बर को लाला लाजपतराय की मृत्यु; नेहरू रिपोर्ट; कलकत्ता-कांग्रेस में समझौता-प्रस्ताव।

1929—लाहौर-कांग्रेस में पूर्ण स्वाधीनता का प्रस्ताव।

1930—26 जनवरी को पूर्ण स्वाधीनता की प्रतिज्ञा; 12 मार्च को नमक-कानून तोड़ने के लिए दांडी-यात्रा; 5 मई को गिरफ्तारी।

1931—4 जनवरी को इंग्लैण्ड में मौ० मुहम्मदअली की मृत्यु; 25

जनवरी को रिहाई; 6 फरवरी को पं० मोतीलाल नेहरू की मृत्यु; 4 मार्च को गांधी इर्विन पैक्ट; 24 मार्च को भगतसिंह को फांसी; कराची-कांग्रेस; 25 मार्च को गणेश-शंकर विद्यार्थी का बलिदान; दूसरी गोलमेज़-कान्फ्रेंस में भारत के एकमात्र प्रतिनिधि के रूप में शामिल; दिसम्बर में गोलमेज़-परिषद् से खाली हाथ लौटे।

1932—कांग्रेस गैरकानूनी घोषित; सत्याग्रह फिर से आरम्भ; 4 जनवरी को गिरफ्तारी; 'नवजीवन', 'यंग इंडिया' पत्र बन्द; 20 सितम्बर से साम्प्रदायिक निर्णय के विरोध में आमरण अनशन; 24 सितम्बर को यरवदा पैक्ट; 26 सितम्बर को उपवास समाप्त।

1933—8 मई से 21 दिन का उपवास; 'हरिजन' पत्रों का प्रारम्भ रिहाई; फिर गिरफ्तारी; एक वर्ष की सज़ा; 16 अगस्त से आमरण उपवास जो एक सप्ताह चला; 23 अगस्त को रिहाई; 20 सितम्बर को ऐनी बेसंट की मृत्यु; 22 सितम्बर को विट्ठलभाई पटेल की मृत्यु; साबरमती आश्रम का विसर्जन; वर्धा में रहने का निश्चय; 7 नवम्बर से हरिजन-यात्रा।

1934—बिहार-भूकम्प; 7 मई को सत्याग्रह स्थगित; 7 दिन का उपवास; 26 अक्तूबर को ग्रामोद्योग-संघ की स्थापना; बम्बई-कांग्रेस; कांग्रेस की सदस्यता छोड़ी, सलाहकार मात्र रहे।

1935—कांग्रेस की स्वर्ण जयन्ती।

1936—10 मई को डा० अंसारी की मृत्यु; सेवाग्राम-आश्रम की स्थापना।

1937—जुलाई में कांग्रेस-पदग्रहण; नई तालीम शुरू।

1939—4 जनवरी को मौ० शौकतअली की मत्यु; राजकोट में आमरण अनशन, वाइसराय के हस्तक्षेप से चार दिन बाद समाप्त; त्रिपुरी-कांग्रेस; सुभाषबाबू का कांग्रेस के अध्यक्ष-पद से त्यागपत्र ; 3 सितम्बर को द्वितीय महायुद्ध का आरम्भ; 8 नवम्बर को प्रान्तों में कांग्रेस-सरकारों द्वारा पद-त्याग।

1940—11 अक्तूबर से व्यक्तिगत सत्याग्रह—बिनोवा प्रथम सत्या-ग्रही; 'हरिजन' पत्रों पर रोक।

1941—7 अगस्त को रवीन्द्रनाथ ठाकुर की मृत्यु; कांग्रेस के नेतृत्व से मुक्ति; 30 सितम्बर को गो-सेवा-संघ की स्थापना।

1942—कांग्रेस का फिर नेतृत्व; 11 फरवरी को सेठ जमनालाल बजाज की मृत्यु; क्रिप्स-मिशन; हिन्दुस्तानी प्रचार-सभा की स्थापना; 8 अगस्त को भारत छोड़ो प्रस्ताव; 9 अगस्त को भारत-भर में सामूहिक गिरफ्तारियां; 15 अगस्त को महादेव भाई की मृत्यु।

1943—आगाखां महल में 21 दिन का उपवास।

1944—22 फरवरी को कस्तूरबा गांधी की मृत्यु; 6 मई को जेल से रिहाई; गांधी-जिन्ना-वार्ता।

1945—नेताओं की जेल से मुक्ति; पहली शिमला-कान्फ्रेंस।

1946—केबिनट-मिशन; मुस्लिम लीग द्वारा 16 अगस्त को 'सीधी कार्रवाई' का दिन; साम्प्रदायिक दंगे, नोआखाली की पैदल यात्रा शुरू।

1947—15अगस्त को स्वतंत्रता-प्राप्ति; कलकत्ता में 73 घंटे का उपवास।

1948—दिल्ली में शान्ति-स्थापना तथा आमरण अनशन; जो पांच दिन चला। 30 जनवरी को महाप्रयाण।

'हे राम !'

□□□